붉은
눈꽃

송재용 장편소설

붉은 눈꽃

생각나눔

목차

Chapter 1

해방둥이 탄생

1945년 8월, 일제의 강점기가 막을 내리자 "대한 독립 만세!" 소리가 조선 방방곡곡을 뒤흔들었다. 그 무렵 부여군 석성면 봉정리 개사리 나루터 인근 주막에서 오종규가 태어났다.

종규가 태어난 지 몇 달 뒤였다.

세도에서 사는 종규 할머니 조 씨는 양조장 술 배달꾼 방춘식을 집으로 불렀다. 부름을 받은 방춘식은 득달같이 달려와 조 씨에게 머리를 조아렸다.

"자당 어른, 저 찾으셨슈?"

"방 씨, 다른 게 아니고, 석성 개사리 나루 주막에 다녀와야겠네."

"무슨 일인데유?"

"행순이보고 세도 집으로 들어오든지, 그게 싫으면 우리가 키우게 애를 달라고 하게."

방춘식은 아무리 양조장 안주인이지만 시키는 일이 고약해 이맛살을 찡그렸다. 조 씨는 지전 다발과 누런 봉투를 방춘식에게 건네주며 일 렀다.

"쌀 세 말값은 방 씨가 갖고, 봉투 안에 든 돈은 가용에 보태쓰라고 행순이한티 전해주게."

"자당 어른, 저한티는 돈 안 주셔도 되는데유."

"무슨 수를 쓰더라도 이번 일은 꼭 성사시켜야 하네. 애가 병에 걸려 죽기라도 하면 오 씨네 집안 대가 영영 끊기는 거 방 씨도 잘 알잖남?"

"세도면 갑부에 유지인디 오 씨 대가 끊겨서는 절대로 안 되지유!"

방춘식은 고개를 끄덕이며 조 씨의 비위를 맞춰주었다. 조 씨는 손 자 종규 소식이 궁금해 안달복달했다.

"애가 무병하게 잘 크는지 모르겠구먼. 소 외양간 같은 주막에서 하 루라도 빨리 종규를 데려와야지 마음을 못 놓겠어."

"자당 어른, 지가 힘닿는 데까지 행순이 마음을 돌려볼게유."

조 씨의 지시를 받은 방춘식은 자전거를 타고 부리나케 반조원 나루 로 내달렸다. 방춘식은 나루 언덕에 있는 느티나무 옆에 자전거를 세 워놓고는 나룻배가 오나 목을 빼고 강에 눈길을 주었다.

행순이가 세도 오상묵이네 집에 안 들어가겠다고 버티면 어쩌지. 아 니여, 행순이는 가난이 지긋지긋해서 돈 많은 양조장 집에 들어가기를 내심 원하는지도 몰라.

잠시 뒤 강 아래서 나룻배가 텅텅거리며 반조원 나루 쪽으로 올라왔 다. 최억수가 모는 발동선이었다. 배를 반조원 나루터에 대자 사람들이 보따리며 짐 꾸러미를 챙겨서 배에서 내렸다. 곧바로 방춘식이 배에 올랐다. 억수가 방춘식을 쳐다보며 먼저 말을 걸었다.

"방 씨 어른, 어디 가려고 배를 타는 거유?"

"오상묵이 엄니, 조 씨 말을 전하러 행순이한티 가는 거여."

"전할 말이 뭔데유?"

"그건 자네가 알 거 없어!"

방춘식은 눈을 흘기며 퉁명스럽게 내뱉었다. 억수는 씩 웃으며 방춘식의 옆구리를 푹 찔렀다.

"애 내놓으라고 행순이 족치러 가는 거쥬?"

"아녀!"

"아니기는 뭘 아녀유? 방 씨 어른 얼굴에 다 써 있구먼."

억수는 입을 삐죽거리며 느물거렸다. 방춘식은 훈계조로 억수를 나무랐다.

"억수 자네는 나설 디 안 나설 디 구분도 안 하고 천방지축 납뜨는디, 자네 주제 파악 좀 하라고."

"행순이하고 혼인할지 몰라서 묻는디, 기분 나쁘게 면박까지 줄 건 없잖유?"

"알았으니께 이거나 받게."

방춘식은 조끼 호주머니에서 지전을 꺼냈다. 방춘식은 지전을 억수에게 건네주며 생색을 냈다.

"이 돈이면 개사리 나루까지 나 태우고 갔다가 반조원으로 돌아오는 왕복 뱃삯으로 충분할 거여."

"대체 얼마인데유?"

"쌀 한 말값이여."

"아이구! 오늘 횡재했네. 뱃삯으로 쌀 한 말값이나 받고."

억수는 씩 웃고는 쏜살같이 개사리 나루로 배를 몰았다. 나루터에 배를 대며 억수는 나긋나긋한 말투로 방춘식에게 말했다.

"방 씨 어른, 나루터서 기다릴 테니 천천히 볼일 보고 오슈."

방춘식은 숨을 헐떡거리며 주막으로 달려갔다. 방춘식은 주막 안으로 들어서며 흠하고 헛기침을 하였다. 인기척에 행순이 방문을 열고 밖을 내다보았다. 방춘식을 보자 행순은 움찔 놀랐다. 행순은 애에게 젖을 먹이는 중이었는지 벙긋이 열린 적삼을 여미며 토방으로 나왔다. 행순은 볼멘소리로 방춘식에게 물었다.

"방 씨 어른이 어쩐 일로 주막엔 오셨대유?"

"종규 할머니가 돈을 갖다 주라고 시켜서 부랴부랴 달려왔구면."

"무슨 돈이유?"

"종규 옷도 사고, 가용에 보태 쓰라고 조 씨가 꽤 많은 돈을 주더라고."

방춘식은 조끼 호주머니에서 누런 봉투를 꺼내 행순에게 내밀었다. 행순은 돈을 받지 않고 망설이었다. 행순은 의심 섞인 눈빛으로 방춘식의 얼굴을 살피다가 엉뚱한 질문을 했다.

"방 씨 어른, 돈 전해주러 온 게 아니고 딴 일 때미 급히 오셨지유?"

방춘식은 입장이 거북해 행순의 물음에는 대답하지 않고 말을 엉뚱한 데로 돌렸다.

"그러나저러나 종규는 별 탈 없지?"

"고뿔이 들었나, 요새 기침을 자주 하네유."

"종규 할머니가 알면 땅 꺼지게 걱정하겠구면. 이 돈 갖고 얼른 약 지어다 멕여."

방춘식은 억지로 행순의 손에 돈 봉투를 쥐어주며 채근하였다. 행순은 마지못해 돈을 받았다. 방춘식은 담뱃대에 쓰럭초를 쑤셔 넣은 뒤

불을 붙이며 행순의 속마음을 떠보았다.

"행순이, 다 쓰러져 가는 주막에서 생고생하지 말고 종규 데리고 세도 오 씨네 집으로 들어갈 마음 없남?"

"지는 죽어도 오 씨네 집에는 안 들어가유!"

행순은 칼로 무 자르듯 단호하게 거절했다. 방춘식은 겁을 은근히 주며 행순을 압박하였다.

"행순이, 쓸디 없는 고집 피우지 마. 그러다 게도 구럭도 다 놓칠지 몰라."

"애 아버지 없는 집구석에 들어가 봐야 천덕꾸러기 신세가 될 게 빤하잖아유? 더구나 시어머니라는 양반이 풍까지 걸렸는디 지가 전생에 무슨 죄를 지었다고 웬수 같은 양반 병시중을 한대유?"

행순은 조 씨에 대한 악감정을 노골적으로 드러냈다. 방춘식은 세도 오 씨네 집에 들어가면 팔자가 확 달라진다고 행순을 구슬렸다.

"조 씨가 죽으면 금고 안에 쌓아둔 돈이며, 양조장, 그리고 여기저기 사 놓은 땅을 종규가 다 물려받을 거 아닌가? 그러면 행순이는 아들 덕분에 부잣집 마님처럼 손에 물 한 방울 안 묻히고 떵떵거리며 살 텐디, 굴러들어온 복을 발로 차버릴 셈이여?"

"공짜로 얻은 재물은 검불처럼 금방 없어지고, 속 썩을 일만 생긴대유."

"흠, 고자리 무서워서 장 못 담겄구먼!"

"큰 욕심 안 내고 억수 오빠하고 혼인한 뒤 종규 내 손으로 키우며 속 편하게 살래유."

"순풍에 돛단배처럼 행순이가 마음먹은 대로 잘 안 풀릴 거여. 오 씨네 집에 안 들어가겠다고 끝까지 버티다가는 애를 강제로 빼앗길지도 모르니께 내 말 새겨들어."

"애를 빼앗기다니유? 그런 말도 안 되는 경우가 어디 있대유?"

행순은 발끈해서 소리쳤다. 방춘식은 입을 씰룩거리며 행순을 나무랐다.

"조 씨가 귀한 자기 핏줄 데려다 손수 키우겠다는디 말릴 재간 있남? 그 노인네 마음먹으면 못하는 짓이 없는 거 행순이도 겪어봐서 잘 알잖여?"

"내 목에 칼이 들어와도 애는 못 넘겨줘유."

"조 씨 말 안 들으면 행순이 신상에 좋을 일 없을 테니께 똥고집 그만 피워."

"지금까지 무지렁이처럼 짓밟히고만 살았는디 여기서 또 당해봐야 죽기밖에 더 하겄슈?"

"쓸디없는 소리 작작 하구 딱 사흘 말미를 줄 테니 억수하고 상의해서 좋은 쪽으로 결정하라구."

방춘식은 최후통첩하고는 토방에서 일어났다. 행순은 돈 봉투를 집어 방춘식 발밑에 내던졌다. 방춘식은 못 본 체하고 주막에서 나와 개사리 나루터로 발길을 옮기었다.

행순은 치맛자락으로 눈물을 닦으며 방으로 들어왔다. 행순은 세상 모르고 잠든 종규 얼굴을 물끄러미 쳐다보다가 손으로 가슴을 치며 종규 아버지 오상묵을 원망하였다.

선상님은 덜렁 애를 만들어 놓고 어디 가서 뭐하고 계시대유. 선상님, 야속하다 못해 밉살맞기 한이 없네유.

아니여! 선상님은 아무 잘못이 없어. 애를 배면 정신대에 끌려가지

않는다는 엄니 말을 듣고 내가 먼저 선상님을 꼬드기지 않았으면 종규
가 태어나지도 않을 거구, 이처럼 억장이 무너지는 일을 당할 까닭이
없지….

Chapter 2_

애달픈 인연

대략 일 년 전, 오상묵이가 석성 면장 딸 장
연옥과 혼례를 올리기 며칠 전이었다.

오상묵은 개사리 주막에서 문맹자들에게 한글을 가르치고 난 뒤 주
모와 주거니 받거니 술을 거나하게 마셨다.

왜놈들의 수탈과 폭압이 극에 이르자 주모는 딸 행순이가 정신대에
끌려갈까 봐 걱정이 태산 같았다. 이미 한동네에서 사는 꽃 같은 처녀
여럿이 정신대에 끌려가 죽었는지 살았는지 소식조차 없었다.

주모는 물에 빠진 사람이 지푸라기라도 잡는 심정으로 행순이가 정
신대에 끌려가는 걸 막아달라고 오상묵에게 통사정했다.

오상묵도 뾰족한 방법이 없는 터라 후딱 시집 보내라고 권했다. 하
지만 행순이가 인물이 반반한 것도 아니고, 이름 세자도 쓸까 말까 한
무식쟁이에다가, 술장사하는 편모슬하에 내세울 게 눈곱만큼도 없었
다. 행순이 그런 처지이다 보니 총각 놈들이 술김에 튼실한 젖가슴이

나 더듬으려고 지분거릴 뿐 집에 데려다 살려고 욕심내는 놈이 없었다.

　주모는 울화통이 터져 인사불성이 될 때까지 술을 퍼마시고는 아랫목에 쓰러져 코를 드렁드렁 골았다. 오상묵은 적삼 밑으로 삐져나온 주모의 호박 덩이 같은 젖가슴이 눈에 자꾸 들어와 방에서 슬그머니 나왔다.

　밖에 나와 보니 휘영청 밝은 달이 마당 가 대추나무 위에서 방긋거렸다. 인기척이 들려 오상묵은 술청 안을 들여다보았다. 행순이가 호롱불 앞에서 시커먼 투가리를 들고 게걸스럽게 밥을 퍼먹는 중이었다. 오상묵은 나지막한 목소리로 행순에게 물었다.

　"행순이 너, 여태까지 저녁 안 먹고 뭐 했냐?"

　"오랜만에 목간 좀 하느라고 밥 먹는 게 늦었네유."

　아닌 게 아니라 행순의 삼단 같은 머리칼이 정갈해 보였다. 행순은 숟갈과 투가리를 개수통에 넣고는 오상묵에게 말했다.

　"선상님, 긴히 드릴 말씀이 있는디 바람도 쐴 겸해서 나루터로 가실래유?"

　"뭔 내용인지 모르겠지만 여기서 말해라."

　"이런 디서 함부로 할 말이 아닌데유."

　"그럼 내가 먼저 나루터에 갈 테니 뒤에 오너라."

　오상묵은 먼저 주막을 나와 어정어정 개사리 나루터로 발길을 옮겼다.

　달빛이 쏟아져 강물은 비단결처럼 고왔다. 둥지를 찾지 못한 물새들이 끼룩대며 강가 갈대밭 위를 배회하였다.

　오상묵은 나루터에 서서 호롱불이 깜박거리는 강 건너 반조원리를 바라보며 중얼거렸다. 내 앞에서 오금도 못 펴던 계집년이 감히 나루터에서 만나자고 꼬리를 치다니, 행순이 이 년 엄청 뻔뻔해졌네. 손자 예뻐하면 턱수염을 잡아 뺀다는 말이 딱 맞구만!

행순은 얼굴에 구리무를 찍어 바르고 분칠을 한 다음 헐떡거리며 나루터로 달려왔다. 행순은 훤한 달을 올려다보며 코맹맹이 소리로 분위기를 잡았다.

"선상님, 오늘따라 달이 유난히 둥글고 밝네유."

"보름이 가까워진 모양이다."

"선상님, 사람들 눈에 안 띄게 배 위로 올라가시지유."

"뭐하려고 나룻배 올라가자는 거냐?"

"밝은 달을 보며 선상님하고 모처럼 소곤소곤 재미난 얘기를 나누고 싶네유."

행순은 치마폭을 홀렁 걷어 올리고 말뚝에 매어놓은 나룻배에 먼저 올랐다. 오상묵도 행순의 뒤를 따랐다. 행순은 배 난간에 기대어 살랑살랑 불어오는 강바람에 머리칼을 날리며 오상묵에게 넌지시 물어보았다.

"선상님, 혼인한 뒤에도 개사리 문맹자들한티 한글을 가르치러 주막에 자주 오실 거지유?"

"아무래도 당분간은 못 올 거 같다. 그런데 그건 왜 묻는 거냐?"

"혼인한 뒤 선상님 얼굴을 영영 못 보면 어쩌나 싶어 드리는 말씀이유."

"나하고 정든 것도 아닌데 얼굴을 안 보면 어떠냐?"

행순은 강물에 시선을 주다가 한숨을 푹 내쉬었다. 행순은 치맛자락으로 눈가를 훔치고는 푸념을 늘어놓았다.

"짐작한 대로 저 같은 년은 역시 선상님 안중에 없는 모양이네유?"

"행순아, 고작 그따위 시답잖은 말을 하려고 나를 나루터로 불러냈냐?"

오상묵이 면박을 주고 배에서 내리려고 하자 행순은 앞을 가로막으며 그의 팔을 잡았다.

"조금만 더 기세유. 아직 지 말 안 끝났슈."

"들어보나 마나 그 말이 그 말 아니겠냐?"

오상묵이 비키라고 밀치자 행순은 갑자기 무릎을 꿇더니 울음 섞인 목소리로 애원하였다.

"선상님, 혼인한 뒤에도 주막에 오셔서 가끔 한글을 가르쳐 주시고, 강둑에서 나팔 소리도 들려주세유. 야?"

"총각 때는 몰라도 장가든 후에는 주막에 자주 오면 마누라가 좋아하겠냐?"

"선상님 얼굴을 안 보면 잠도 못 자고, 일손도 안 잡히는디 지는 어쩌면 좋대유?"

"그건 내가 알 바 아니다!"

"선상님, 진심으로 하는 말씀이세유?"

"나는 한 입으로 두말하는 남자 아니다!"

"그럼 좋아유. 선상님한티 버림받으면 지는 죽은 목숨이나 매한가지인디 상사병에 걸려 죽기 전에 오늘 밤 강물에 뛰어들어 미리 목숨을 끊을래유."

"네가 강물에 몸을 던지면 숫처녀가 수궁에 제 발로 찾아왔다고 용왕 기분이 째져 입이 귀밑까지 확 돌아가겠다."

"지 말을 시시껄렁한 농담으로 받아들이는디, 정말로 몰인정하시네유."

"행순아, 올라가지 못할 나무는 쳐다보지도 말라고 했다."

"아니, 가난하고 못 배운 년은 마음에 드는 남자 가슴속에 품고 살면 동티 난대유?"

행순은 치마와 저고리를 훌훌 벗어 던지고 속곳 차림으로 배 난간 위로 올라갔다. 오상묵은 깜짝 놀라 외마디소리를 내질렀다.

"행순이 너! 미쳤구나?"

"저 같은 년 살아서 뭐 한대유? 정신대에 끌려가서 일본 군인 놈들 노리개감이 되느니 차라리 저승에 일찍 가서 지 좋아하는 사내한티 귀염받으며 사는 게 백 번 낫지유."

행순이 저년, 날 골탕 먹이려고 작정했구먼. 저년이 물에 빠져 죽으면 꼼짝없이 내가 살인범으로 몰릴 텐데 미치겠네!

오상묵은 난간으로 다가가 행순의 속곳을 잡아챘다. 속곳이 벗겨지면서 행순은 배 바닥으로 나뒹굴었다. 알몸이 된 행순은 오상묵의 가슴 안으로 파고들며 흐느껴 울었다. 행순의 몸에서 진한 들국화 향기가 풍겨왔다. 순간 오상묵의 아랫도리가 후끈 달아올랐다. 오상묵은 행순을 끌어안고 젖가슴에 입술을 비벼댔다. 행순의 튼실한 젖가슴에서 알싸한 쑥 냄새가 풍겨왔다. 오상묵은 배 바닥에 행순을 뉘고는 옹달샘에 남근을 힘차게 밀어 넣었다. 행순은 몸을 뒤척이며 "저는 선상님만 가슴에 품고 평생을 혼자 살 거예유. 혼인하시더라도 지발 저를 버리지 마세유. 가끔 주막에 오면 갈대밭에 데리고 가 몸뎅이가 부서지게 안아주세유" 하고 속삭였다. 오상묵은 행순을 으스러지게 끌어안고는 촉촉이 젖은 꽃샘에 뜨거운 체액을 철철 넘치게 쏟아냈다.

한편 억수는 반조원 나루에 방춘식을 태워다 준 뒤 쏜살같이 배를 몰아 개사리 나루터로 돌아와다. 억수는 주막으로 달려가 다급한 목소리로 행순을 불렀다. 억수의 목소리를 듣고 행순은 치맛자락으로 눈물을 훔치며 토방으로 나왔다. 억수는 토방에 앉더니 행순에게 물었다.

"방 씨가 와서 뭐라고 하던가?"

"세도 오상묵이네 집으로 애 데리고 무조건 들어오라고 죽일 년 잡듯이 윽박질렀슈."

"그려서 너는 뭐라고 대답혔나?"

"죽어도 못 들어간다고 잡아뗐더니, 애 빼앗길 각오하라고 겁을 잔뜩 주더라구요."

"오상묵이 엄니 조 씨가 종규를 빼앗아가려고 작정했구먼."

행순은 답답한지 한숨을 연신 내쉬다가 억수에게 해결방도를 물었다.

"억수 오빠, 애를 데리고 오 씨네 집에 들어갈 수도 없고, 그렇다고 안 들어가고 버티다가는 애를 빼앗길 게 빤한디, 어찌하면 좋대유?"

억수는 먼 산을 바라보며 연신 담배 연기만 풀풀 날리었다. 억수는 입맛을 쩝쩝 다시다가 한 가지 방도를 내놓았다.

"애를 오 씨네 집에 주는 게 차라리 낫겠다. 행순이 너 창창한 나이에 종규를 키우며 청상과부로 살 수만은 없잖여?"

"종규를 오 씨네 집에서 잘 키운다는 보장이 없잖아유?"

"행순아, 그런 걱정은 눈곱만큼도 하지 마라. 종규가 오 씨네 집 사대 독자인디 금이야 옥이야, 있는 정성 없는 정성 다 들여 키우지 개새끼처럼 먹다 만 밥이야 주겠냐?"

"억수 오빠, 돌도 안 넘긴 애를 남의 손에 넘겨주다니, 에미로서 할 도리가 아니잖아유?"

"이왕 줄 거면 애가 에미 얼굴 익히기 전에 품에서 떠나보내는 게 백

번 낫다."

"애하고 강물에 뛰어드는 한이 있어도 부모 자식 천륜을 그리 함부로 끊을 수는 없지유!"

행순은 엉엉 울며 몸부림쳤다. 억수는 행순을 가슴에 안고는 어깨를 두들겨 주며 울음을 달래었다.

"행순아, 다 팔자소관으로 여기고 애 넘겨줘라. 행순이 너나, 나나 못 배우고 가난한 집구석에서 태어나서 당하는 서러움이니 감당해야지 용빼는 재주 없다."

"종규를 뺏기면 내 신세가 끈 떨어진 뒤웅박이나 다름없는디 어쩌면 좋대유?"

행순은 치마폭으로 눈물을 연신 닦으며 신세 한탄을 늘어놓았다. 억수는 행순의 손을 잡고는 안심시켰다.

"행순아, 내가 너를 옆에서 지켜 줄 테니께 걱정 마라."

"억수 오빠, 그 말 사실이유?"

"나 최억수, 나룻배나 모는 무식쟁이지만 일구이언(一口二言)하는 놈은 아니다."

행순은 다소 안심이 되는지 울음을 그치었다. 억수는 행순을 위로해 줄 겸 마음이 흔들리지 않게 조 씨한테서 돈 뜯어낼 계획을 털어놓았다.

"행순아, 애를 주는 조건으로 돈을 나수 받아낼 작정이니 진득이 기다려 봐라."

"돈을 받아내다니 그게 뭔 말이래유?"

행순의 눈이 갑자기 똥그래졌다. 억수는 돈을 받아내야 할 이유를 목에 힘을 잔뜩 주고 큰 소리로 말했다.

"니가 애를 안 낳았으면 오 씨네 대가 끊길 뻔했는디 바보천치처럼 애를 거저 넘겨줄 수는 없잖냐? 행순아! 내 말이 틀렸냐?"

"틀린 말은 아닌디, 앉은 자리에 풀도 안 날 정도로 악독한 조 씨가 돈을 선선히 내놓을까 모르겠네요?"

"내가 조 씨한티 논 열 마지기 값을 내놓지 않으면 종규 못 준다고 배짱을 튕길 테니께 행순이 너도 나하고 입을 맞춰야 한다."

"그리 무적스럽게 많이 돈을 달라고 하면 조 씨가 네놈들 마음대로 하라며 뒤로 벌렁 까지면 어쩌고요?"

행순이 걱정부터 앞세우자 억수는 믿는 구석이라도 있는지 큰소리를 땅땅 쳤다.

"아이구! 논 열 마지기가 뭐가 많냐? 오상묵이네 집에서 논 열 마지기 내놓아봐야 소 등에서 털 몇 개 빼는 거나 다름없다."

"가진 사람들이 쌀 한 톨 남 주는 거 더 아까워한다고요."

"어쨌거나 조 씨 그 노인네 애간장을 바짝바짝 태워서 뭉텅이 돈을 내놓게 할 모양이니 행순이 너는 굿이나 보고 떡이나 먹어라."

"억수 오빠, 흰소리 치는 건 여전하네."

"일이 잘 성사되면 그 돈으로 논 몇 마지기 장만하고 부여에 큰 식당을 차리고도 남을 거여."

억수는 허풍을 떨고는 한 손으로 행순의 탱탱한 젖가슴을 슬그머니 만졌다. 수줍은지 행순의 얼굴이 석류처럼 빨갛게 달아올랐다. 억수는 장난기 섞인 목소리로 행순의 속마음을 떠보았다.

"행순아, 언제 니 젖퉁이 마음대로 만지고 빨아볼 수 있냐?"

"혼례 올리기 전에는 내 몸 털끝도 건드리지 마유."

"어이구! 죽으면 썩을 몸 육시허게 애끼네."

억수는 입을 삐죽거리고는 방에서 나왔다.

Chapter 3

피 맺힌 절규

다음날 억수는 세도면 반조원 나루터 말뚝에 배를 매어놓은 뒤 홍산식당에 들렀다. 마침 홍산댁이 목로 앞에 앉아서 채소를 다듬고 있었다. 억수는 꾸벅 인사를 하고는 홍산댁에게 부탁하였다.

"아줌니, 급히 세도 금강 양조장에 갔다 오게 자전거 좀 빌려줘유."

"뭔 일인디 금강 양조장에 가는 거여?"

"방 씨 만나서 긴히 상의할 일이 있슈."

"그럼 자전거 타고 얼른 다녀와."

억수는 홍산식당 앞에 세워놓은 자전거에 올라 세도 양조장으로 내달렸다.

논 열 마지기 값을 받아내려면 스무 마지기 값을 부른 다음 밀고 당기며 흥정해야겠지? 늙은 불여우 같은 조 씨가 호락호락 내 말을 들어

줄지 모르겠네. 금고 안에 돈이 썩어 남는 집구석이니께 논 열 마지기 정도는 적선하는 셈 치고 선뜻 내놓을 거여.

억수가 금강 양조장에 도착해 보니 방춘식은 술 배달을 다녀와서 평상에 앉아 궐련을 피우며 쉬는 중이었다. 방춘식은 억수를 보자 반색하며 물었다.

"행순이가 오상묵이네 집에 들어오기로 마음 정했다고 하던감?"

"죽으면 죽었지? 오 씨네 집에는 안 들어온대유."

"그러면 애만 오 씨네 집에 주겠다는 거여? 뭐여?"

방춘식이 닦달하듯이 묻자 억수는 대단한 감투를 쓴 사람처럼 으스대며 말했다.

"행순이가 종규를 오 씨네 집에 주고, 안 주고는 나보고 결정하래유."

"행순이가 애 주는 권한을 억수한티 일임했단 말이구먼?"

"행순이가 그런 중차대한 일을 맡기는 걸 보면 나하고 혼인하기로 작정한 모양이유."

억수는 행순이와의 관계를 유난히 힘주어 말했다. 방 씨는 기다렸다는 듯이 억수를 몰아세웠다.

"그럼 나하고 조 씨 만나러 상묵이네 집에 얼른 가세."

억수는 마음을 단단히 먹고 방춘식의 뒤를 따랐다. 억수와 방춘식이 조 씨네 마당에 들어서자 마루 밑에서 송아지 크기의 누런 개가 기어 나와 컹컹 짖어댔다. 개 짖는 소리에 조 씨가 문을 열고 마당을 내다보았다. 방춘식이 마루로 다가가며 조 씨에게 머리를 조아렸다.

"자당 어른, 행순이가 사람을 보내서 함께 왔는데유."

조 씨는 절름거리며 마루로 걸어 나왔다. 조 씨는 마루에 앉더니 토방에 서 있는 억수를 힐끔 쳐다보았다. 억수는 두 손을 모아 잡고 고개를 숙이었다. 조 씨는 뱁새눈으로 억수를 쏘아보다가 단도직입적으로 물었다.

"행순이가 언제쯤 애 데리고 이 집에 들어온다고 하던가?"

"행순이는 죽어도 이 집에 안 들어올 거유."

억수가 일부러 어깃장을 놓자 조 씨는 체머리를 흔들며 소리를 내질렀다.

"그럼 행순이 지년이 혼자 애를 키우겠다는 거여? 뭐여?"

"행순이가 저하고 혼인하면 애 키우는 디 눈곱만큼도 지장 없슈."

"오상묵이 애를 낳은 행순이가 너하고 혼인하다니, 그게 말이 되는 거여?"

조 씨는 손바닥으로 마룻바닥을 내려치며 호통쳤다. 억수는 뱃심 좋게 맞받아쳤다.

"왜 말이 안 돼유? 남녀가 시상에 태어날 때부터 미리 정해진 짝이 있간디유? 서로 마음이 맞으면 아무 때라도 혼인도 하고 한집에서 살섞으며 재미나게 사는 거지유?"

"음, 행순이하고 혼인한 다음 종규를 네놈 호적에 올리고 싶은 모양인디, 어림 반푼어치도 없는 소리 하지 마라, 이놈아!"

"애를 호적에 올리는 건 지하고 행순이가 정하면 그만 아닌가유?"

"그전에는 연옥이 못 잊어서 지랄 발광하더니, 이제는 행순이를 꿰차려고 오기를 부리고, 억수 저놈, 오 씨네 하고 척이 져도 단단히 진 모양이구먼?"

조 씨는 삿대질하며 억수를 닦아세웠다. 억수는 눈 하나 깜박하지 않고 조 씨의 속을 박박 긁어댔다.

"오 씨네 대가 끊기든 말든 행순이하고 지는 알 바 아니지유."

"뭐야? 이놈아! 그걸 말이라고 하고 자빠졌냐?"

조 씨는 화를 참지 못해 씩씩거리다가 축축한 걸레를 집어 억수 얼굴에 내던졌다. 억수는 잽싸게 몸을 피했다.

분위기가 험악해지자 방춘식은 억수를 집 밖으로 끌어냈다. 방춘식은 눈을 부라리며 억수를 나무랐다.

"억수, 풍을 맞아서 몸이 성치 못한 양반 입에 거품 물고 쓰러지면 어쩌려고 자꾸 염장을 질러대는 거여?"

"나도 송장치고 살인낼까 겁나서 저 노인네하고 더는 대거리하기 싫으니께 이 말이나 전해주슈."

"무슨 말을 전하라는 거여?"

"행순이가 오 씨네 집에는 안 들어가도 애는 줄 의향이 있다구."

"꿩 대신 닭이라고, 그것도 나쁘지 않겠구먼."

"그런디 한 가지 조건이 있슈."

"무슨 조건?"

"행순이가 논 스무 마지기 값을 받지 않고서는 오 씨네한티 애 절대 안 넘겨준대유."

"어따! 논 스무 마지기가 이웃집 개 이름도 아닌디, 행순이 그년 손 귀한 집 아들 낳았다고 어지간히 유세 부리네!"

방춘식은 입을 씰룩거리며 억수를 나무라는 대신 행순에게 욕을 퍼부었다. 억수는 꼬인 일을 잘 풀어보라고 방춘식에게 미끼를 툭 던졌다.

"논 열 마지기 값 이상만 받아내면 방 씨한티도 떡고물이 수월찮게 떨어질지 모르니께 조 씨를 잘 구슬려 봐유."

"억수, 싸움은 말리고 흥정은 붙이라고, 내가 중간에 들어서서 잘 구워삶을 테니 약속은 틀림없이 지키라고."

"남아일언 중천금인디 눈곱만큼도 걱정하지 마유."

"억수, 그럼 다음에 보세."

"방 씨 어른 일간 또 봐유."

억수는 방춘식의 도움으로 일이 잘 풀려갈 기미가 보이자 신바람이 나서 휘파람을 불며 반조원 나루로 내달렸다.

방춘식은 담배 한 대를 피우고는 다시 조 씨를 만나러 갔다. 조 씨는 눈을 깜박거리며 방춘식의 얼굴을 살피더니 입을 열었다.

"억수, 그놈 뺀질이에 뱃속에 능구렁이가 댓 마리는 들은 거 같아."

"걱정 마세유, 억수는 지가 요리할게유."

"억수 그놈이 가면서 뭐라고 하던가?"

방춘식은 마루에 앉더니 잠시 뜸을 들이다가 걱정하는 투로 말했다.

"행순이가 여기로 들어오기는 틀린 거 같구, 애도 쉽게 넘겨줄 거 같지 않네유."

"눈치를 보니 억수와 행순이가 짜고 돈을 뜯어내기로 작정한 거 같은디, 얼마를 주면 애를 넘겨주겠다는 건가?"

풍 걸린 노인네 치고는 정신이 아주 말짱하네. 말 나온 김에 억수가 내놓은 조건을 홀딱 까놓는 게 좋겠구먼.

"행순이 손에 논 스무 마지기 값을 쥐여주면 당장이라도 애는 넘겨줄 거 같아유."

"썩을 놈들! 돈독이 단단히 올랐구먼!"

조 씨는 체머리를 흔들더니 냅다 욕을 내뱉었다. 방춘식은 조 씨가 돈을 내놓을 의향이 전혀 없지는 않아 보여 흥정을 붙였다.

"열다섯 마지기 값이면 양쪽 다 섭섭하지 않을 거 같은디 자당 어른 생각은 어떠세유?"

방춘식이 말을 마치자마자 조 씨는 욕을 섞어가며 타협안을 제시하였다.

"비렁뱅이 같은 연놈들한티 적선하는 셈 치고 논 열 마지기 값 줄 테니 당장 애 넘기라고 전하게."

"불쌍한 것들인디 이왕 선심 쓰는 김에 세 마지기 값만 더 주세유."

"논 두 마지기 값 더 주지. 여기서 욕심 더 부리면 돈 한 푼 안 주고 강제로 애 빼앗아 오겠다고 잡것들한티 전하게!"

방춘식은 쌀 한 가마니 더 받아내려다가 게도 구럭도 다 놓칠지 몰라 조 씨의 제안을 못 이기는 체하고 받아들였다.

"그럼, 그렇게 알고 억수하고 행순이한티 전할게유."

며칠 뒤 종규를 넘겨주겠다는 기별을 받자마자 조 씨는 집으로 방춘식을 부르더니 돈다발을 싼 보자기를 건네주며 일렀다.

"자네 안식구하고 강 건너가서 행순이한티 이 돈 건네주고 애 업고 오게나."

"분부대로 시행하겠습니다."

조 씨는 방춘식에게 누런 봉투를 별도로 주며 생색을 냈다.

"수고비로 쌀 닷 말값이니께 받아두게."

"아이구! 이렇게 많이 안 주셔도 되는데유."

방춘식은 집으로 부리나케 달려가더니 건넌방에서 베를 짜는 마누라 임천댁에게 소리쳤다.

"여봐! 베 그만 짜고 빨리 나와 봐."

임천댁은 치맛말기를 동여매며 마당으로 나왔다. 임천댁은 놀란 눈을 하고 서방에게 물었다.

"뭔 일인디 숨넘어가는 소리를 한대유?"

"조 씨가 강 건너 주막에 가서 상묵이 아들 업고 오라고 쌀 닷 말값을 주더라구."

　방춘식은 조끼 호주머니에서 지전을 꺼내 임천댁 손에 쥐여주며 으스댔다.

"얼래! 살다 살다 별일도 다 보네유. 소태보다 더 짠 양반이 심부름 삯으로 쌀 닷 말값이나 주구."

"고맙다고 준 게 아니고 애 조심혀서 잘 업고 오라고 준 거지 뭐."

"근디 좋은 일을 하는 건지. 나쁜 일을 하는 건지 도통 모르겠네유."

"술 배달이라도 하면서 목구멍 풀칠하려면 양조장 주인이 시키는 일 마다할 수는 없지."

　임천댁은 옷을 갈아입고는 처네를 들고 마당으로 나왔다. 방춘식은 마누라를 자전거 뒤 짐받이에 태우고 반조원 나루로 내달렸다. 반조원 나루에 도착해 보니 억수가 정자나무 밑에 앉아서 꾸벅꾸벅 졸고 있었다. 방춘식은 억수 어깨를 툭 치고는 돈 보따리를 보여주며 재촉했다.

"억수, 나하고 서둘러 행순이한티 가세."

"내가 요구한 돈을 조 씨가 군말 없이 내놓던가유?"

"입이 아프게 사정사정혀서 논 열두 마지기 값 받아냈어."

"욕심쟁이 조 씨한티 돈 울거내느라고 욕 많이 보셨네유!"

　억수는 싱긋이 웃으며 방춘식을 치켜세웠다. 방춘식도 기분 좋은지 코를 벌름거리며 웃었다.

억수는 두 사람을 배에 태우고 부리나케 개사리 나루로 건너왔다. 억수는 나루터에 배를 대놓고 방춘식 내외와 함께 주막으로 향했다. 세 사람이 주막 마당에 들어서자 인기척을 듣고 행순이 방에서 나왔다. 행순은 방춘식과 처네를 들고 있는 임천댁을 쳐다보며 떨리는 목소리로 물었다.

"두 양반 종규를 데리러 왔지유?"

"행순이, 이 돈 세어 봐."

방춘식은 돈 보따리를 행순에게 건네주며 말했다. 행순은 돈 보따리는 거들떠보지도 않고 방춘식에게 쏘아붙였다.

"종규 할머니는 애를 에미한티 꼭 뺏어가야 직성이 풀리겠대유?"

"행순아, 나하고 방 씨 어른이 짝짜꿍이 돼 갖고 논 열 마지기 값이나 받아냈으니께 크게 섭섭하지 않을 거여."

억수가 생색을 내며 두 사람 사이에 끼어들었다. 행순은 방춘식한테서 돈 보따리를 빼앗아 마당에 내팽개치며 소리쳤다.

"돈이고 지랄이고 억만금을 주어도 종규는 내 품에서 못 떠나보내유!"

순간 방춘식의 얼굴이 볼썽사납게 일그러졌다. 애를 못 데리고 가면 조 씨한테 욕을 바가지로 얻어먹을 게 빤했기 때문이었다.

"행순아! 니가 애를 주기로 작정해서 방 씨 어른하고 나하고 조 씨를 구워삶아 돈을 받아냈는디, 뒷비네 애를 못 주겠다고 뒤로 벌렁 나자빠지면 어쩌란 말이여? 중간에 들어선 방 씨하고 나 사기꾼이 되는 거아녀? 조 씨가 우리 두 사람 경찰서에 고발하면 콩밥 먹는 건 불 듯 빤한디 행순이 니가 책임질래?"

억수가 눈을 부라리며 궁지에 몰아넣자 행순은 더 버틸 재간이 없는지 세 사람을 향해 소리쳤다.

"나는 감나무에 목매 죽을 테니 종규를 데려가든 말든 당신들 마음대로 허슈!"

"자식과 생이별하는 에미 마음이 오죽하겠냐? 죽어도 열 번은 더 죽고 싶겠지."

임천댁이 어깨를 토닥거리며 위로해주자 행순은 참았던 울음을 터뜨리고는 뒤란으로 뛰어갔다.

억수는 도둑놈처럼 안방에 뛰어들어 종규를 안고 토방으로 나왔다. 억수는 임천댁 등에 애를 업히고는 처네를 둘러주었다. 제 어미 등이 아닌 걸 알아챘는지 애가 자지러지게 울었다. 억수는 두 사람을 앞세워 주막에서 나온 뒤 부리나케 개사리 나루터로 내달렸다.

세 사람이 나룻배에 막 오르자 행순이 주막을 나와 나루터로 미친 듯이 뛰어왔다. 행순은 나루터에서 손을 흔들며 목이 터지라고 소리쳤다.

"억수 오빠! 종규한티 마지막으로 젖 좀 빨리게 쬐끔만 지다려 달라고유! 억수 오빠! 죽기 전 내 마지막 소원 좀 들어줘유!"

억수는 들은 척도 않고 후닥닥 닻을 올린 뒤 반조원 나루로 배를 쏜살같이 몰았다. 행순은 나루터에 풀썩 주저앉아 몸부림치며 종규야! 종규야! 하고 피맺힌 목소리로 아들 이름을 불렀다.

Chapter 4

슬픈 체념

행순은 멀어져가는 나룻배를 한참이나 바라보다가 비틀거리며 주막으로 돌아왔다. 행순은 술청으로 가더니 술통을 기울여 바가지에 막걸리를 가득 부었다. 행순은 부뚜막에 앉아 막걸리를 기갈 들린 듯이 들이켰다. 행순은 막걸리를 다 마시고는 바가지를 부엌 바닥에 냅다 팽개쳤다. 이어서 발로 밟아 산산조각 냈다.

나 같은 인간이 살아서 뭐 혀? 내 뱃속에서 나온 새끼 내 손으로 키우지도 못하는 빙충이 같은 년이 살아서 뭐 허냔 말이여?

행순은 주먹으로 가슴을 치며 엉엉 울다가 술청에서 나왔다. 행순은 헛간에서 지게 밧줄을 들고 뒤란으로 가더니 장독대에 놓인 큰 항아리 위로 올라갔다. 그런 뒤 감나무 가지에 밧줄을 감았다.

한편 억수는 방 씨와 안식구를 반조원 나루터에 데려다주고 개사리 나루로 쏜살같이 다시 돌아왔다. 억수는 헐레벌떡 주막으로 뛰어갔다. 억수는 방안이며 술청을 둘러보고는 행순이 보이지 않자 장독대로 갔다. 행순은 밧줄에 목을 맨 채 대롱대롱 매달려 버둥거렸다.

"행순이 너 미쳤구나?"

억수는 헛간에서 낫을 갖고 와 밧줄을 후닥닥 잘랐다. 행순이 털썩 장독대에 떨어졌다. 억수는 손바닥으로 행순의 볼을 내지르고는 목에 감긴 밧줄을 풀어주었다. 행순의 입에서 술 냄새가 진동하자 억수는 행순에게 물었다.

"행순이, 너 왜 이러는 거냐?"

"…?"

행순은 눈을 꼭 감은 채 힘겹게 숨만 내쉬었다. 억수는 부엌으로 달려가 두멍에서 바가지로 찬물을 떠왔다. 행순을 끌어안은 뒤 바가지를 입에 가져다 댔다. 행순은 물을 마시다가 숨이 가쁜지 바가지를 손으로 밀쳐냈다. 억수는 손으로 얼굴에 묻은 물기를 닦아주며 행순에게 물었다.

"행순아! 이제 정신 드냐?"

"…."

억수는 저고리 섶을 여며준 뒤 행순을 번쩍 들어다 안방에 갖다 뉘었다. 행순이 숨을 제대로 내쉬자 억수는 안도하였다. 억수가 이불을 덮어 준 뒤 방을 나오려고 하자 행순이 손을 뻗어 억수의 손목을 잡고 사정했다.

"억수 오빠, 집에 가지 마유!"

"토방에 놔둔 돈 보따리 들여놓아야 할 거 아니냐?"

행순은 자리에서 일어나더니 억수의 가슴에 안기었다. 억수가 등을 토닥여주자 행순은 어깨를 들먹이며 서럽게 울었다. 한참을 울다가 행순은 원망 섞인 목소리로 억수를 타박했다.

"억수 오빠, 왜 죽게 내싸두지 살려 줬대유?"

"그걸 말이라고 하고 자빠졌냐? 네 나이가 몇이냐? 갓 스물 넘었는디 벌써 죽다니? 이 세상에 태어났으면 보란 듯이 호강 한 번 하고 죽어야 할 거 아니냐?"

"소도 언덕이 있어야 비빈다고 빈 털털이에 무지랭이가 뭔 재간으로 호강을 한대유?"

"오 씨네 집에서 준 돈으로 우선 논을 사서 소작 주고, 나머지 돈으로 부여에 식당을 차려 장사하면 남부럽지 않게 살 거다."

"여자 혼자서 무슨 재간으로 돈을 벌어유?"

"내가 시키는 대로 하면 돈 벌고도 남을 테니 미리 걱정하지 마라."

억수가 앞날을 책임져줄 것처럼 흰소리를 치자 행순은 슬그머니 억수의 속마음을 떠보았다.

"그러나저러나 우리 언제 혼례 올릴 작정이유?"

"엄니한티 허락을 받아야 허니께 쬐끔만 기다려 봐라."

"허락받을 거 뭐 있대유? 떡 본 김에 지사 지낸다고 돈 생겼을 때 후딱 혼례 치렀으면 좋을 성싶네요?"

행순이 재촉하자 억수는 그럴듯한 이유를 끌어들여 지연작전을 폈다.

"주막에서 살면 자꾸 종규 생각이 날 테니께 부여로 이사 가서 자리를 잡은 뒤에 혼례는 올리자고."

"들어가 살 집도 없으면서 어떻게 당장 이사 간대유?"

"마련해 놓은 집이 있으니 이사 가자는 거지 무턱대고 떠나자는 게 아니여."

"집을 장만해놓았다고요?"

"내 말이 믿어지지 않남?"

"꼭 그런 건 아니지만, 뜻밖이라서 놀랐네요."

"행순아, 굼벵이도 구르는 재주가 있는 법이다."

"억수 오빠는 수단꾼이니께 마음먹으면 뭐든지 하겠지유."

"어쨌거나 말이 나온 김에 너하고 혼례 올리겠다고 엄니한티 털어놔
야겠다."

억수는 일단 행순을 안심시키고는 주막에서 나왔다. 억수는 담배를
피워 물고 동네 고샅길을 지나 꽃고개 쪽으로 발길을 옮기었다.

억수가 집에 도착하자 어머니 초촌댁이 광주리를 이고 집안으로 들어
섰다. 초촌댁은 광주리를 토방에 내려놓고 목덜미에 흐른 땀을 수건으
로 훔치었다. 억수는 광주리 안을 들여다보고는 퉁명스럽게 내뱉었다.

"엄니, 또 마른 위어 팔러 갔다 왔슈?"

"아직도 삭신 멀쩡한디 밥 먹고 빈둥빈둥 놀면 뭐하냐? 마른 위어라
도 팔아서 가용에 한 푼이라도 보태야지."

"엄니, 이제는 궁상 좀 그만 떨어유. 내가 매달 쌀 다섯 말씩 벌어다
주는디 뭐가 부족해서 위어를 팔러 다닌대유?"

"너 장가 들려면 돈이 수월찮게 들 텐디 한 푼이라도 애껴야지, 퍽퍽
써대면 되겠냐?"

"이제는 돈 걱정하지 말고 집에서 편히 쉬세유."

"며느리 보면 위어 팔러 다니라고 등 떠밀어도 안 다닐 모양이니께
어서 장가나 들어라."

혼인 얘기가 나오자 억수는 기다렸다는 듯이 행순이와 동거에 들어갈 뜻을 내비쳤다.

"행순이하고 부여 적산가옥에 들어가 함께 살까 하는데 엄니 의향은 어때유?"

"처녀가 쌔고 쌨는디 애 난 여자와 혼인하다니, 억수 너, 정신 나간 놈 아니냐?"

초촌댁은 얼굴을 붉히고 버럭 화를 냈다. 억수는 익히 짐작한 터라 태연한 목소리로 말했다.

"어이구! 우리 집 같은디 딸 줄 사람이 어디 있대유?"

"딸을 왜 안 줘? 허우대 멀쩡하겠다, 돈 잘 벌었다, 니가 뭐가 부족해서 처녀 장가를 못 든단 말이냐?"

"고슴도치도 제 새끼는 예뻐 보인다고, 엄니 생각이지 다른 사람들은 배나 몰고 다니는 천한 놈이라고 딸 줄 생각 안 한다고요."

"아는 사람들한티 중신하라고 부탁할 테니 행순이는 잊어라."

"엄니, 행순이 내세울 것도 인물도 볼 거 없지만, 심덕은 착하다고유."

"눈을 돌려보면 착한 여자 널리고 널렸다."

어머니가 행순과의 혼인을 굳세게 반대하자 억수는 행순이와 혼인을 해야 할 이유를 탁 까놓았다.

"배를 장만할 때 행순이한테 꾼 돈을 반도 못 갚았슈. 혼인하면 빚은 자연히 탕감되잖아유?"

"결국은 빚을 탕감받으려고 행순이와 혼인하겠다는 말이구먼."

"행순이하고 혼인하면 마누라도 생기고 빚도 탕감받고, 양수겸장이라고요."

"남자나 여자나 배필을 잘못 만나면 팔자 망치는디 빚을 탕감받으려고 천한 주막집 딸년하고 혼인한단 말이냐?"

초촌댁은 목소리를 높여 억수를 나무랐다. 억수는 속 보이는 말이었지만 행순의 손에 큰돈이 들어온 걸 털어놓았다.

"그뿐이 아니구, 엊그제 행순이가 낳은 아들을 세도 양조장 집에 주는 대가로 내가 중간에 들어서서 논 열 마지기 값을 받아줬다고요."

"아따! 행순이 그년 하루아침에 부자 소리 듣겠네."

일그러졌던 초촌댁의 얼굴이 쫙 펴졌다.

행순이한테 돈을 빌려 산 배 덕분에 먹고 사는 걱정은 면했는데, 만약 억수가 행순이와 혼인을 하면 동네서 부자 소리를 듣는 거 아녀?

초촌댁은 가난이 용천 백이(문둥병)보다 더 무섭고 더럽다는 걸 몸소 겪어본 터라 행순과의 혼인을 죽으라고 반대할 할 마음은 없었다. 초촌댁은 조금 전과 달리 억수와 행순이의 결혼을 찬성하는 쪽으로 말을 바꾸었다.

"그려! 겨우 요강단지 갖고 오는 처녀와 혼인혀서 죽게 고생하는 것보다는 수중에 돈 있는 여자 만나 등 따시고 배부르게 사는 것도 나쁘지 않지."

"엄니, 며느리 덕분에 호강 대강할지도 모르겠네유."

"혼인하기로 행순이와 약조했으면 좋은 날 잡아 후딱 예식 올려라."

"애를 오 씨네 집에 넘겨주기 전에 속을 끓여서 그런지 행순이 몰골이 말이 아니유. 그래서 부여 적산가옥으로 이사하고 몸을 추스른 뒤 혼례를 올릴까 허네유."

"핏덩이 자식을 남의 손에 넘겨주었으니 애간장이 얼마나 탔겠냐?"

초촌댁은 말하다 말고 안방으로 들어갔다. 초촌댁은 고리짝을 열더니 안에서 지전을 꺼내다 억수에게 주면서 일렀다.

"석성 사거리 한약방에서 보약 좀 지어다 행순이 줘라."

"엄니 놔둬유. 내 돈으로 지어다 줄께유."

"시어미 자리가 준 돈으로 지은 보약하고 니 돈으로 지은 것하고는 다르지."

"계란이나 달걀이나 그게 그거지, 다르기는 뭐가 달라유?"

"내가 지어 준 보약은 행순이가 어렵게 생각하고 정성껏 달여서 먹을 거 아니냐?"

"듣고 보니 엄니 말이 맞는 거 같기도 허네유."

억수는 씩 웃고는 지전을 받은 뒤 호주머니에 넣었다.

억수는 석성 사거리에 있는 한약방에서 지은 탕제를 들고 개사리 주막으로 달려갔다. 방문을 열어보니 행순은 보자기를 펼쳐놓고 넋 나간 여자처럼 벽에 기대앉아 푹푹 한숨만 내쉬었다.

"행순이 너, 지금 뭐하는 거냐?"

"개사리에서 떠날 생각을 하니 심란하기도 하고 속이 짠해서 질정을 못 대겠네유."

"주막에서 하루라도 빨리 떠나야 악몽 같은 과거사를 후딱 잊게 된다. 그러니께 옷가지만 챙겨갖고 당장 부여로 가자구."

행순은 선뜻 마음이 내키지 않는지 가타부타 대답하지 않았다. 행순은 억수가 손에 들고 있는 한약 꾸러미를 보고는 물었다.

"억수 오빠, 손에 든 거 탕제 아뉴?"

"엄니가 돈을 주면서 니 보약 좀 지어다 주라고 부탁하길래 한약방

들러서 왔다."

"엄니가 우리 혼인하는 거 반대하실 줄 알았는디 그게 아닌가 보네유."

"내가 너를 좋아한다는디 엄니가 굳이 반대할 이유는 없지."

"억수 오빠가 날 좋아할 이유가 없는디 나 듣기 좋아라고 하는 말 아니유?"

"자주 만나다 보니 정들었는지, 하루라도 안 보면 어떻게 지내나 궁금하더라구."

"그게 아니구, 내 처지가 딱혀서 동정하는 거겠지유."

"아주 그런 마음이 없는 것도 아니여."

"억수 오빠, 무지랭이 같은 년이지만 보살펴 주고, 바람막이 노릇까지 해줘유."

행순은 와락 억수의 가슴에 안기었다. 행순은 억수에게 매달릴 수밖에 없는 자신의 처지가 한없이 처량해 어깨를 들먹이며 한참 흐느껴 울었다.

다음날 행순은 임시로 입을 옷과 오상묵 네 집에서 준 돈 보따리를 챙겨서 주막을 나왔다. 행순은 나루터로 가다가 뒤돌아서서 주막을 한참이나 바라보았다. 행순은 배에 오르더니 배 바닥에 철벅 주저앉아 대성통곡을 하였다. 배가 나루터를 벗어나 강 위쪽 부여로 향하자 행순은 벌떡 일어나더니 억수에게 소리쳤다.

"억수 오빠! 반조원 나루터에 잠시 배 좀 대줘유."

"반조원 나루에는 뭣 때미 갈려고 그려?"

"세도 양조장 집에 가서 돈 돌려주고 종규 데리고 올려구요."

"뭐여? 종규를 데리고 온다구?"

"종규 세도에 놔두고는 나 혼자서는 도저히 여기서 못 떠나겠슈."

"애가 무슨 물건이냐? 줬다 돌려받게."

억수는 면박을 주고는 배 속력을 더 높이었다. 행순은 발밑에 쪼그리고 앉아 억수 다리를 잡더니 통사정을 하였다.

"억수 오빠! 지발 내 청 좀 들어줘유."

"미친 소리 작작 하라구!"

"내 말 안 들어주면 강물에 뛰어들어 죽을래유."

"죽든지 말든지 너 좋을 대로 해라. 너 죽으면 나 처녀한티 장가들게 될 텐디 듣던 중 반가운 소리이다."

억수가 일부러 어깃장을 놓자 행순은 기가 팍 죽어 한발 물러났다.

"그러면 종규가 별 탈 없는지 억수 오빠가 양조장 집에 가서 나 대신 알아봐 줘유."

"금강 양조장 집에 가도 종규 얼굴 못 본다구!"

"종규 얼굴을 못 보다니, 그게 무슨 말이래유? 병나서 죽었나유?"

"그게 아니고, 오상묵 여동생 숙자가 키우려고 종규를 공주로 데리고 갔다고 하더라."

억수는 얼핏 들은 소문을 사실처럼 말했다. 행순은 크게 낙심하여 억수의 다리를 잡았던 손을 스르르 놓았다. 행순은 일어서더니 배 난간을 잡고 눈에서 점점 멀어지는 반조원 나루를 바라보며 하염없이 눈물만 흘렸다.

부여 구드래 나루에 배를 대놓고 억수는 행순을 인근에 있는 설렁탕 집으로 데리고 갔다. 저녁때가 다 되어 출출하기도 했고, 행순이와 입씨름을 했더니 목이 컬컬했다. 억수는 식당 주인에게 설렁탕 두 그릇과 막걸리 한 되박을 주문했다.

설렁탕과 막걸리가 나오자 억수는 행순이 앞에 놓인 대접에 막걸리를 부어 주고는 나직하게 말했다.

"행순아, 목이 탈 텐디 막걸리 한 잔 먹어라."

행순은 말이 떨어지기 무섭게 대접을 들어 기갈 들린 사람처럼 막걸리를 들이켰다. 행순은 시큼한 깍두기 국물을 숟갈로 떠서 설렁탕에 섞었다. 행순은 밥 구경을 못 한 사람처럼 허겁지겁 수저로 밥이며 고기 건더기를 입안에 쑤셔 넣었다.

그동안 끼니를 밥 먹듯이 건너뛴 모양이네. 내가 부여로 끌고 오기를 참 잘혔구먼. 행순이 저년 못 본 체하고 그냥 놔두었으면 탈진해서 죽었을지도 몰라.

행순은 마파람에 게 눈 감추듯 설렁탕을 단숨에 먹어치웠다. 누리끼리하던 행순의 얼굴에 핏기가 돌았다. 이어서 행순의 콧잔등에 땀방울이 송골송골 맺히었다.

설렁탕집에서 나오자 빨간 해가 강 건너편 산마루에 걸쳐 있었다. 강물 위에 붉은 노을이 쏟아져 눈이 부시었다.

부소산 밑에 있는 적산가옥에 이르자 행순이 잠시 발길을 멈추고는 억수에게 퉁명스럽게 물었다.

"억수 오빠, 하필 왜놈들이 살던 적산가옥을 사 놓을 건 뭐래유?"

"왜놈들이 본국으로 서둘러 도망치면서 싸게 내놓아 큰돈 안 들이고 장만한 거여"

"억수 오빠는 배알도 없구먼! 말만 들어도 이가 갈리는 왜놈들 집을 사고."

행순은 방에 들어갈 생각도 않고 마당에서 서성거리다가 억수에게 말했다.

"억수 오빠, 이 집에서 살 마음 없으니께 개사리로 도로 데려다 줘유."

"행순이 너 나하고 농담하는 거냐?"

억수는 얼굴을 붉히고 목청을 높였다. 행순은 왜놈들에 대한 증오심을 노골적으로 드러냈다.

"억수 오빠, 나는 왜놈들 왜 자만 들어도 사지가 벌벌 떨린다고."

"그러면 개사리 주막에서 죽을 때까지 살 참이냐?"

"나, 종규 아버지 돌아올 때까지 주막에서 살 거유. 종규가 커서 찾아올지 누가 알아유?"

오상묵에 대한 미련을 버리지 못하는 행순의 일편단심에 억수는 속이 뒤틀렸다.

"오상묵이 비명횡사해서 땅속에 묻혔을지 모르는디 돌아올 때까지 기다리겠다니, 행순이 네 속을 도통 모르겠다."

"애 아버지가 돌아와야 종규를 되찾아올 수 있잖아유? 아무리 버둥거려도 나 혼자 힘으로는 종규를 찾아올 수가 없다는 거 억수 오빠도 잘 알잖아요?"

"정식으로 혼인해서 낳은 자식도 아닌디 하루라도 빨리 정을 떼라. 그래야 홀가분하게 새 출발을 할 거 아니냐?"

"참말로 억수 오빠는 인정머리라고는 눈곱만큼도 없네유. 열 달 동안 뱃속에서 키운 새끼를 어찌 그리 쉽게 잊을 수 있대유?"

"행순이, 니 심정 충분히 이해한다만, 주야장천 눈물로 세월 보내봐야 몸만 축나고 골병들어 종규가 커서 찾아왔을 때 만나보지도 못하고 일찍 죽는다."

"아이구! 지옥 같은 이 시상에서 빨리 떠났으면 원이 없겠네유."

"…"

억수는 마음을 정하지 못하고 갈팡질팡하는 행순이와의 혼인을 포기하는 게 여러모로 나을 거 같아 아무런 대꾸도 하지 않았다.

행순이 이 년이 오상묵을 가슴속에 품고 사는 한 혼인을 해봐야 껍데기하고 사는 꼴이 되겠구먼. 부지런히 일해서 행순이한테 빌린 돈 후딱 갚고 다른 여자와 혼인하는 게 상책이겄어.

Chapter 5_
기다림

　　　　　　　오상묵 모친 조 씨는 손자 종규를 세도 집에서 키우면 행순이가 이따금 애를 보러 찾아올 게 빤해 공주에서 청상과부로 혼자 사는 딸 숙자에게 양육을 맡기었다.

　조 씨는 종규를 키우는 대가로 딸 숙자에게 논 한 섬지기(4,000평: 스무 마지기) 값을 주고, 종규가 대학교를 마칠 때까지 학비를 대 주겠다고 약조했다.

　숙자는 속으로는 4대 독자인 종규 덕분에 친정 재산을 몽땅 차지하는 행운이 찾아올지 몰라 조 씨의 제안을 앞뒤 잴 것도 없이 감지덕지 받아들였다.

　숙자는 공주 읍내 번화가에 조 씨가 준 돈으로 점포가 딸린 2층 건물을 샀다. 숙자는 상점에 조그만 포목점을 차려놓고 심심풀이로 돈벌이를 하면서 종규를 키웠다. 숙자는 종규를 키운 지 3년쯤 지나 근처 약국 남자와 눈이 맞아 재혼하였다.

산에는 진달래꽃이 만발하고, 동네 고샅길에는 복사꽃이 흐드러지게 핀 화창한 봄날이었다.

고등학교 1학년인 종규는 수업을 마치고 학교에서 돌아오다가 동네 입구에서 이웃집서 사는 장미선을 만났다. 미선은 반가운 표정을 지으며 종규에게 먼저 말을 걸었다.

"종규야, 나하고 잠깐 놀이터에 가자."

"누나, 놀이터에는 왜 가자는 거여?"

"너한테 전해 줄 게 있다구."

"전해줄 거라니, 그게 뭔데?"

"중요한 거니까 얼른 날 따라오라고."

미선이 먼저 집 뒤 놀이터로 갔다. 종규는 궁금증이 일어 미선을 따라갔다. 미선은 놀이터에 이르러 주위를 두리번거리더니 느티나무 밑에 있는 벤치에 앉았다. 미선은 책가방에서 두툼한 봉투를 꺼내 종규에게 건네주었다. 종규는 봉투 앞뒤를 살핀 뒤 안에서 돈다발과 사진을 꺼냈다. 종규는 눈에 힘을 주고 사진을 들여다보다가 미선에게 물었다.

"누나, 돈하고 이 사진 누가 줬어?"

"할머니가 너한테 꼭 전해주라고 신신부탁하시더라."

"할머니가 왜 이런 걸 주셨지?"

종규는 사진을 호주머니에 넣고는 봉투에서 돈을 꺼낸 뒤 손가락에 침을 묻혀 세었다. 종규는 백 장 중에서 50장을 미선에게 주었다.

"공돈 생겼으니까 누나도 가져."

"내가 왜 네 돈을 갖냐?"

미선이 쏘아붙이자 종규는 간절한 목소리로 부탁하였다.

"돈하고 사진 보낸 사람이 누구인지 누나가 알아봐 줘."

"종규 네가 할머니한테 직접 물어봐라!"

미선은 돈을 종규에게 돌려주고는 냉정하게 거절했다.

"알았어. 내가 할머니한테 직접 물어볼게."

종규가 벌떡 일어나 장터 쪽으로 발길을 옮기자 미선이 놀라운 사실을 폭로하였다.

"종규야! 사진 속 여자는 종규 네 생모란다!"

종규는 눈을 부릅뜨고 미선을 다그쳤다.

"누나, 그 말이 진짜야?"

"할머니한테 들었는데, 지금 널 키워주는 여자는 생모가 아니고 고모란다."

"아니야! 아니야! 그럴 리가 없어! 나를 키워 준 여자는 친어머니가 맞아!"

종규는 땅바닥에 풀썩 주저앉더니 세차게 도리질하며 피맺힌 목소리로 절규하였다. 미선은 종규를 안타까운 눈길로 바라만 보았다. 미선은 무슨 말로 종규의 아픈 마음을 위로해줘야 좋을지 몰라 함께 울었다.

종규는 한참 동안 울다가 벌떡 일어다더니 고샅길을 따라 금강 쪽으로 달려갔다. 미선은 겁이 덜컥 나 종규의 뒤를 밟았다. 강둑에 가까워지자 미선은 종규의 팔을 잡고 물었다.

"종규 너, 강가에는 왜 온 거냐?"

"누나는 알 거 없어."

종규는 미선의 손을 뿌리치고 강둑 아래로 내려가더니 우거진 갈대밭으로 뛰어들었다. 종규는 갈대를 헤집으며 강가로 힘겹게 달려갔다. 미선도 젖먹던 힘을 다해 종규 뒤를 따랐다. 갈대밭에서 나오자 찰랑거리는 강물이 보였다. 미선은 급한 마음에 종규 뒤통수에 대고 소리 쳤다.

"종규야, 너 강물에 뛰어들 참이냐?"

"누나, 더는 따라오지 마!"

"종규야, 죽기 전에 네 엄니 얼굴 안 볼래?"

종규는 홱 돌아서더니 악에 복받친 목소리로 외쳤다.

"씨팔! 엄니가 어디서 사는지 알아야 얼굴을 보러 가든지 말든지 할 거 아냐?"

"네 엄니가 사는 곳을 할머니는 알고 계신 모양이더라."

미선은 종규가 나쁜 마음을 먹지 못하게 거짓말을 했다. 종규의 눈 이 갑자기 똥그래졌다. 종규는 조금 전과 달리 미선에게 매달렸다.

"누나, 그럼 할머니한테 달려가서 엄니 사는 곳을 알려달라고 하자."

"할머니 채소 다 팔면 집으로 곧장 돌아오실 테니 그러지 말고 우리 가 먼저 집에 가서 기다리자."

"그래, 장터로 가지 말고 집으로 가자."

종규는 손등으로 눈가를 훔치고는 미선과 함께 집으로 발길을 돌렸다.

미선이네 초가집 마당에 해 그림자가 드리워질 무렵 할머니가 빈 바 구니를 머리에 인 채 집 안으로 들어섰다. 종규는 마루에서 일어나 정 월 초하룻날처럼 할머니에게 인사했다.

"할머니, 안녕하세요?"

할머니는 들은 척도 하지 않고 마루에 털썩 주저앉더니 부엌에서 설 거지하는 미선에게 말했다.

"미선아, 물 한 대접 얼른 떠오너라."

"네."

미선이가 물 대접을 갖다 주자 할머니는 단숨에 들이키고는 종규를 나무랐다.

"종규 너는 왜 집에 안 가고 똥 마련 강아지처럼 안절부절못하고 있냐?"

"할머니께 물어볼 게 있어서 기다렸어요."

"나한테 물어볼 거라니, 그게 뭐냐?"

"저를 낳아 준 엄니가 어디서 사는지 할머니는 아시지요?"

"네 엄니가 어디서 사는지 내가 그걸 어떻게 알아? 이놈아!"

할머니는 시치미를 뚝 따더니 야단까지 쳤다. 종규는 낙심하여 한동안 말을 잇지 못했다. 할머니가 뭔가 숨기는 거 같아 종규는 머리를 숙인 채 통사정했다.

"할머니, 제발 엄니 어디서 사는지 알려줘요."

"나는 모르니까 얼른 집에 가라!"

"할머니, 그럼 엄니 사진하고 돈을 준 사람은 누구요?"

"그건 왜 알려고 하냐?"

"엄니가 미치게 보고 싶어서 찾아가려고 묻는 거지요."

종규는 애끓는 목소리로 하소연하였다. 할머니는 종규 손을 뿌리치고는 방으로 들어갔다. 할머니가 생모의 거처를 알려주지 않자 종규는 씩씩거리다가 미선이네 집에서 뛰어나왔다. 미선이 뒤쫓아와 종규를 붙잡고 달랬다.

"종규야, 할머니 마음 돌려서 니 엄니 사는 곳을 알아낼 테니까 며칠만 기다려라."

"누나, 할머니 속마음을 알다가도 모르겠어."

"종규야, 미안하다! 할머니 대신 내가 사과할게."

다음날 종규가 학교에서 돌아와 미선이를 만나려고 집 뒤 놀이터로 갔다. 그때 장사를 마치고 돌아오던 미선이 할머니가 종규를 불러세웠다. 종규는 할머니를 냉랭한 눈길로 바라보았다. 할머니는 집으로 오라고 종규에게 손짓하였다. 종규가 마당으로 들어서자 할머니는 장터 가게에서 사 온 박하사탕을 주면서 친손자를 대하듯 종규 머리를 쓰다듬어주었다. 귀엽다는 뜻인지 딱하다는 의미인지 분간하기 힘들었다. 할머니는 한숨을 연신 내쉬다가 안타까운 목소리로 청천벽력 같은 소식을 알려주었다.

"종규야, 니 엄니 한 달 전에 죽었다고 하더라."

"예? 할머니 그게 정말이에요?"

"아까운 밥 먹고 내가 너한테 왜 거짓말을 하냐?"

"할머니, 엄니가 죽었다는 소식 누구한테 들었어요?"

"며칠 전에 스님이 돈하고 사진을 너한테 전해주라고 신신부탁하면서 네 엄니가 죽었다고 귀띔해주더라"

"그 스님은 어디서 오셨나요?"

"부여 고란사에서 왔다고 하더라."

"스님이 다른 말은 하지 않던가요?"

"네 생모에 대해서 자세한 걸 알고 싶으면 부여 구드래 나루터에서 강경 황산 나루까지 왕래하는 뱃사공 최억수라는 사람을 만나보라고 귀띔해줬다."

"할머니, 고마워요. 정말 고마워요."

종규는 코가 땅에 닿도록 인사를 하고는 미선이네 집에서 뛰어나왔다. 부엌문 뒤에 숨어서 할머니와 종규가 나누는 대화를 엿듣던 미선이가 후닥닥 집 밖으로 나왔다. 미선은 놀이터로 걸어가는 종규 뒤를 밟았다. 미선이 발걸음 소리를 듣고 종규가 뒤를 바라보며 물었다.

"누나, 왜 날 쫓아오는 거야?"

"종규 너, 집에 안 가고 왜 놀이터에 가냐?"

"온몸이 떨리고 가슴이 터질 거 같아 집에 못 들어가겠어."

종규는 벤치에 앉더니 미선의 손을 잡고 도움을 요청하였다.

"누나, 최억수라는 사공을 만나고 싶은데 부여에 나하고 함께 가줄래?"

"그래, 바람도 쐴 겸해서 함께 가자."

"살아 있을 때 엄니를 만났더라면 참 좋았을 텐데, 부모 복이라고는 눈곱만큼도 없는 놈이구먼."

"그래도 종규 너는 돈 많은 고모를 둬서 내 처지보다는 백 배 낫다."

미선은 자신의 어린 시절을 입 밖에 내기가 부끄럽고 창피했다. 하지만 종규를 위로해주고 싶은 마음이 굴뚝같아 외할머니 슬하에서 자라게 된 사연을 솔솔 털어놓았다.

미선이 아버지 장봉춘은 결혼하자마자 6·25 전쟁이 터져 군대에 끌려갔다. 장봉춘은 백마고지 근처에서 괴뢰군과 전투하다가 총상을 당했다. 국군병원에서 치료를 받았으나 왼쪽 다리를 심하게 절었다. 장봉춘은 제대한 뒤에 아무 일도 할 수 없었다. 남편이 돈을 못 벌자 마누라가 장터에서 술장사하면서 식구들을 먹여 살렸다.

어느 날, 단골손님인 나이 많은 사내와 마누라가 마주 앉아 술을 마시며 호호거리고 하하거리다 서로 끌어안고 입 맞추는 꼴을 남편 장봉춘이 보았다. 장봉춘은 장사를 끝내고 집에 들어온 마누라를 닦달했다.

"낮에 끌어안고 입 맞춘 사내놈과 당신 눈 맞았지?"

"눈이 맞다니, 당신 나를 의심하는 거여? 뭐여?"

"당신, 그 자식이 술집에 오면 좋아서 입이 귀밑까지 돌아가더라고."

"술 한 잔이라도 더 팔려고 손님 비위 맞춰주는 꼴이 그리 보기 싫으면 당신이 돈을 벌어오라고."

"엉뚱한 핑계 대지 말고, 그놈이 좋으면 차라리 함께 살아라, 이 개 같은 여편네야!"

"살라면 내가 못 살까 봐? 사지 멀쩡한 사내와 살아봤으면 원이 없겠다!"

"그래! 네년 소원 풀어주마."

장봉춘은 옆에 놓은 목침을 집어 마누라에게 내던졌다. 목침 모서리가 마누라 이마에 정통으로 맞았다. 이마에서 붉은 피가 주르르 흘러내리자 마누라는 장봉춘을 번쩍 들어 마루에 내던졌다. 마누라가 발로 엉덩이를 내지르자 장봉춘은 마루 아래 토방으로 나뒹굴었다. 장봉춘은 기운으로는 당할 재간이 없자 헛간에 딸린 사랑방으로 내뺐다.

다음 날 아침에 마누라가 땔감을 가지러 헛간에 갔다가 혼비백산하여 비명을 내질렀다. 장봉춘이 밧줄로 목을 맨 채 헛간 기둥에 대롱대롱 매달려 있었다.

남편이 죽자 시어머니며 시누이들이 합세하여 며느리를 원수처럼 미워했다. 화냥기가 절절 넘쳐 외간남자를 좋아한다는 둥, 무식하고 독살스러워 서방을 잡아먹을 줄 알았다는 둥, 온갖 악담과 억측을 쏟아내며 며느리를 궁지로 몰아붙였다.

며느리는 하루라도 빨리 집을 나가 사는 게 백번 낫겠다 싶어 아장 아장 걷는 딸 미선이를 친정어머니에게 맡겨놓고는 바람처럼 사라졌다. 그녀는 몇 달 후 강경에 사는 돈 많은 어물전 늙은 홀아비와 눈이 맞아 살림을 차렸다.

Chapter 6

친구가 원수

종규와 미선은 일요일 아침 공주 차부에서 부여행 버스를 탔다. 그들은 이인, 탄천면을 지나 부여읍 정류장에 도착했다. 그들은 물어물어 구드래 나루터를 찾아갔다. 종규는 나루터에서 서성거리다가 국말이 집 아주머니에게 황산 나루에서 오는 배가 언제쯤 도착하느냐고 물었다.

"배가 도착할 때가 거운 된 거 같다."

"나룻배를 모는 양반이 최억수 씨가 맞나요?"

"이름은 잘 모르겠고, 성이 최 씨인 거는 맞다."

"나이가 많은가요?"

"마흔 살쯤 먹었을 거다."

나루에서 잠시 기다리자 배 한 척이 요란한 발동기 소리를 내며 강물을 거슬러 올라왔다. 배를 나루터에 대자 사람들이 우르르 배에서 내렸다. 잠시 뒤 턱에 시커먼 수염이 잔뜩 난 뱃사공이 배에서 내렸다.

종규는 뱃사공에게 달려가 고개를 숙여 인사하였다.

"사공 어른, 안녕하세요?"

"너, 누구냐?"

"오종규라고 합니다."

억수는 종규 이목구비를 살펴보더니 넌지시 물어보았다.

"너, 행순이 아들 아니냐?"

"네, 맞아요. 공주에서 살아요."

"어떻게 날 찾아왔냐?"

"엄니 사진을 보고 찾아왔어요."

"그려? 용케도 잘 찾아왔구나."

"사공 어른이 스님에게 부탁해 사진하고 돈을 저한테 보내주셨나요?"

"내가 직접 가기 곤란해서 고란사 스님에게 부탁했다."

"사공 어른, 정말 고맙습니다."

"점심때가 다 됐으니 우선 밥부터 먹으러 가자."

억수는 국말이 집으로 종규와 미선이를 데리고 갔다. 억수는 국말이 세 그릇을 주문했다. 국말이가 나오기 전에 종규는 생모의 죽음에 대해서 넌지시 물어보았다.

"생모가 돌아가신 게 맞나요?"

"그려!"

"엄니는 왜 그렇게 일찍 돌아가셨대요?"

"병 들어서 일찍 죽었다."

"무슨 병에 걸렸대요?"

"화병에 술을 입에 달고 살았으니 몸뎅이가 성했겠냐?"

"엄니는 왜 그렇게 술을 입에 달고 살았대요?"

"젖도 떨어지기 전에 너를 품에서 떠나보냈으니 니 엄니 마음이 편했 겄냐? 가슴에 맺힌 한을 풀 길이 없으니 술에 의지해 하루하루를 보 낼 수밖에 없었지."

억수의 말을 듣던 미선이의 볼에서 눈물이 주르르 흘러내렸다. 하지 만 종규는 눈을 똑바로 뜨고 카랑카랑한 목소리로 궁금한 것들을 캐 물었다.

"엄니, 산소는 어디에다 썼대유?"

"개사리 나루에서 석성 사거리로 가려면 꽃고개를 넘어야 하는디, 그 고개 산 중턱에 묘를 썼다."

생모에 관한 이야기를 대충 듣고 나더니, 종규는 아버지에 관해서도 물었다.

"사공 어른, 아버지는 언제 어디서 돌아가셨대요?"

"니 아버지가 죽기 전에 숭(凶)악한 일을 저질렀는디 그 사연이 참 복 잡하다."

억수는 어디서부터 무슨 얘기를 해줘야 할지 몰라 짬짬거렸다. 억수 는 물을 한 모금 마시더니 종규 아버지 오상묵의 뒤틀린 삶을 더듬더 듬 들려주었다.

해방되기 약 1년 전이었다.

오상묵은 강경 은성 다방 구석 자리에서 공책을 펼쳐놓고 시를 쓰다 가 강산식당 주인 황금란한테서 전화를 받았다.

"오빠, 억수가 장연옥한테서 이혼합의서에 지장을 받아왔네."

"그려? 그럼 그리로 얼른 갈게."

오상묵은 전화를 받자마자 황금란을 만나려고 득달같이 강산식당으로 달려왔다. 오상묵은 황금란이가 건네준 이혼합의서에 지장이 제대로 찍혔는지 확인하였다. 그러고 나서 오상묵은 강경경찰서 정보과장인 손위 처남 장치문에게 곧장 전화를 걸었다. 오상묵은 통화를 마친 뒤 금란에게 술상을 차리라고 일렀다.

"금란아, 술안주로 황복탕하고 위어 회 좀 무쳐라."

"술은 뭐로 준비하면 좋겠어요?"

"장치문 그 자식은 입이 고급이라 정종만 마실 거다."

내실에 술상을 차려놓기 무섭게 장치문이가 권총을 차고 강산옥으로 달려왔다. 오상묵은 내키지 않았지만 먼저 장치문에게 안부를 물었다.

"치문아 너, 요새 몸이 아파 병원에 자주 다닌다면서? 이제 많이 나았냐?"

"이것저것 복잡한 일이 많아 매일 술을 마셨더니 간이 푹 썩은 모양이다."

"그럼 오늘 술 못 마시겠네?"

"모처럼 친구에 매제를 만났는데 그동안 쌓인 회포는 풀어야지."

흠, 회포 운운하는 거 보니 개사리 주막에서 문맹자들에게 한글을 가르쳤다고 부여 경찰서에 잡아 가두라고 밀고하고, 연옥이를 친동생인 양 속여서 혼인시킨 게 두고두고 양심에 찔리는 모양이구먼.

금란은 술 시중을 드는 여자가 없어 미안하다며 두 사람에게 양해를 구했다. 금란은 돌아가는 분위기로 봐 두 사람이 큰 싸움을 벌일 거 같아 일부러 술좌석에 끼어들었다.

오상묵은 술잔을 비우고는 장치문을 노려보며 다그쳤다.

"치문이 너, 왜 나를 기만했냐?"

"기만하다니, 그게 무슨 말이냐?"

장치문은 눈을 치켜뜨고 오상묵에게 쏘아붙였다. 오상묵은 정종을 입안에 털어 넣고는 더욱 거세게 추궁하였다.

"강산옥 전 주인 미찌꼬가 장연옥이 생모라는 사실을 왜 숨겼냐고?"

"나는 또 무슨 말이라고…."

장치문은 놀란 척하다가 이내 표정을 바꾸더니 두루뭉술하게 얼버무렸다.

"상묵아, 지금 와서 케케묵은 걸 따져서 뭐 하냐? 지난 일은 다 덮어두고 코 비틀어지게 술이나 마시자고."

"장치문, 너 얼렁뚱땅 넘기지 말고 내가 묻는 말에 답이나 하란 말이다!"

오상묵은 술상을 손바닥으로 내려쳤다. 장치문은 답변이 궁한지 얼굴에 철판을 몇 겹 깔고 괴변을 쏟아냈다.

"상묵아, 일본 사람 피가 섞였다고 연옥이가 여자 노릇을 못했냐? 아니면 음식 솜씨가 형편없냐? 그렇다고 인물이 다른 여자보다 빠지기를 하냐? 까놓고 얘기해서 연옥이처럼 예쁜 여자 강경이나 부여서 본 적 있냐?"

"제 어미가 기생이었으니까 인물이 반반한 건 당연하지. 이 자식아!"

"그리고 네가 독립운동에 투신한 열혈 애국지사도 아닌데 연옥이 몸속에 일본인 피가 흐른들 살아가는데 무슨 문제가 되냐? 자! 자! 다 지난 과거지사는 툭툭 털어버리고 술이나 마시자."

장치문은 얼굴에 억지웃음을 짓고 술잔을 오상묵 앞에 내밀었다. 오상묵은 술잔을 받아 방바닥에 내팽개치더니 장치문에게 경고하였다.

"치문이 너, 말도 안 되는 소리를 씨부렁거리는데 절대로 용서할 수 없다."

"용서하지 못하면 어떻게 하겠다는 거냐?"

"연옥이와 이혼할 테니 시비 걸지 마라."

"미친놈! 그딴 사유로 이혼하면 너 환갑 되기 전에 마누라 열은 갈아치워야겠다."

장치문은 히죽이 웃으며 오상묵을 조롱했다. 오상묵은 열에 받쳐 이혼합의서를 장치문 코앞에 들이밀었다. 장치문은 이혼합의서를 들여다보고는 오상묵에게 물었다.

"너, 이 서류에 연옥이가 자진해서 지장 찍은 거 맞냐?"

"개 눈에는 똥만 보인다더니, 네놈이 그 꼴이구나. 죄 없는 사람들 붙잡아다 두들겨 패 엉터리 조서 작성한 뒤 강제로 지장 받듯이 연옥이한테 도장 받은 줄 아는데, 나는 너처럼 개백정 짓은 절대 안 한단 말이다!"

"오상묵, 네놈 말을 도저히 못 믿겠다."

"야 개자식아! 나는 너처럼 철면피에 악독한 위선자가 아니라니까!"

오상묵의 신랄한 반격에 장치문은 더는 이혼합의서의 진위를 따지지 않았다. 그 대신 거액의 위자료를 요구하였다.

"연옥이와 이혼하려면 평생 먹고살 위자료를 내놓아라."

"양심이라고는 눈곱만치도 없는 새끼! 이혼 사유를 누가 제공했는데 그따위 조건을 내세우는 거냐? 적반하장도 유분수지, 이 자식! 칼만 안 든 강도네!"

"이 후레자식아! 입에서 나오면 다 말인 줄 아냐?"

장치문은 이를 뿌드득 갈더니 정종을 오상묵 얼굴에 냅다 끼얹었다.

오상묵도 지지 않을세라 위어 회가 담긴 접시를 장치문 얼굴에 내던졌다. 시뻘건 초장과 채소 가닥이 장치문의 볼에 덕지덕지 달라붙었다. 장치문은 얼굴에서 양념을 떼어내더니 옆구리에 차고 있던 권총을 뽑아 오상묵을 겨누며 소리쳤다.

"오상묵, 이 새끼! 네 놈 머리통에 구멍을 내주마."

"나는 죽는 거 무섭지 않으니 어디 쏘려면 쏴 봐라!"

오상묵은 뱃심 좋게 총구에 머리를 들이밀었다. 장치문은 방아쇠를 당기려고 손가락에 힘을 주었다. 일촉즉발의 긴장감이 감도는 순간, 금란은 권총을 발사하지 못하게 장치문의 손목을 잡아챘다. 순간 권총이 술상 위에 툭 떨어졌다. 오상묵은 기다렸다는 듯이 권총을 집어 장치문의 가슴을 향해 방아쇠를 당겼다. '쾅' 하는 굉음과 함께 장치문은 술상에 코를 박았다. 장치문의 얼굴에서 쏟아진 검붉은 피가 술상을 흥건히 적시었다.

오상묵은 권총을 가방에 넣고는 경찰에 자수하겠다며 방에서 나왔다. 금란은 발을 동동 구르며 오상묵 팔을 잡고 말리었다.

"오빠! 바보같이 왜 자수해?"

"지금 그 방법밖에 없잖아?"

"해방될 때까지 경찰들이 찾지 못하게 은신하든지 만주 쪽으로 도망치라고."

"아는 사람도 없고, 여기저기에 일본 형사 놈들이 깔렸는데 도망치는 건 불가능하다고."

"오빠, 내가 은신처를 알려 줄 테니 거기로 피신하라고."

금란은 종이에 외삼촌이 사는 주소를 써서 오상묵 호주머니에 찔러

주었다. 금란은 벽에 걸어놓은 괘종시계를 쳐다보더니 재촉했다.

"오빠, 억수가 황산 나루에서 마지막 배 손님을 기다릴 거야. 그 배 타고 빨리 강경을 떠나라고."

"금란아! 안전한 곳에 은신하면 연락하마!"

오상묵은 헉헉거리며 황산 나루로 뛰어갔다. 억수는 뱃머리에 앉아서 담배를 피우며 손님을 기다리는 중이었다. 오상묵은 배 위로 뛰어올라가 억수에게 사정했다.

"억수! 나 좀 반조원 나루에 빨리 데려다주게."

"손님을 태우고 가야지 빈 배로 갈 수는 없는디."

"억수, 뱃삯은 몇 곱쟁이로 줄 테니 빨리 가자고!"

"무슨 일을 저질렀간디 쫓기는 사람처럼 허둥대는 거여?"

"웬수 같은 장치문이를 권총으로 쏴 죽였다!"

"총도 갖고 있지 않으면서 장치문을 권총으로 쏴 죽이다니 그게 무슨 말이여?"

억수는 믿어지지 않아 피식 웃었다. 오상묵은 양복주머니에서 권총을 꺼내 억수에게 보여주었다. 순간 억수의 눈이 왕방울만 해졌다.

아니, 처남을 권총으로 쏴 죽이다니, 오상묵 저 인간 실성한 거 아녀? 얼마 전부터 반 미치갱이 짓을 하더니 이제는 제대로 미쳤구먼….

"억수, 경찰이 뒤쫓을지 모르니까 빨리 나루터에서 떠나자구."

울상을 짓고 통사정하는 오상묵이 안돼 보여 억수는 서둘러 배를 몰아 황산 나루에서 빠져나왔다.

금란은 오상묵이 도피할 시간을 준 뒤 구급차를 보내달라고 혜성병원으로 전화를 걸었다. 십 분이 채 지나지 않아 구급차가 강산옥 앞에 도착하였다. 구급대원들이 장치문을 구급차에 싣고는 서둘러 강산옥을 떠났다.

 잠시 뒤 강경경찰서 수사 주임과 형사 한 명이 강산옥으로 달려와 현장을 검증했다. 형사는 금란을 식탁 앞에 앉혀 놓고 사고 발생 시의 정황을 꼬치꼬치 캐물었다.

 "총격이 벌어졌을 때 황금란 씨는 어디에 있었습니까?"

 "저는 주방에서 술안주를 만드는 중이었습니다."

 금란은 사건에 얽혀들기 싫어 거짓말을 했다. 형사는 매서운 눈초리를 번쩍이며 금란을 추궁했다.

 "장치문 과장님하고 술 마신 사람이 누구요?"

 "세도에서 사는 오상묵이었습니다."

 "그 사람은 장 과장님 매제 아닙니까?"

 "예, 맞아요."

 "두 사람은 평소 사이가 안 좋았는데 혹시 술김에 싸우다가 총기 사고가 난 거 아닙니까?"

 "현장을 보지 않아 저는 잘 모릅니다."

 금란은 형사의 유도신문에 걸려들지 않으려고 최대한 간단명료하게 대답했다. 형사는 금란에게 미심쩍은 눈길을 보내며 오상묵의 행방을 캐물었다.

 "그런데 오상묵 씨는 어디로 갔습니까?"

 "총소리가 난 뒤 곧장 강산옥에서 도망쳤습니다."

 "처남이 위독한데 행방을 감추다니? 보나 마나 오상묵이가 범인이구먼."

형사는 금란의 진술에 의문점이 많아 경찰서로 연행했다. 형사는 금란을 컴컴한 취조실로 데리고 가 본격적인 심문에 들어갔다.

"황금란, 네가 오상묵 도피시켜주었지?"

"나는 그런 적 없습니다."

"네 얼굴에 도피시켜줬다고 쓰여 있는데 끝까지 오리발을 내밀래?"

형사는 가죽 채로 금란의 어깨며 등짝을 무자비하게 내려쳤다. 금란은 이를 악물고 묵비권을 행사했다. 형사는 문을 잠근 뒤 금란이가 걸친 겉옷을 벗겨 반라로 만들었다. 형사는 금란이를 차디찬 시멘트 바닥에 쓰러뜨리더니 가죽 채 손잡이로 금란의 젖가슴을 쿡쿡 찌르며 희롱하였다.

"아직도 시집을 못 간 처녀 같은데 속옷까지 홀딱 벗겨줄까? 아니면 오상묵 은신처를 불을래?"

"정말로 나는 오상묵 행방을 모릅니다!"

계속된 협박에도 금란이 실토를 하지 않자 형사는 금란의 속옷을 벗기고는 배 위에 올라앉았다. 형사는 성기를 꺼낸 뒤 금란의 두 다리를 벌리고는 국부에 갖다 댔다. 금란은 "악!" 하고 비명을 내지르고는 꺼져가는 목소리로 오상묵의 은신처를 토설(吐說)하고 말았다.

한편 오상묵은 배가 세도 반조원 나루터 가까이에 오자 억수 손에 돈을 쥐여주고는 개사리 나루터로 뱃머리를 돌려달라고 사정하였다. 억수는 아무 소리도 않고 개사리 나루터에 배를 댔다. 오상묵은 행순이를 만나고 올 테니 나루터에서 잠시만 기다려달라고 사정한 뒤 주막으로 뛰어갔다. 오상묵은 토방에 앉아서 콩을 까는 행순에게 소리쳤다.

"행순아, 어서 냉수 한 대접만 다오!"

행순은 부엌으로 가더니 대접을 쟁반에 얹어서 갖고 나왔다. 행순은 허둥대는 오상묵에게 물었다.

"선상님, 뭔 일 있슈? 안색이 말이 아니네유?"

오상묵은 단숨에 대접을 비우고는 후하고 한숨을 내쉬었다. 오상묵은 담배를 피워 물고는 행순에게 일렀다.

"행순아, 당분간 주막에 못 올 테니 나 기다리지 말아라."

"뭔 일로 못 오신다는 거유?"

"그럴 일이 생겼다."

"곧 애를 낳을 텐디 지 혼자만 주막에 놔두고 딴 데 가 계시면 어쩐대유?"

"일전에 뵈었던 엿바위(규암) 고모보고 애 낳을 때 도와달라고 부탁해라."

"지가 애를 낳다가 죽기라도 하면 누가 땅에 묻어 준대유? 선상님, 참말로 매정하시네유."

행순은 눈물을 질금거리며 오상묵에게 앙탈을 부렸다. 오상묵은 주막에 못 오는 이유를 숨기면 안 되겠다 싶어 행순의 두 손을 잡고 실토하였다.

"실은 내가 권총으로 장치문을 쏴 죽였다."

"선상님이 장연옥이 오빠, 장치문을 죽였다구요?"

행순의 얼굴에 놀라움과 두려움이 뒤범벅되었다. 오상묵은 자신 없는 목소리로 행순의 양해를 구했다.

"행순아, 멀리 가서 은신했다가 해방이 되면 돌아오마. 그동안 힘들더라도 참고 견디어라."

"선상님, 도대체 이게 무슨 난리굿이래요?"

행순은 두 손으로 얼굴을 가리고는 어깨를 들먹거리며 서럽게 울었다. 오상묵은 손으로 행순의 눈가를 훔쳐 주고는 평상에서 일어났다. 행순이 오상묵 손을 붙잡았다.

"선상님, 잠시만 지다리세유."

"나한테 할 말이 더 있냐?"

"그게 아니구 드릴 게 있슈."

행순은 말끝을 흐리고는 후닥닥 방으로 들어가더니 돈다발을 들고 나왔다. 행순은 노자로 쓰라고 돈을 오상묵 호주머니에 찔러주었다. 오상묵은 차마 돈을 받을 수 없어 행순에게 돌려주었다.

"애 낳으면 생각보다 돈이 많이 들어간다. 받은 셈 칠 테니 넣어두어라."

"선상님, 집 떠나서 돈 떨어지면 비렁뱅이가 되기 십상이래유. 아무 소리 말고 가져가세유."

행순은 부득부득 오상묵 호주머니에 돈을 쑤셔 넣었다. 오상묵은 주막을 나오며 새삼 행순의 마음 씀씀이가 고마워 눈시울을 붉혔다. 행순은 싸리문 밖까지 나와 멀어져가는 오상묵 뒷모습을 바라보며 치맛자락으로 눈물을 연신 훔쳤다.

오상묵이 나룻배에 오르자 억수는 서둘러 반조원 나루로 뱃머리를 돌렸다. 경찰이 뒤쫓을 거 같아 배 속력을 최대한 높이었다. 배를 반조원 나루터에 대자 오상묵은 먼 길을 떠나 다시는 돌아오지 못할 사람처럼 억수에게 사과했다.

"억수, 서운했던 과거 일은 모두 잊게."

"나도 연옥이를 가슴속에서 못 지우고 못된 짓 많이 해서 미안하구면. 하여튼 객지에서 몸조심하라구."

오상묵은 적잖은 뱃삯을 억수에게 주고는 나룻배에서 얼른 뛰어내렸다. 오상묵은 정자나무 밑으로 쏜살같이 달려가더니 주위를 살핀 뒤 홍산식당 앞에 세워놓은 자전거를 훔쳐 타고 세도 쪽으로 내달렸다. 중간에서 장암면으로 방향을 틀어 남면, 구룡면, 내산면을 지나 황금란 외삼촌 송 노인이 사는 외산면 만수리에 도착하였다.

Chapter 7

꽃고개의 전설

종규는 점심을 먹으며 억수로부터 아버지의 과거 이야기를 듣고 난 뒤 상점에 들러 담배 다섯 갑을 샀다. 종규는 담배를 억수에게 주면서 간곡하게 부탁했다.

"사공 어른, 힘드시겠지만 엄니 산소를 어디에 썼는지 가르쳐 주실 래요?"

"어렵게 찾아왔는데 니 엄니 산소를 알려주는 게 당연하지."

"사공 어른, 오늘 진 신세 나중에 꼭 갚겠습니다."

"신세는 무슨 신세냐? 응당 내가 알려줘야 할 일인디."

"사공 어른이 아버지였으면 참 좋겠네요."

"고맙다! 힘들고 어려울 때 날 찾아와라. 배운 것도 없고, 힘은 없지 만, 정성껏 도와주마."

"사공 어른, 말씀만 들어도 힘이 저절로 나네요."

억수는 구드래 나루터 인근 상점에서 한산 소곡주와 북어포 사과 그리고 창호지 등을 샀다. 억수는 보자기에 제수품을 싸서 종규에게 건네주고는 구드래 나루로 향했다. 억수는 종규와 미선을 나룻배에 태워 강 하류 석성면 개사리 나루터로 쏜살같이 내달렸다.

억수는 개사리 나루터에 이르러 말뚝에 배를 매 놓고는 행순이가 살았던 주막으로 종규를 데리고 갔다. 종규가 태어난 안방이며, 행순이 죽기 전까지 술을 팔았던 술청을 보여주었다.

마당에 호랑이 새끼를 칠 정도로 풀이 우거졌다. 주막은 헐고 낡아 바람만 세차게 불어도 무너지게 생겼다. 손님이 찾아온 줄 알고 주막 뒤편 감나무 가지에서 가치가 반갑게 짖어댔다.

"엄니가 평생 여기서 산 게 맞나요?"

"그려, 니가 커서 찾아오거나, 니 아버지가 살아서 돌아오기를 학수고대하고 주막을 줄곧 지켰던 거여. 밤마다 장독대에 정수를 떠놓고 빌기도 했고, 마음이 심란하면 나룻배를 타고 고란사에 가서 불공을 드리기도 했다."

"아이구! 엄니도 참 바보천치에 미련퉁뱅이었네요."

종규는 가슴이 먹먹하고, 눈물이 자꾸 쏟아져 주막에서 발길을 돌리지 못하고 한참이나 서성거렸다. 종규는 손으로 눈가를 훔치고는 주막에서 나와 억수와 함께 꽃고개로 향했다.

동네 고샅길에는 붉은 복숭아 꽃이 만발했다. 팥죽색 신작로를 한참 걸어가자 비탈진 고개가 나왔다. 고갯길 양쪽으로 야트막한 산이 보이고, 산 여기저기에 묘가 자리하였다.

진달래꽃이 흐드러지게 피어 산이 온통 붉게 물들었다. 이따금 청아한 산새 울음소리가 꽃고개에 울려 퍼졌다.

종규가 억수와 함께 산길로 접어들자 미선은 발길을 멈추고 힘들게 숨을 내쉬며 말했다.

"종규야, 나는 고갯마루에서 기다릴 테니 사공 어른하고 니 엄니 산
소에 다녀와라."

종규는 고개를 끄덕이고는 억수와 함께 풀숲이 우거진 오솔길을 따
라 산 중턱으로 올라갔다. 종규는 생모의 묘 앞에 먼저 창호지를 펼쳐
놓았다. 종이 위에 사과와 북어를 놓고는 봉분에 소곡주를 끼얹었다.
종규는 절을 두 번 올리고 나서 손등으로 눈물을 닦으며 억수에게 물
었다.

"엄니 묘는 누가 써줬나요?"

"나하고 동네 사람들이 장사를 치러줬다."

"아저씨, 정말 고마워요."

억수는 제수품을 보자기에 싼 뒤 소곡주를 꿀꺽꿀꺽 마셨다.

종규는 생모 옆에 있는 산소를 손가락으로 가리키며 억수에게 물었다.

"엄니 옆에 있는 산소는 어느 분 것이래요?"

"네 아버지 본부인 장연옥 묘다. 네 큰어머니뻘 되는 여자이지."

"큰어머니는 왜 그리 빨리 저승으로 가셨대요?"

"그 사연을 얘기하려면 하룻밤을 꼬빡 새도 부족하다."

억수는 묘 앞에 앉아 담배를 피워 물고는 서글픈 목소리로 인생의
허망함을 토로하였다.

"사람은 죽어서 땅속에 들어가면 고관대작이든, 가난뱅이든, 쓸쓸하
고 외롭기 마련이다. 그려서 두 여자도 성님 동생 하면서 사이좋게 지
낼 거다."

"하기는 죽어서까지 질투하고 미워하며 살 것까지는 없지요."

"이제 니 생모가 잠든 곳을 알았으니 설이나 팔월대보름에 찾아와서

성묘하는 거 잊지 말아라."

"명절뿐 아니라 시간 나는 대로 찾아뵙고 외로운 엄니를 위로해 드리 겠습니다."

종규는 생모의 산소 위치를 눈여겨 둔 다음 억수와 함께 꽃고갯길로 내려왔다.

미선은 진달래 꽃다발을 가슴에 안고 종규를 기다리었다. 미선은 종 규가 가까이 오자 수줍게 웃으며 진달래 꽃다발을 내밀었다. 종규는 무슨 의미로 꽃다발을 주는지 궁금해 미선에게 물었다.

"누나, 꽃다발을 왜 주는 거여?"

"영영 잊을 뻔했던 네 생모를 만난 걸 축하하는 의미로 주는 꽃다발 이다."

"누나 고마워! 정말 고마워!"

종규는 울음 반, 웃음 반 섞인 표정을 짓고는 미선의 두 손을 꼭 잡 았다.

종규는 개사리 나루터에서 억수가 모는 나룻배를 타고 미선과 함께 다시 부여 구드래 나루터로 돌아왔다. 종규는 생모 산소를 알려 줘서 고맙다며 억수에게 몇 번이나 고개를 숙이고는 부여 버스 정류소로 향 했다.

종규와 미선은 부여 정류소에서 한 시간쯤 기다린 뒤 털털거리는 버 스에 몸을 싣고 공주로 돌아왔다. 종규는 버스 정류소에서 미선과 함 께 집으로 걸어오다가 찹쌀떡 집 앞에서 발길을 멈추었다.

"누나, 소가 헤엄치고 간 국밥 한 그릇 먹었더니 벌써 뱃속에서 쪼르

륵 소리가 나는데 우리 찹쌀떡 사 먹자."

"하긴 비탈진 산길을 오르고 내렸으니 배가 고프겠지."

종규는 찹쌀떡 열 개와 사이다 두 병을 산 뒤 집으로 향했다. 종규
는 동네에 이르러 미선과 함께 부리나케 집 뒤 놀이터로 달려갔다. 벤
치에 앉자마자 종규는 마파람에 게눈 감추듯 단숨에 찹쌀떡 세 개를
먹어치웠다. 미선은 찹쌀떡을 먹다가 뚱딴지같은 말로 종규를 어리둥
절하게 만들었다.

"종규야, 실은 나 몹쓸 병에 걸렸다. 그래서 꽃고개에 갔을 때 산에
못 올라갔던 거야."

"누나, 무슨 병에 걸렸는데 그리 심각하게 말하는 거야?"

"폐병에 걸린 지 1년 넘었다."

"그 병은 약을 열심히 먹으면 나으니까 걱정할 거 없어."

"반년이나 병원에서 약을 타다 먹었는데도 나을 기미가 보이지 않는
다. 아무래도 나 일찍 죽을 거 같다!"

미선은 사이다를 마시다 말고 손등으로 눈가를 문질렀다. 종규는 미
선을 위로해 줄 겸 희망을 버리지 말라고 손을 잡고 간곡하게 부탁하
였다.

"누나, 죽으면 절대 안 돼. 누나를 하루라도 안 보면 허전하고 궁금해
서 죽을 지경이야. 그러니까 오래오래 살아야 한다고. 나 대학교 졸업
하고 취직하면 누나와 결혼할 테니까 약 열심히 먹고 치료받아서 빨리
병 나으란 말이야."

"결혼? 니 고모가 부모도 없는 가난뱅이 집안 딸하고 결혼하라고 허
락할까?"

"결혼 상대는 내가 고르는 거지, 고모가 고르는 건 아니잖아?"

"너와 결혼한다는 게 먼 꿈나라 얘기처럼 들린다."

종규와 미선이 벤치에서 도란도란 이야기하는데 종규 고모 오숙자가 씩씩거리며 놀이터로 달려왔다. 숙자는 눈을 부라리며 종규를 족치었다.

"종규, 너 새벽같이 어디 다녀왔냐?"

"부여 석성 꽃고개에 갔다 왔어요."

"거기는 왜 갔냐?"

"죽은 생모 산소 둘러 보러 갔어요."

"내가 네 엄니인데 자다가 무슨 봉창 두드리는 소리를 하는 거여? 이 놈아!"

숙자가 정색하고 화를 버럭 내자 종규는 벤치에서 벌떡 일어나 소리쳤다.

"고모, 제발 입에 침이나 바르고 거짓말하세요."

"뭐여? 이놈아! 내가 무슨 거짓말을 했다는 거냐?"

"고모, 최억수라는 사공 양반한테 제가 태어나서부터 고모 손에 넘어오기까지 자초지종을 다 듣고 왔다고요."

종규가 뱃사공 이름까지 들이대며 반박하자 숙자는 엉뚱하게 미선을 다잡았다.

"미선이 네년이 종규 꼬드겨서 부여 다녀왔지?"

"제가 꼬드기다니요? 종규가 사정해서 함께 갔다 왔어요."

"이년 눈 하나 깜짝하지 않고 천연덕스럽게 거짓말하네!"

숙자는 입에 거품을 물더니 미선이 머리채를 잡고 마구 흔들어댔다. 장에서 돌아오다 그 광경을 본 미선이 외할머니가 숙자에게 소리쳤다.

"애 엄마, 왜 미선이 머리채를 잡고 개 잡듯 족치는 거여?"

"할머니, 미선이 저년 하는 짓이 아주 못돼먹었는데 똑바로 가르치세요!"

숙자는 미선이를 밀치고는 할머니에게 삿대질하며 달려들었다. 할머니는 바구니를 내팽개치고는 숙자의 머리칼을 움켜쥐고 흔들었다. 숙자는 "이 노인네 사람 잡네. 사람 잡아!" 하고 죽어가는 시늉을 하고는 할머니를 밀어붙였다. 할머니는 뒤로 벌러덩 넘어졌다. 종규는 할머니를 부축해서 미선이네 집으로 모시고 갔다. 숙자는 자신을 놔두고 할머니를 챙기는 종규를 물끄러미 바라보다가 혼자 중얼거렸다.

지 에미 대신 밤낮으로 오줌똥 치우며 키워놨더니, 피 한 방울 안 섞인 노인네를 먼저 챙기네. 역시 머리 검은 짐승은 거두어 봤자 말짱 헛일이란 말이 딱 맞네.

종규는 할머니가 크게 다친 데가 없자 안도하였다. 종규는 할머니에게 죄송하다는 말을 남기고는 미선이네 집에서 나왔다. 놀이터에서 기다리던 고모 숙자가 다가와 종규에게 말했다.

"종규야, 나하고 이야기 좀 하자."

종규는 들은 척도 하지 않았다. 숙자는 종규의 손을 잡고 집으로 데리고 왔다. 숙자는 마루에 앉더니 해괴한 변명을 늘어놓았다.

"종규야, 네가 서울에 있는 좋은 대학에 들어가면, 너를 낳은 생모가 따로 있다는 사실을 밝힐 참이었다. 미리 밝히면 어린 네가 상처받고 방황할까 걱정돼 지금까지 숨겼으니 야속하게 생각하지 말아라."

"...?"

종규는 대학을 마칠 때까지 경제적으로 도움을 받으려면 고모 속을 뒤집어 놓거나 눈 밖에 날 일을 더는 하지 않는 게 좋을 듯해 고분고분 듣기만 하였다.

종규가 울고불고 난리를 피울 줄 알았다가 꿀 먹은 벙어리처럼 말이 없자 숙자는 안도하였다. 숙자는 이때다 싶어 미선이와의 만남을 말리었다.

"종규야, 미선이하고 자주 만나봐야 좋을 거 없으니께 만나지 마라."

"지금까지 누님처럼 의지하고, 마음이 아플 땐 위로를 받았는데 만나지 말라니요? 나는 미선이 누나 없이는 하루도 살 수 없어요."

"솔직히 까놓고 말하면 집구석도 가난하고, 거기다가 폐병까지 걸린 모양이더라."

"저도 미선이 누나가 폐병에 걸린 거 오래전에 알았어요."

고모가 폐병을 핑계 삼아 미선과 만나지 말라고 강요하지 못하게 종규는 거짓말했다. 숙자는 종규가 말을 듣지 않자 약점을 들먹거리며 압박을 가하였다.

"종규 네가 뒤주에서 몰래 여러 번 쌀을 퍼다 미선 네 집에 준 거 다 알고 있다."

"양식이 떨어져 미선이가 쑥버무리만 먹는 걸 보니까 가슴이 아파서 가끔 쌀을 퍼다 주었어요. 가난한 사람 도와준 게 뭐가 나빠요?"

종규가 반발하자 숙자는 또 다른 이유를 들이대며 미선과 헤어지라고 압박하였다.

"미선이 걔 자주 만나면 대학 입시 공부하는데 지장을 받아 일류대학 가기는 힘들다. 그러니까 내 말 들어라."

"…"

종규는 끝내 대답하지 않았다. 종규가 냉담한 반응을 보이자 숙자는 경고하였다.

"너희들 안 헤어지면 미선이 그년을 먼 곳으로 쫓아버릴 거여."

종규는 고모의 경고가 진짜인지 아니면 엄포인지 확인하려고 슬쩍 떠보았다.

"고모, 정말로 미선네를 멀리 쫓아버릴 거에요?"

"나잇살이나 먹은 어른이 애들 앞에서 거짓말하면 벌 받지."

"고모, 미선이네를 공주에서 쫓아 보내려면 돈을 줘야 할 거 아니에요?"

"억지로 이사시키려면 양심상 입을 싹 씻을 수는 없지."

종규의 유도 질문에 숙자는 얼떨결에 이사 보상금을 줄 뜻을 내비쳤다. 종규는 떳떳하게 미선이를 도와줄 기회가 왔다 싶어 선수를 쳤다.

"그러면 미선이 할머니한테 멀리 이사할 마음이 있는지 물어볼게요."

"물어보든지 말든지 네 마음대로 해라."

숙자는 시큰둥한 반응을 보였다.

종규는 다음날 저녁때 미선이네 집으로 달려갔다. 종규는 마당에 들어서며 미선을 불렀다. 미선은 집 뒤 우물가에서 빨래하다 말고 마당으로 나왔다.

"종규야, 네 고모가 나 만나지 말라고 쥐 잡듯이 닦달했지?"

"우리가 줄곧 만나면 고모가 누나를 공주에서 멀리 쫓아버리겠다고 엄포를 놓더라고."

"네 고모가 똥구멍이 찢어지게 가난하고 부모도 없이 외할머니 손에서 자라는 나를 달갑게 여기지 않는 건 당연하지."

"공주에서 떠나면 돈을 얼마나 줄 거냐고 고모 속을 떠보았더니 이

사비용은 넉넉히 줄 모양이더라고."

"이참에 엄니가 사는 강경으로 이사할까?"

"누나, 할머니가 여기 떠나는 걸 좋아하실까?"

"할머니는 엄니가 사는 근처로 이사하자면 반대는 안 하실 거다."

"고모한테 이사하는 조건으로 양철집 한 채 살 돈을 내놓으라고 할 테니까 할머니하고 누나하고 입을 잘 맞춰 놓으라고."

"종규야, 무슨 말인가 알았다."

종규와 미선은 죽이 착착 맞았다. 종규는 미선에게 용기를 북돋아 주려고 흰소리를 땅땅 쳤다.

"누나, 내가 고모한테서 돈을 왕창 뜯어낼 테니까, 집도 사고 그 돈으로 폐병을 고치라고. 병 고쳐서 그전처럼 잘 익은 복숭아처럼 고운 얼굴을 되찾으라고."

"종규야, 못생긴 나를 예쁘게 봐줘서 고맙다."

종규는 미선이와 모략을 꾸민 뒤 고모에게 달려가 능청스럽게 연극을 했다.

"고모, 미선이네가 공주에서 떠나는 조건으로 집 한 채 살 돈을 내놓으라고 하대요."

밝은 대낮 천둥소리에 놀란 개처럼 숙자의 눈이 휘둥그레졌다. 숙자는 볼을 씰룩거리더니 모지락스럽게 욕을 내뱉었다.

"노인네나 어린 것이나 돈에 환장한 인간들이구먼! 공것 좋아하는 것들치고 잘되는 꼴 못 봤는데 참말로 기가 막히는구먼."

얼씨구! 똥 묻은 개가 겨 묻은 개 욕하네. 공것을 누가 좋아했는데. 염치도 없고, 양심도 없구먼!

종규는 미리 맡겨놓은 것처럼 당당하게 돈을 내놓으라고 고모를 졸라댔다.

"고모, 미선이 폐병을 고치게 적선 좀 하세요. 돈은 죽을 때 저 세상으로 갖고 가지도 못한다고 하잖아요?"

"너와 철상이 대학교까지 가르치려면 돈이 산더미처럼 들어갈 텐데 미선이네 줄 돈이 어디 있나?"

"할머니와 아버지한테 물려받은 땅이 하도 많아 주체하지 못한다면서요?"

"버스 정류소 옆에 큰 여관을 지을 계획인데 돈이 부족해 빚을 내야 할 형편이다."

"고모도 친할머니를 닮았나 욕심이 하늘을 찌르네요."

"이런 빌어먹을 놈! 못하는 소리가 없네."

숙자는 주먹으로 머리통을 쥐어박으려고 달려들었다. 종규는 재빨리 몸을 피하면서 고모의 탐욕에 다시 한번 혀를 내둘렀다.

미선이 허파에 바람만 잔뜩 집어넣은 꼴이 되었으니 어쩌면 좋지. 별 싱거운 놈 다 보겠다고 비웃겠네. 이사를 핑계 대고 돈을 왕창 뜯어내려고 벼르고 별렀는데 일장춘몽에 말짱 헛일이 됐구먼. 미선이 폐병을 고쳐주고 싶은 마음이 간절했는데 좋은 방법이 없을까?

집을 비우면 돈을 수북이 쌓아놓은 안방 금고를 털까? 나중에 도둑질한 게 발각돼도 설마 영창살이를 시킨다든가, 집에서 강제로 쫓아내지는 않겠지?

Chapter 8

눈물겨운 첫사랑

며칠 뒤였다.

세도 금강 양조장에서 친정어머니 조씨가 죽었다고 숙자에게 전화가 걸려왔다. 숙자는 허둥대며 세도에 빨리 가자고 남편을 채근하였다. 숙자는 수업을 마치고 학교에서 막 돌아온 종규보고 세도에 갈 준비를 하라고 일렀다. 종규는 뿔난 망아지처럼 펄쩍 뛰었다.

"고모, 제가 뭐 하려고 세도에 가요?"

"이런 나쁜 놈! 할머니가 돌아가셨는데 손자 놈이 안 가다니, 천하에 둘도 없는 불효자식이구먼."

고모가 욕을 섞어가며 야단을 치자 종규는 가슴속에 쌓아놓았던 할머니에 대한 반감을 노골적으로 드러냈다.

"저를 낳은 엄니하고 생이별을 시킨 할머니가 돌아가시든 말든 나하고 무슨 상관이에요?"

"할머니가 평생 벌어놓은 돈으로 네가 지금까지 밥 먹고, 옷 입고,

학교 다닌 거여. 이놈아!"

"생모하고 한집에서 살았어도 삼시 세끼 밥 먹고, 헐벗지 않은 채 학교에 충분히 다녔어요."

"이 자식, 제 에미를 닮았는지 쌍놈티를 제대로 내는구먼?"

"자식을 강제로 빼앗겨 피눈물 흘리며 살다가 죽은 엄니는 왜 들먹거리세요? 할머니하고 고모 때문에 마흔 살도 안 돼 오장육부가 썩어 문드러져 죽은 엄니를 왜 욕하느냐고요? 씨팔!"

"이런 불상놈 같으니라고! 어디다 대고 쌍욕을 하는 거야?"

"나를 불상놈으로 키운 게 바로 고모 아닌가요?"

종규는 눈에 불을 켠 채 바락바락 숙자에게 달려들었다.

이 광경을 목격한 고모부가 고무신 한 짝을 집어 종규의 머리를 인정사정없이 갈기었다. 종규는 맞아 죽을 거 같아 고무신을 빼앗아 수챗구멍에 내던지고는 집에서 도망쳤다. 종규는 두 손으로 머리를 싸잡고 집 뒤 놀이터로 달려갔다. 종규는 분하고 억울해 벤치에 앉아 엉엉 울었다.

한참 우는데 미선이가 살금살금 다가왔다. 미선은 빨간 머큐로크롬과 솜을 손에 들고 있었다. 미선은 종규의 팔을 잡고 흔들며 말했다.

"종규 너, 고모에게 덤비다가 고모부한테 죽도록 얻어맞는 거 대문 뒤에 숨어서 다 보았다. 네 고모부 잘하면 사람 잡겠더라."

"고모나 고모부나 두 사람 정말 인간도 아니야!"

"자기 자식이 아니니 죽도록 두들겨 패도 속상하지도 딱하지도 않겠지. 뭐."

미선의 말을 듣고 종규는 어깨를 들먹이며 서럽게 울었다.

미선은 종규의 머리칼을 헤친 뒤 밤처럼 툭툭 불거져 나온 상처에 빨간 머큐로크롬을 발라주었다.

"종규야! 병원에 가야지 그냥 두면 덧나겠다."

"누나, 며칠만 약 바르면 나을 거야."

"종규야, 잠깐만 기다려라."

미선은 집으로 달려가 오한이 나고 머리가 아플 때 먹는 사리돈 다섯 알을 들고 왔다.

"집에 가서 우선 이 약 두 알 먹어라. 그러면 머리가 덜 쑤실 거다."

종규는 어머니처럼 약도 발라주고 위로도 해주는 미선이 고마웠다. 종규는 미선의 손을 꼭 잡고는 울먹이며 사과했다.

"누나는 나를 동생처럼 따뜻하게 보살펴 주는데 나는 누나에게 아무런 도움을 못 줘서 미안해."

"아니, 갑자기 그게 무슨 소리냐?"

"게다가 강경으로 이사 가게 돈을 마련해 준다고 큰소리 뻥뻥 치고는 아무것도 해주지 못해 면목이 없네."

"애초부터 공돈은 기대하지도 않았다. 아무리 어려워도 할머니 또한 남의 신세를 져가며 살 양반이 아니다."

종규는 손으로 눈물을 훔쳐내고는 이를 악다물더니 뚱딴지같은 말을 했다.

"누나, 고모네 식구가 모두 초상 치르러 세도에 가면 우리 금고 털래?"

"종규 너, 미쳤구나? 도둑질한 돈으로 뭐 할래?"

"그 돈 갖고 우리 멀리 서해안 섬으로 도망가자고."

"그다음에는 어떻게 하고?"

"함께 살다가 돈 떨어지면 누나랑 둘이 바다에 뛰어들어 죽으면 될 거 아냐?"

"나는 폐병에 걸려 오래 살기는 틀렸지만, 너는 오래 살아야 한다.

그래야만 네 아버지와 생모의 한을 풀어줄 거 아니냐?"

"누나, 고모 집에서 더는 살기 싫어."

"네 손으로 돈 벌 때까지 고모가 미워도 참고 살아야지 다른 방도가 없잖냐?"

"고모하고 고모부 얼굴만 봐도 소름이 끼칠 정도야."

"어른들의 말씀이 진정한 복수는 칼로 찌르거나, 해코지하는 게 아니고, 가해자들보다 더 많이 공부해서, 출세하거나 부자가 돼 힘센 사람이 되는 거란다."

종규는 한숨을 푹 내쉬고는 미선을 꼬드겼다.

"누나, 귀신이 툭 튀어나올 거 같아 집에 들어가기 싫은데 공원에서 우리 밤 함께 새자."

"네 심정 충분히 알겠는데, 고모의 핍박이 심할수록 마음을 더욱 굳건히 먹고 이겨내라고."

"누나, 얼른 가서 빵하고 과자 사 올 테니 집에 가지 말고 기다려."

종규는 벤치에서 일어나 부리나케 큰길로 달려갔다. 종규는 상점에서 빵과 사이다 비스킷을 잔뜩 사 왔다. 종규는 별이 총총히 빛날 때까지 놀이터에서 빵과 과자를 먹으며 미선과 도란도란 이야기하다가 각자 집으로 돌아왔다.

미선이 공주 국립병원에 입원하기 며칠 전이었다.

아침부터 하얀 나비 떼 같은 함박눈이 펑펑 쏟아졌다. 세상이 온통 하얀 눈으로 뒤덮여 동화의 나라로 바뀐 거 같았다.

종규는 학교에서 집으로 돌아오자마자 가방을 내던지고 미선이네 집으로 달려갔다. 미선은 소매 끝에 보풀라기가 핀 낡은 외투를 입은 채

마루에 웅크리고 앉아서 하염없이 쏟아지는 함박눈을 지켜보았다. 자세히 보니 물기가 다 마르지 않아 미선의 머리칼은 촉촉했다. 병원에 입원하기 전 몸을 깨끗이 씻고 싶어 목욕탕에 다녀온 모양이었다. 미선의 얼굴은 창백하면서도 까칠했다. 종규는 손을 호호 불며 미선에게 말했다.

"누나, 날씨가 무척 추운데 콩나물국하고 따끈한 만두 먹으러 장에 가자."

"만사가 다 귀찮아 나가기 싫다!"

미선은 몸을 바짝 웅크린 채 도리질하였다. 종규는 안쓰러운 눈빛으로 미선을 바라보다가 슬쩍 물었다.

"누나, 모레 병원에 입원하는 날이지?"

"나, 병원에 입원 안 할 거야. 집에서 멀리 도망칠 거야."

미선의 얼굴은 두려움과 절망의 빛으로 얼룩졌다. 종규는 목소리를 높여 미선에게 용기를 불어넣었다.

"누나, 희망을 잃지 말라고! 병원에 입원하면 폐병 곧 낫는다고."

"이렇게 구차하게 목숨을 부지하느니 빨리 죽는 게 나아."

종규는 무슨 말로 미선을 위로할지 몰라 눈물을 글썽이며 애만 태웠다. 종규는 위로해 줄 말을 찾다가 미선보다 자신이 더 불행한 놈이라고 목울대에 힘을 잔뜩 주고 말했다.

"누나, 나는 지금까지 부모 얼굴조차 보지 못하고 자랐는데, 누나는 그래도 나보다 낫잖아? 비록 떨어져 살지만, 아직 엄니도 살아 계시고."

"…"

종규의 말에 공감이 가지 않아 미선은 들은 척도 하지 않았다. 미선은 고개를 숙인 채 연신 손으로 눈물을 닦더니 절절한 목소리로 말했다.

"종규야, 병원에 입원하기 전에 내 부탁 좀 들어줄래?"

"무슨 부탁인지 모르지만 뭐든지 다 들어줄게."

"그러면 날 따라와!"

미선은 마루에서 일어나 종규의 손을 잡고 골방으로 들어갔다. 낡은 책상 위에는 교과서와 김소월 시집이 가지런히 놓여 있었다. 방바닥이 차서 그런지 윗목에 요와 솜이불을 깔아놓았다. 미선은 외투를 벗더니 이불을 젖히고 요 위에 앉았다. 미선은 종규의 손을 잡아 끌어당겼다. 종규가 옆으로 다가오자 미선은 셔츠 단추를 땄다. 그런 다음 조심스럽게 종규의 손을 가슴 안으로 밀어 넣었다.

"종규야, 내 젖가슴 좀 애무해 줘. 가슴이 터질 거 같아 미치겠다!"

종규는 그다지 놀라지 않았다. 미선은 놀이터나 숲속처럼 호젓한 곳에서 둘이 만날 때 이따금 종규에게 젖가슴을 애무해달라곤 하였다. 종규는 처음에는 나쁜 짓을 하는 것처럼 가슴이 벌렁거렸다. 하지만 얼마 지나지 않아 미선이가 본능적으로 남자의 사랑을 갈구한다는 사실을 알아차렸다. 종규 역시 미선의 젖가슴을 애무하고 나면 이상할 정도로 마음이 편하고 텅 빈 가슴에 뭔가로 꽉 채워지는 충만감을 느끼곤 했다.

돌도 안 돼 생모의 품에서 떠난 종규는 비릿한 어머니 젖도 먹지 못했다. 종규는 한 번도 만져 본 기억이 없는 어머니의 젖가슴 대신 미선의 풋풋한 유방을 만지면서 모성애를 느끼곤 했다.

미선은 옷을 벗더니 요 위에 누웠다. 미선은 종규의 팔을 잡아끌어 옆에 뉘었다. 종규는 미선의 내의를 벗기고는 뜨거운 숨길을 토해내며 젖가슴에 입술을 비벼댔다. 미선은 눈을 꼭 감고 행복한 표정을 지었다. 종규는 애무를 끝낸 다음 미선의 가슴에 안겨 엉엉 울었다. 미선도 종규를 끌어안고 울었다.

미선은 방에서 나오기 전 사진 한 장을 시집 책갈피에서 꺼냈다. 단발머리에 단정한 교복을 입은 미선의 사진이었다. 미선은 사진을 주며 종규에게 애절한 목소리로 말했다.

"종규야! 제발 나를 잊지 말아다오!"

"나는 누나를 평생 가슴속에 간직하고 살 거야."

종규는 와락 달려들어 미선의 팬티를 벗겼다. 종규는 빳빳해진 남근을 미선의 하체 깊숙한 곳으로 밀어 넣었다. 종규는 미친 듯이 몸을 움직이다가 체액을 몽땅 쏟아냈다. 미선은 숨을 할딱거리다가 울음 섞인 목소리로 속삭였다.

"종규야! 사랑한다!"

"나도 누나를 사랑해!"

이틀 뒤 미선은 공주 국립병원에 입원했다. 종규는 며칠 뒤 미선의 얼굴을 보려고 병원에 찾아가 면회를 신청했다. 하지만 가족이 아니고, 폐결핵에 전염될 우려가 크다며 면회를 허락하지 않았다. 종규는 병원 앞에서 한참이나 서성거리다가 집으로 돌아오며 미선의 이름을 부르고 또 불렀다.

미선은 병원에 입원한 지 두 달 만에 유서 한 장도 남기지 않고 병원 옥상에서 뛰어내려 자살했다. 미선이 할머니는 화장해 미선의 유골을 금강에 뿌리었다.

종규는 미선이 그리우면 유골을 뿌린 금강에 달려가 흐르는 강물을 하염없이 바라보며 외로움을 혼자 달래곤 하였다.

Chapter 9_
허무한 인생

종규는 미선의 자살로 큰 충격을 받았다. 종규는 방황하고, 고민하고, 슬퍼하고, 괴로워하면서 나날을 보냈다. 종규는 생모를 비롯한 미선의 인생이 너무나 허무하게 끝나 깊은 회의에 빠졌다. 종규는 죽은 미선을 따라 자살하고 싶은 충동을 불쑥불쑥 느꼈다.

그러다가 자신마저 인생을 무의미하게 끝내서는 안 된다고 타이르고 또 타일렀다. 종규는 인생의 허무를 극복할 방법을 골똘히 찾아보았다.

종규는 유한한 인생에서 허무를 극복할 방법은 예술이라고 결론지었다. 종규는 후세에 두고두고 회자하는 문학작품이나, 불후의 명곡, 찬란한 미술작품을 세상에 남겨 놓으면 인간의 존재 가치를 오래오래 지속시켜 줄 거라고 믿었다. 그리하여 종규는 대학에 들어가 문학이나 예술을 공부하기로 마음을 굳혔다.

그 당시 부모들은 경제적 안정을 추구하고 출세시키려고 자식이 법대나, 상대, 아니면 공과대 의대를 주로 보냈다.

하지만 종규는 예술가의 꿈을 실현하려고 명문대학의 영문학과에 지원했다. 그러나 종규는 보기 좋게 낙방하였다. 재수할까 하다가 꿩 대신 닭이라고 후기에 모집하는 대학의 연극영화학과에 지원했다. 종규는 관객들을 울리고 웃기는 유명한 배우가 되는 것도 예술작품을 직접 창조하는 것 못지않게 보람찬 일이라고 생각했다.

역시 고모는 연극영화학과에 지원하는 걸 탐탁하지 않게 여겼다.

"종규야, 너, 학교 다니는 동안, 공부는 않고 연애질이나 하고 깡패 놈들과 어울려 다니며 싸움만 하더니, 후기 시험에서 떨어질까 봐 지원자가 부족한 학과에 지원하는 거 아니냐?"

"저는 간판을 따러 대학에 가는 게 아닙니다."

"너 딴따라로 살면서 고생 죽게 해도 후회하지 않을 거지?"

"제 꿈을 실현할 수 있으면 고생 따위는 문제가 안 됩니다."

"너, 정말 세상 물정 모르는 철부지 같은 놈이구먼!"

고모가 한사코 말렸지만, 종규는 끝내 뜻을 굽히지 않았다. 예상한 대로 후기 시험에서는 지원자가 많지 않아 희망 학과에 무난히 합격했다.

처음 맞이한 대학 생활은 종규에게는 신천지였다. 낭만과 자유분방함이 넘쳐나는 대학 초년생의 하루하루는 즐겁기만 했다. 미래에 대한 장밋빛 꿈으로 부풀어 세상이 모두 내 것처럼 느껴졌다.

그러나 그건 일장춘몽이었다.

군사 정권이 자행하는 폭압 정치에 학생들이 총궐기했다. 학생운동은 민주화 운동이라는 고정관념에 빠져 데모를 밥 먹듯이 하다 보니 휴강하는 날이 태반이었다.

데모가 격화되자 정부에서는 데모 주동자들을 좌경 적색분자로 낙인찍어 체포, 구금하고, 위수령까지 발동했다. 데모가 극렬한 대학 캠퍼스에 무장군인들을 진입시켜 무차별적으로 학생들을 잡아갔다. 드디어 휴교령이 발동되어 강의는 중단되고 학생들의 대학 출입까지 철저히 통제했다.

종규는 학생회 간부로서 데모에 앞장서다가 세 번이나 경찰서에 잡혀가 두 번은 훈방됐다. 하지만 세 번째는 집회와 시위에 관한 법률 위반으로 한 달 동안 구속되었다가 집행유예를 선고받고 풀려났다.

종규는 풀려나자마자 강제로 징집되어 군에 입대하였다. 종규는 소정의 훈련과 교육을 마치고 전방 사단사령부 연예부대에 배치되었다.

종규가 막 일등병으로 진급했던 겨울 한밤중이었다.

사단사령부 예하 전 부대에 갑자기 비상사태가 발령됐다.

영외에 거주하는 소대장이 부대로 헐레벌떡 뛰어왔다. 소대장은 즉시 완전 무장하고 전투 준비에 돌입하라고 명령했다.

"소대장님, 도대체 무엇 때문에 한밤중에 비상을 걸고 야단법석입니까?"

오종규 일병은 얼굴을 일그러뜨리고 못마땅하다는 듯이 투덜거렸다. 소대장은 부동자세로 서서 지휘봉을 흔들며 엄중한 목소리로 말했다.

"서울에 무장공비가 출현했단 말이다!"

"그 새끼들, 간덩이가 부어도 단단히 부었구먼!"

"수도 서울의 방어선이 뚫려 난리가 났다."

"소대장님, 서울에 무장공비가 도대체 몇 명이나 침투했다는 겁니까?"

"아직 정확한 숫자는 파악되지 않았다. 하지만 적지 않은 숫자인 건 틀림없다."

"그럼 소대 규모 북괴군이 내려왔단 말인가요?"

"자세한 건 나중에 알려줄 테니 빨리 완전군장을 하고 전투태세에 돌입하라. 전투 명령이 언제 떨어질지 모르니 아예 잠 잘 생각은 하지 말아라. 알았나?"

"네!"

일주일이 지나자 비상전투태세는 해제되었다. 그 대신 전 장병에게 고달픈 훈련이 부과되었다. 오 일병도 밥만 먹으면 중대 연병장에 끌려나가 태권도며 총검술 등, 온종일 교육훈련을 받아야만 했다. 게다가 장딴지에 모래주머니를 차고 다니라는 지시까지 떨어졌다. 무장공비 놈들 못지않게 험준한 산악지대를 다람쥐처럼 뛰어다니게 병사들의 하체를 단련시킬 목적이었다. 게다가 태권도 실력이 일정한 수준에 오르지 않으면 휴가를 보내지 않겠다며 훈련을 더욱 강화했다.

그악스럽게 춥던 동장군이 퇴각하고 산골짜기에 쌓였던 잔설의 자취가 사라질 무렵 학수고대하던 신병이 보충되었다. 신병은 대학교 재학 중에 입대해서 그런지 얼굴도 곱살하고 똘똘해 보였다. 오 일병은 졸병을 면하게 되자 덩실덩실 춤을 추고 싶었다. 지겨운 식사 당번을 하지 않아도 되고, 잘하면 사역도 면하게 되고, 내무반 청소며 자질구레한 일을 하지 않는 등, 무거운 짐을 벗어던진 것처럼 홀가분했다.

그러던 어느 날, 오 일병과 신병이 작업에 차출돼 아침 일찍 중대본부에 모였다. 인원 점검이 끝난 후 병사들은 대기 중인 군용트럭에 나누어 탔다.

중대장이 탄 지프가 앞장서고 트럭들이 뒤를 따랐다. 병사들은 군가를 부르고, 얼룩무늬 트럭들은 비상 라이트를 켠 채 군사도로를 내달렸다.

뿌연 황토 먼지를 날리며 비포장도로를 30분쯤 달리자 억새가 우거진 평야 지대가 나타났다. 이따금 산울림을 동반하는 포탄 소리와 윙윙거리는 대남 방송 소리가 긴장감을 불러일으켰다.

길가 철조망에는 빨간 페인트로 '지뢰매설'이라고 쓴 경고판이 일정한 간격을 두고 매달려 있었다.

갈대밭을 불도저로 밀어붙인 뒤 자갈을 깔아 만든 비상도로를 따라 병사들을 태운 트럭들이 줄줄이 달려왔다. 트럭들은 사방에 갈대만 보이는 넓은 공터 한가운데에 멈추었다. 공터 귀퉁이에 덜렁 천막 두어 동만 설치되었을 뿐 비가 쏟아져도 피할 곳이 없는 황량한 늪지대이었다.

얼마나 거창한 작업을 하려고 이토록 많은 병사를 집결시켰을까? 북괴군의 남하를 지연시키는 방어진지를 구축하려고 총동원 명령을 내렸나?

10여 분 동안의 휴식시간이 끝나자 집합을 알리는 사이렌이 울렸다. 장교의 구호에 따라 앉았다 일어서기를 몇 번 되풀이한 뒤 중대별로 인원 파악이 끝나자 공병참모가 마이크를 잡고 작업 내용을 설명했다.

오 일병이 소속된 소대는 예상한 대로 대전차 방어용 진지 구축에 필요한 돌을 나르는 작업을 할당받았다. 돌은 혼자서 들 정도의 크기였지만, 축축한 진흙이 묻어 손으로 잡으려고 하면 손아귀에서 빠져나가 애를 먹었다. 오 일병은 뾰족한 방법이 없어 작업복이 흙투성이가 되는 걸 무릎 쓰고 돌을 가슴에 안아 운반하였다.

같은 소대원 박 이병은 너무 힘이 드는지 점심때 알량한 짬밥도 제대로 먹지 못했다. 된장 국물만 홀짝홀짝 마시고는 식기를 반납하자마자 돌 더미 위에 벌렁 누워 가쁜 숨을 내쉬었다. 오 일병은 박 이병이 안타까워 보여 피다 만 화랑 담배꽁초를 건네주고는 어깨를 두들겨 주었다.

"박 이병 힘내라!"

"지금 입 달싹거릴 기운도 없습니다."

"박 이병, 밥을 그렇게 안 먹고 어떻게 버티려고 그러냐?"

"차라리 작업하다가 쓰러져 병원으로 실려 갔으면 좋겠습니다."

"박 이병, 마음을 그렇게 약하게 먹으면 진짜 안전사고가 발생한다."

"도대체 연예 병과인 우리가 왜 이런 일을 해야 합니까?"

박 이병은 갑자기 목울대에 힘을 주면서 울분을 토했다.

"비상시에 병과가 무슨 소용이냐? 적들이 기습해 오면 너나 할 것 없이 총 들고 싸워야지."

"씨팔! 38선은 어느 놈이 그어 놓아 죄 없는 젊은 놈들 이리 생고생을 시키는지 몰라."

박 이병은 이를 뿌드득 갈고는 허공에 대고 욕을 내뱉었다.

"불평불만 늘어놓아 본들 해결될 일 하나도 없다."

"불평불만이 아니라 이런 작업을 하다가 다치면 당한 놈만 억울할 거 아닙니까?"

"정신 바짝 차리고 내 일처럼 열심히 하면 그런 사고는 없을 거다."

"오 일병님이나 열심히 하십시오. 지금 전 오직 탈영하고 싶은 마음 밖에 없습니다."

박 이병은 이판사판식으로 말했다. 오 일병은 계속해서 박 이병을 다독거렸다.

"사내자식이 이따위 고생도 감당 못 하고 탈영을 한단 말이야? 군 생활을 마치고 사회에 나가면 이보다 더 어려운 일도 닥칠 텐데, 네 앞날이 심히 걱정된다."

"사회에 나가 열심히 일하면 돈과 출세가 따르는데 어렵고 힘들면 어떻습니까? 그러나 군대라는 곳은 그게 아니잖습니까?"

"박 이병, 너는 앞으로 남은 군대 생활이 엄청 지루하고 고달프겠다. 3년이 10년처럼 지겹게 느껴질 테고. 그러다 보면 부모한테서 돈 뜯어다 하루가 멀다고 할매 집에 달려가 술타령을 할 거고. 휴가 자주 나가려고 소대장한테 돈도 상납할 게 빤하구먼."

"오 일병님, 가능하면 요령껏 편하게 근무하다가 제대하는 게 장땡 아닙니까?"

"박 이병, 분단된 국가에서 태어난 이상 병역을 국민의 의무로 받아들이는 게 속이 편할 거다."

"오 일병이나 국가에 좆 나오게 충성하라고요."

작업이 시작된 지 며칠 지난 뒤였다.

점심시간이 끝나고 작업 개시를 알리는 사이렌 소리가 울렸다. 중대 부관이 지휘봉을 흔들며 슬금슬금 오 일병과 박 이병 쪽으로 걸어왔다. 박 이병은 부관한테 걸릴까 봐 마지못해 돌을 나르기 시작했다. 박 이병은 두 번째 돌을 진지에 내려놓고는 진흙 바닥에 털썩 주저앉아 눈물을 퍽퍽 흘렸다. 오 일병은 걱정돼 박 이병에게 다가가 나직한 목소리로 말했다.

"박 이병! 그러다 부관한테 뒈지게 얻어터진다."

"죽으면 죽었지 돌을 더는 못 나르겠습니다."

오 일병은 박 이병의 자포자기식 저항에 난감했다. 살벌한 작업장 분위기로 봐 작업을 거부하는 박 이병에게는 가혹한 처벌이 뒤따를 게 분명했다.

어떻게 하면 이 자식 마음을 돌릴 수 있을까? 이러다간 이 자식 개처럼 얻어맞을 텐데 걱정이구먼.

순간 한 가지 아이디어가 번개처럼 오 일병의 머릿속을 스쳐 지나갔다. 오 일병은 주위를 두리번거리다 천막 뒤편으로 달려가 낡은 가마니를 주어왔다. 가마니에 돌 두 개를 얹은 다음 박 이병과 오 일병이 앞뒤에서 동시에 들자 놀라울 정도로 가벼웠다. 백지장도 마주 들면 가볍다는 속담을 실감했다.

서산마루 뒤로 해가 숨어버리자 땀에 젖은 작업복 사이로 한기가 파고들었다.

오 일병은 몸에서 모든 에너지가 빠져나가 비몽사몽 간에 팔다리를 움직일 뿐이었다. 땅에서는 보이지 않는 자력이 발을 자꾸 잡아당기는 것 같았다. 팔에서 온 힘이 빠져나가 돌을 더는 들어 나를 수 없는 지경에 이르렀다.

산더미처럼 쌓여 있는 돌무더기에 다다랐을 무렵 오 일병은 비틀거리다가 그만 가마니를 놓치고 말았다. 순간 돌이 오 일병의 왼쪽 발을 내리치고 저만큼 굴러갔다. 오 일병은 풀썩 주저앉더니 "아이쿠!" 하고 비명을 내질렀다. 오 일병은 발등을 두 손으로 감싸 쥔 채 단말마의 숨길을 내쉬었다. 오 일병의 이마에서 진땀이 솟구쳤다.

박 이병은 당황했다. 자신을 도와주려다가 오 일병이 사고를 당한 것 같아 난감했다. 박 이병은 떨리는 목소리로 물었다.

"오 일병님, 많이 다쳤어요?"

"발등이…, 발등이…."

오 일병의 목소리는 개미 소리처럼 잦아들었다.

박 이병은 쪼그리고 앉아 오 일병의 오른쪽 발을 만져 보았다. 오 일병은 이맛살을 볼썽사납게 찡그리고 아! 하고 비명을 계속 내질렀다. 박 이병은 서둘러 오 일병의 훈련화 끈을 풀고는 양말을 벗겼다. 발등이 시퍼렇게 멍이 든 채 부풀어 올랐다. 박 이병은 중대본부 선임하사에게 달려가 오 일병이 다친 사실을 보고했다. 잠시 뒤 선임하사는 육중한 엉덩이를 뒤룩거리며 오 일병에게 뛰어왔다.

"오 일병! 많이 다쳤나?"

"…."

"많이 다쳤느냔 말이다?"

오 일병은 퍽퍽 울 뿐 대답하지 않았다. 선임하사는 허둥대다가 박 이병에게 지시했다.

"야! 퍼뜩 이 자식 의무반에 데려가라."

"네, 알겠습니다."

"사내자식이 그까짓 발 좀 다쳤다고 눈물을 질금거릴 건 뭐 있나."

선임하사는 오 일병의 머리를 쥐어박았다. 오 일병은 박 이병이 내민 손을 잡고 간신히 일어섰다. 박 이병은 오 일병을 부축하여 의무반으로 데리고 갔다.

군의관이 발목을 잡고 흔들자 오 일병은 통증을 참으려고 몇 번이나 이를 악물었다. 약을 바르고 붕대를 감아 준 다음 군의관이 오 일병보고 일어나라고 지시했다. 오 일병은 일어서다가 그 자리에 풀썩 주저앉고 말았다.

"이 자식! 엄살 부리는 거 아냐?"

군의관이 눈을 부라리며 소리쳤다. 이마에 진땀이 잔뜩 돋아난 오 일병은 엄살이 아니라고 손을 내저었다.

"발목이 미치게 아파 도저히 일어서지 못하겠습니다."

"정말이냐?"

"군의관님, 숨도 못 쉬게 아픕니다. 진통제 좀 빨리 놔주세요."

오 일병이 애원하자 군의관은 고개를 갸웃거리더니 위생병에게 지시했다.

"이 자식 발목이 부러진 게 확실하니까 의무중대로 즉시 후송시켜라."

조금 뒤 오 일병은 구급차에 실려 작업장을 떠났다.

박 이병은 눈물을 글썽이며 멀어져가는 구급차를 바라보며 오 일병이 무사하기를 간절히 바랐다.

Chapter 10_
우연한 인연

　　　　　　　오 일병은 입원한 지 2주쯤 지나 목발에 의
지해 병동에서 나왔다. 오 일병은 한 손에 기타를 들고 있었다. 그는
병동 뒤로 가더니 벤치에 앉았다. 오 일병은 잠시 숨을 고른 뒤 기타
를 켰다. 팝송 한 곡을 켜고 잠시 쉬는데 간호장교 박순애 중위가 다가
와 말을 걸었다.

"오 일병, 너 기타 치는 솜씨가 보통이 아닌데 입대하기 전에 뭐했나?"

"대학교 다닐 때 뮤지컬 배우가 되려고 기타를 배웠습니다."

"그래서 연예부대에 배치받았구먼?"

"오 일병, 나한테 기타 켜는 법을 가르쳐 줄 수 있나?"

"바쁘신데 기타 배울 시간이 나겠어요?"

"일과시간 외에 틈틈이 배우면 될 거 아니냐?"

"박 중위님 기타는 갖고 계세요?"

"휴가 나가면 살 작정이다."

"그러면 나중에 배우세요."

"의무중대에는 오 일병처럼 기타를 잘 치는 사람이 없다."

"같은 사단사령부 내에서 근무하니까 주말에 제가 의무중대에 와서 가르쳐드릴까요?"

"그러면야 더없이 고맙지."

순애는 고개를 끄덕이며 반기었다. 순간 오 일병은 너무 기뻐 가슴이 벌렁거렸다. 새까만 일등병이 중위에게, 그것도 아리따운 여자 장교에게 기타를 가르쳐 줄 기회가 올 줄은 상상도 하지 못했다. 오 일병은 순애가 충청도 말씨를 자주 써 넌지시 물어보았다.

"중위님 고향이 어디세요?"

"충청도 대전이다."

"나는 공주에서 학교 다녔는데요."

"그래? 반갑구먼."

박순애는 얼굴에 미소를 띠고 악수를 청했다. 종규 역시 낯선 도시에서 고향 사람을 만난 것처럼 반갑기 그지없었다. 더구나 일등병인 종규는 장교라는 큰 백 줄이 생겨 마음이 든든했다.

종규는 발목 치료를 마치고 부대에 복귀한 뒤 일주일쯤 지나 휴가를 얻었다.

종규는 휴가신고를 마치고 서둘러 부대 인근 시외버스 정류소로 나왔다. 종규가 버스 정류소에서 화랑 담배를 피워 물고 서성거리는데 지프 한 대가 앞에 와서 멈추었다. 지프에서 여군 장교가 내리었다. 자세히 보니 의무중대 박순애 중위였다. 종규는 반가워 순애에게 다가가 부동자세를 취한 뒤 경례를 붙였다. 순애도 단번에 종규를 알아보고는 답례를 하였다.

종규는 청량리행 버스표 두 장을 얼른 샀다. 종규가 버스표를 건네주자 순애는 버스요금을 계산하려고 지갑을 꺼냈다. 종규는 손사래를 치며 사양했다.

"박 중위님, 돈 안 주셔도 됩니다."

"졸병이 무슨 돈이 있다고 차비를 대신 내냐?"

"휴가 중에 대전에서 주로 시간을 보낼 계획이니 나중에 맛있는 거나 사 주세요."

"알았다!"

순애는 상점에서 삶은 달걀 한 꾸러미와 사이다 두 병을 샀다. 잠시 뒤 시외버스가 도착하였다. 순애가 먼저 버스에 올라 뒤편 빈자리로 갔다. 종규는 안쪽 자리에 앉고 순애는 통로 쪽 자리에 앉았다. 버스가 출발하여 20여 분쯤 지나자 순애는 이내 잠들고 말았다.

차를 타자마자 머리를 의자에 대고 곯아떨어지는 걸 보니 어젯밤 당직을 선 모양이구먼. 여자 몸으로 밤을 꼴깍 샌다는 게 쉬운 일은 아니지.

버스가 털썩거릴 때마다 순애의 머리가 좌우로 흔들렸다. 버스가 심하게 흔들리자 순애는 머리를 종규의 어깨에 기댔다. 종규는 순애가 잠에서 깨어날까 봐 의자에 등을 붙인 채 부동자세를 취하였다. 불편하기는 하였지만 귀찮거나 힘들게 느껴지지는 않았다. 오히려 순애를 애인처럼 보듬어주고 싶었다. 순애에게서 폴폴 풍겨오는 화장품 냄새가 코끝을 자극하자 종규의 가슴이 쿵쾅거렸다.

버스가 의정부를 지나자 순애는 눈을 뜨고는 차창 밖을 내다보았다. 종규는 자리를 고쳐 앉으면서 순애에게 물었다.

"중위님, 어젯밤 잠 못 잔 모양이지요?"

"야간당직을 섰더니 피곤하네."

"그래서 꿀잠을 잤군요?"

순애는 자리에서 일어나더니 달걀과 사이다가 든 봉투를 선반에서 내렸다. 순애는 봉투에서 사이다를 꺼낸 뒤 뚜껑을 따라고 종규에게 주었다. 종규는 자리 옆에 붙어 있는 담배 재떨이 모서리에 사이다 마개를 걸고 잡아 젖혔다. 사이다가 픽하면서 뚜껑이 열리었다. 거품이 올랐다가 가라앉자 종규는 사이다를 순애에게 넘겨주었다. 순애는 갈증이 나는지 병 채로 사이다를 벌컥벌컥 마시었다. 그런 다음 백에서 휴지를 꺼내더니 무릎에 펼쳐놓고 삶을 달걀 껍데기를 벗기었다. 순애는 알몸이 된 달걀을 종규에게 주며 익살을 떨었다.

"오 일병, 나 잠자는 동안 보초 서느라고 수고했으니까 통닭 하나 먹어라."

"머리를 제게 계속 디밀어 껴안을까 하다가 중위님한테 뺨을 얻어맞을지 몰라 참았습니다."

"나 코는 안 골았지?"

"토끼 숨소리처럼 색색거리는 게 잠자는 모습이 참 귀엽더군요."

"귀여워? 내가 그렇게 어려 보이냐?"

"아직도 중위님 귀밑에는 솜털이 뽀송뽀송한데요?"

이야기가 이상한 데로 흐르자 순애는 쑥스러운지 말머리를 다른 데로 돌렸다.

"오 일병, 버스 타기 전에 주로 대전에서 휴가를 보낼 참이라고 했는데, 그 이유가 뭐냐?"

"…?"

종규는 어디서부터 어떻게 설명해줘야 좋을지 몰라 잠시 망설이었다. 종규는 차 창밖을 내다보면서 눈가를 손등으로 문지르고는 자신의 불행한 과거사를 하나둘 털어놓았다.

"실은 휴가라고 공주 집에 가도 저를 반겨줄 사람이 없어요."

"부모님이나 형제가 없냐?"

"젖먹이 때부터 고모 밑에서 자랐어요."

"아이구! 무척 외롭게 컸구나."

"…"

종규가 말을 잇지 못하고 울먹거리자 순애는 용기를 북돋아 주었다.

"오 일병, 이제 다 컸으니까 불행한 과거사는 잊고 씩씩하게 살아라."

"중위님 따뜻한 위로의 말 고맙습니다."

순애의 위로에 종규는 코끝이 찡했다. 종규는 친구나 선배 앞에서 불행한 개인사를 밝혔을 때 진심으로 위로를 받아 본 적이 없었다. 종규가 자꾸 손을 눈가로 가져가자 순애는 휴지를 종규에게 주었다. 종규는 휴지로 눈가를 훔치고는 고백성사를 하듯 출생의 비밀까지 밝히었다.

"부끄러운 이야기이지만 저는 정식 결혼한 남녀 사이에서 태어난 자식이 아닙니다. 게다가 태어난 지 1년도 안 돼 생모와 생이별을 했답니다."

"그건 또 무슨 이야기이냐?"

"제가 4대 독자인데 아버지가 가끔 드나들던 주막집 딸이 정신대에 끌려가지 않으려고 아버지를 꼬드겨 아이를 일부러 가졌다고 하더군요. 그 아이가 바로 저였답니다."

"불행한 시대의 아픔을 고스란히 끌어안고 사는 사나이구먼."

"우연인지 필연인지 모르지만, 지금까지 저는 수난과 질곡의 악순환으로 점철된 삶을 살아왔습니다."

"정도 차이는 나겠지만 나도 너와 비슷한 환경에서 자랐다."

"비슷한 환경이라니, 무척 궁금하네요?"

종규가 호기심을 표하자 순애는 말머리를 얼른 다른 데로 돌렸다.

"지금 생모는 어디서 사시냐?"

"부여 석성 개사리 나루터 주막에서 살다가 제가 고등학교 1학년 때 병사하셨어요."

"저런! 가슴이 무척 아팠겠구나!"

순애는 자기가 겪은 일처럼 종규의 처지를 안타깝게 여겼다.

종규는 아픔을 위로해주는 박순애가 첫사랑 미선이처럼 고마웠다. 종규는 중위님 대신 누나라고 부르겠다고 양해를 구하려다가 순애가 거절할까 봐 망설이었다.

거절하면 앞으로 안 만나면 되니까 밑져봤자 본전이라고 한 번 시도해보자. 그래, 지금까지 나를 대하는 태도로 봐 냉정하게 거절하지는 못할 거 같은데….

"박 중위님, 제가, 제가…."

"오 일병, 왜? 갑자기 말을 더듬는 거냐?"

"아무것도 아닙니다."

종규는 머리를 긁적이다 입을 닫고 말았다. 의무중대에서 발을 치료할 때 만났는데 지나치게 빨리 다가가면 순애가 경계할지 몰라 몸을 사렸다.

청량리 정류소에서 내린 뒤 종규는 순애와 함께 대합실에서 빠져나왔다. 잠시 걷다가 순애는 중국음식점 앞에서 종규에게 물었다.

"오 일병, 제일 좋아하는 중국 음식이 뭐냐?"

"짜장면하고 탕수육이요!"

"네가 버스표를 샀으니까 내가 밥을 사주마."

"의무중대에 입원해 있는 동안 중위님이 잘 보살펴 주었는데 제가 대접해드려야지요."

"그래. 밥은 네가 사고 음식값은 내가 내마."

"그거 굿 아이디어입니다!"

순애는 생긋 웃고는 중국음식점으로 종규를 데리고 갔다. 문을 열고 중국집 안으로 들어서자 계산대에 앉아 있던 뚱보 아저씨가 벌떡 일어나 어눌한 한국말로 "어서 오십시오." 하고 반기었다. 배가 툭 튀어나오고 오리걸음을 걷는 게 중국 화교 같았다.

순애는 홀 안쪽에 자리를 잡고는 물 잔을 들고 온 종업원에게 자장면 두 그릇과 탕수육을 주문하였다. 순애는 말없이 앉아 있으려니까 무료한지 종규에게 뚱딴지같은 질문을 하였다.

"오 일병, 너는 장차 어떤 직업을 갖고 싶으냐?"

"가수나 뮤지컬 배우가 되고 싶어요."

"연예인이 되면 밥 먹고 살기 힘들 텐데 자신 있냐?"

"결혼도 하지 말고, 혼자 살면서 좋아하는 일만 하다가 적당한 때 인생 종 치는 거죠, 뭐."

"구질구질하게 오래 살기보다는 짧지만 신나게 살다 세상과 하직하는 것도 좋은지 몰라."

"중위님 인생관과 제 인생관이 엇비슷하네요. 앞으로 자주 만나 대화를 나누고 싶네요."

"오 일병, 너 애인 있냐?"

"없어요!"

"하긴 대한민국 육군 일등병을 애인 삼을 여자가 많지 않겠지."

순애가 무시하는 투로 말하자 종규는 은근히 자존심이 상해 어깃장
을 놓았다.

"이번 휴가 중에 애인 만들 거예요."

"그래? 행운을 빈다!"

순애는 손을 내밀어 종규의 손을 잡았다. 종규는 순애의 손을 잡는
순간 심장이 요동쳤다. 게다가 순애의 손이 유달리 부드럽고 따뜻했다.

자장면과 탕수육이 나오자 순애는 동생을 대하듯 어서 먹으라고 종
규에게 눈짓하였다. 종규는 자장면을 마파람에 게 눈 감추듯 먹어치우
고는 탕수육을 집어 먹었다. 둘이서 집어먹자 탕수육 접시가 금세 비
었다. 군대에서 짬밥만 먹다가 오랜만에 먹는 음식이라 남기고 자시고
할 건더기가 없었다. 순애는 젓가락을 놓고 물을 마시는 종규를 놀란
눈으로 바라보았다.

"오 일병, 자장면 한 그릇 더 시켜줄까?"

"그러지 말고 중위님 것 두 젓가락만 더 주세요."

순애는 종규가 비운 자장면 그릇을 앞으로 당겨놓고는 나무젓가락
으로 자장면을 덜어주었다. 종규는 자장면 그릇을 끌어다 놓더니 젓
가락질을 하다가 갑자기 손을 눈가로 가져갔다. 종규는 지금까지 밥을
더 먹으라고 직접 덜어준 준 사람이 없었던 터라 가슴이 뭉클했다.

"오 일병, 밥 먹다 말고 너 왜 우냐?"

"제 밥그릇에 밥을 덜어준 사람이 지금까지 아무도 없었거든요."

"그래? 부모 사랑을 받지 못하고 자란 어린 시절 생각이 난 모양이구나?"

순애는 네 심정 이해하겠다는 듯이 고개를 끄덕이었다. 종규는 순애의 따뜻한 눈길에서 자애로운 모성애를 느끼었다.

종규는 식사를 마치고는 순애를 근처에 있는 찻집으로 데리고 갔다. 종규는 커피 두 잔을 시키고는 순애의 속마음을 떠보았다.

"중위님, 사적인 자리에서 누님이라고 부르면 어떨까요? 중위님은 물론 저를 동생이라고 부르고…."

"내가 네 누님 노릇 할 자격이 있겠냐?"

"충분하지요!"

"그런데 오 일병 나이가 올해 몇이냐?"

"스물둘이요."

"음, 나하고 두 살 차이가 나는구먼."

순애가 누나라고 불러도 좋다고 허락할 거 같아 종규는 숨을 죽이고 기다렸다. 긴장한 탓인지 종규의 손바닥이 땀으로 축축하게 젖었다.

"남동생 하나쯤 두었으면 좋겠다고 생각했는데 마침 잘 되었다."

순애가 제안을 선선히 받아들이자 종규는 뛸 듯이 기뻤다. 숭숭 구멍이 뚫려 찬바람이 쏴쏴 밀려들던 가슴에 갑자기 훈풍이 불어왔다. 종규는 고마워 순애 손을 잡으려다가 앞에 앉아 있는 노인이 흘끔거려 참았다.

"절대 누나가 실망하는 일은 하지 않을게요."

"나한테 너무 기대하지는 말아라. 원래 나는 잔정이 없는 여자이니까."

"누나한테 바라는 거 아무것도 없어요. 다만 내가 힘들고 괴로울 때 내 이야기만 들어주면 돼요."

"그거야 어려울 건 없지만, 너무 자주 만나자고 조르면 연락 딱 끊을 거다."

"누나, 최소한의 예의는 지킬 테니 걱정하지 마요."

순애는 환해진 종규의 얼굴을 바라보다가 기타 이야기로 말머리를 돌렸다.

"종규야, 너 기타 고를 줄 알지?"

"그건 왜 물어요?"

"대전에서 만나 너와 함께 기타 사러 가려고."

"좋아요. 같이 가요."

"그리고 휴가 동안 기타 치는 거 가르쳐 줄래?"

"장교님, 명령인데 거절했다가 뼈도 못 추리게요?"

종규는 얼씨구 좋다고 과장을 섞어 익살을 부렸다.

이틀 뒤 종규와 순애는 대전 역 앞에 있는 카페 카사블랑카에서 만났다. 순애는 스커트에 뾰족구두를 신고 자주색 스웨터 안에 미색 셔츠를 입어 딴 여자처럼 보였다. 거기다가 화장까지 하여 군복차림 때와는 달리 여성미가 한껏 돋보였다.

"와! 누나 사복 차림을 하니까 완벽한 미인이다!"

"종규야, 잠자리 비행기 그만 태워라."

"군복 입었을 때하고는 딴판이야. 참말로 눈이 부실 정도로 아름답다고."

순애는 쑥스러운지 생긋 웃고는 말머리를 얼른 다른 데로 돌렸다.

"종규야, 빨리 기타 사러 가자."

종규는 근처에 있는 악기점에서 순애의 기타를 골라주었다. 종규는 카사블랑카로 다시 돌아와 새로 산 기타로 평소 좋아하는 노래를 연주하였다. 이어서 순애가 「부베의 연인」을 연주하였다. 종규는 순애의 기타 치는 솜씨에 깜짝 놀랐다.

"누나, 기타 잘 치는데. 내가 오히려 배워야겠어."

"내가 좋아하는 곡 자유자재로 연주하려면 아직도 멀었다."

"아니야. 감미롭고 애수에 젖은 선율이 내 가슴을 뭉클하게 만들었어."

"그러니?"

순애는 종규의 칭찬에 환하게 웃었다.

저녁때 손님들이 몰려오자 종규는 순애와 함께 카사블랑카에서 나왔다. 인근 술집에서 좋아하는 음악과 감동적인 문학작품 이야기를 나누며 첫 번째 데이트를 멋지게 장식했다.

그런 뒤에 종규는 제대 12개월 정도 남기고는 순애와 성탄절 휴가를 함께 냈다. 그들은 그전에 만났던 카사블랑카에서 다시 만났다. 대위 계급장을 달아 그런지 순애는 그전보다 더 위풍당당했다. 사생아로 태어나 외톨이로 자란 종규는 순애가 큰 나무처럼 든든하고, 의지하고 싶은 마음이 저절로 났다.

종규는 손님들 앞에서 기타로 반주를 하며 팝송을 열정적으로 불렀다. 노래가 끝나자 열렬한 박수와 함께 앙코르를 연호하였다.

종규와 순애는 징글벨을 신나게 부르고 난 뒤 팝송을 합창하였다. 노래가 끝나자 손님들이 우레와 같은 박수를 보냈다. 종규는 순애를 가슴에 안고 기습적으로 키스를 퍼부었다. 손님들은 환호하다 못해 탁자를 두들기며 휘파람과 함성을 내질렀다.

다음 날 아침 종규는 아련하게 징글벨 소리가 들려와 눈을 떴다. 주위를 살펴보니 호텔 방이었다. 옆에서 자는 줄 알았던 순애는 보이지 않고 하얀 베개만 눈에 들어왔다. 종규는 침대에서 빠져나와 갈증이 나서 탁자 앞으로 다가왔다.

어! 이게 뭐지?

종규는 탁자에 놓인 메모지를 집어 얼른 읽어보았다.

> 종규, 어젯밤은 내가 세상에 태어나서 가장 즐겁고 황홀한 크리스마스이브였어. 내 민낯을 보여주는 게 부끄러워. 나 먼저 갈게. 얼마 안 되지만 돈을 놓고 가니까 해장국 사 먹어. 안녕!

종규는 소파에 기대앉아 눈을 지그시 감았다. 어젯밤 희미한 불빛에서 본 순애의 알몸이 눈앞에서 어른거렸다. 쭉 뻗은 다리, 부드러우면서도 풍만한 젖가슴, 균형 잡힌 몸매, 종규는 순애의 알몸을 떠올리자 심장이 요동쳤다. 그토록 갈구하던 순애와 섹스를 하다니, 환희의 물결이 온몸을 휘감았다. 순애가 옆에 있으면 또 한 번 으스러지게 껴안고 싶은 마음이 간절했다.

Chapter 11

벼락치기 결혼

종규는 휴가가 끝날 무렵 순애를 또 만났다. 순애는 카페에서 술을 마시다가 놀라운 사실을 털어놓았다.

"종규야, 실은 나 약혼했다가 실패했다."

"누나, 약혼은 뭐고? 실패는 또 뭐야?"

종규는 도저히 믿어지지 않아 넋 나간 사람처럼 입을 헤 벌리고 눈만 껌벅거렸다. 순애는 술잔을 단숨에 비우고는 축축이 젖은 목소리로 말을 이었다.

"2년 전에 그동안 연애했던 육군 대위와 약혼했다. 그런데 약혼하자마자 그 사람 월남 파병 명령을 받았어."

"약혼자를 전쟁터에 보내는 누나의 마음이 무척이나 아팠겠네?"

"전투에 나갔다가 파병된 지 3개월 만에 베트콩 기습을 받고 현장에서 전사했어."

"아이구! 어쩌면 좋아?"

종규는 놀라움과 충격에 외마디 소리를 내질렀다. 순애는 큰 죄를 지은 것처럼 진지한 목소리로 사과하였다.

"종규야, 약혼한 사실을 이제야 밝혀 미안하다."

"누나, 미안할 거 없어. 지금이라도 밝혀줘서 고마워."

"종규야, 나 말고 다른 여자와 연애해라."

"약혼자가 월남전에서 전사한 건 누나가 잘못해서 일어난 사고가 아니잖아? 내가 사생아로 태어난 게 내 잘못이 아니듯이 말이야."

"…?"

종규는 약혼한 과거는 아무런 문제가 되지 않는다며 순애를 안심시켰다. 종규는 더 나아가 떡 줄 사람은 생각하지도 않는데 김칫국부터 마셨다.

"누나 지난 일은 깨끗이 잊어버려. 나 제대한 뒤 직장 잡으면 누나와 곧장 결혼할 거야."

"총각이, 처녀와 결혼하지 않으면 두고두고 후회한다."

"처녀와의 결혼이 뭐가 중요해? 누나가 나와 결혼해 주는 것만으로도 나에겐 대 영광이야."

"결혼 않고 평생 혼자 살기로 작정했다."

"누나와 결혼 안 하면 나도 평생 혼자 살 거야."

"종규야, 결혼은 한때의 감정에 휘둘려서 하는 게 아니야!"

"누나가 무슨 말을 해도 내 마음은 흔들리지 않아."

"고집 그만 부리고 신중하게 고민해봐라."

"고백하는데, 누나 처음 봤을 때부터 결혼을 꿈꾸었어. 결혼한 뒤 누나의 사랑을 듬뿍 받는 게 소원이었어. 만일 누나가 나를 버리면 삶을 포기할지도 몰라."

종규의 고백에 순애는 착잡한지 한숨만 연신 내쉬었다.

순애는 사생아로 태어나 사랑에 굶주린 종규가 버림받으면 무슨 짓을 할지 몰라 겁이 덜컥 났다. 그리고 약혼자의 비명횡사로 받은 상처를 치유하려면 빨리 결혼하는 게 좋을 듯도 하였다.

"종규야, 약속해라. 나하고 결혼한 뒤 절대 후회하지 않는다고."

"누나, 약속뿐 아니라 손가락을 깨물어 혈서를 쓰라고 해도 쓸 용의 있어."

"그래, 별로 잘 난 여자도 아닌데 한 남자 구제하는 셈 치고 적당한 때에 결혼하자!"

"누나 고마워!"

종규는 와락 달려들어 순애의 가슴에 안긴 뒤 엉엉 울었다.

순애가 임신하는 바람에 종규가 제대하자마자 결혼식을 생략하고 부랴부랴 동거에 들어갔다. 그들은 장모 집 옆에 방 한 칸을 얻어 살림을 차렸다. 순애는 수도사령부 의무대에서 근무하고 종규는 다시 대학에 복학하였다.

첫 번째 태어난 아이는 아들이었다. 순애는 간호장교로 계속 복무하고, 아이는 혼자 사는 장모가 맡아서 키워주었다.

순애 아버지는 6·25 때 시골 면의 지서장이었는데, 야간에 빨갱이들의 습격을 받고 총격전을 벌이다가 사망하였다. 순애가 일곱 살 때였다. 순애 어머니는 남편을 잃는 바람에 청상과부로 옷 장사를 하며 힘들게 살았다. 순애는 간호대학을 졸업한 뒤 간호장교에 지원해서 합격했다.

종규는 대학을 졸업하자 당장 먹고사는 게 급해 예술가의 길을 접고 기업에 입사하였다. 종규가 입사한 회사는 원사와 직물을 생산하여 국내 시장에도 팔고 수출하는 중견기업이었다.

종규는 국내 영업부에 근무하다가 급여도 더 받고 빨리 승진할 욕심으로 해외 지사 근무를 지원했다. 하지만 대상자 선정에서 보기 좋게 탈락하였다. 종규는 탈락한 이유를 알아보기 위해 인사과장을 찾아갔다.

"과장님, 제가 해외 지사 근무를 지원했는데 탈락한 이유를 알고 싶습니다."

인사과장이 우물쭈물하면서 속 시원한 대답을 하지 않자 종규는 시비조로 물었다.

"제가 영어 회화가 서툽니까? 아니면 영업능력이 떨어집니까?"

"오 대리, 그런 이유 때문이 아니고, 다른 사유가 있네."

"다른 이유라니 그게 도대체 뭡니까?"

"오 대리 신원조회를 했더니 하자가 발견되었어."

"하자라니요?"

"오 대리가 대학교 다닐 때 민주화 운동에 열성적이었더구먼."

"학생운동이 해외 지사 파견하고 무슨 상관이 있습니까?"

"사장님은 대학 다닐 때 데모하다 경찰서에 자주 드나든 사원에게는 중요 직책을 절대 맡기지 말라고 엄명을 내렸지."

"사장님은 구태의연한 사고에 젖으셨군요."

"민주화 운동 전력을 가진 사원은 노조를 조직하는 데 앞장서거나, 회사의 작은 불만도 못 참고 여기저기에 투서해서 골치가 아프더라고."

"합리적이고 투명하게 기업을 경영하면 그런 일이 발생할 리가 없지요."

종규는 인사과장의 말에 계속 토를 달았다. 인사과장은 서류를 다시 들여다보고는 드디어 종규의 아킬레스건을 건드렸다.

"끝까지 함구하려고 했는데 오 대리 아버지가 6·25 전쟁 때 월북했더구먼."

"아버지가 월북하다니요? 그럴 리가 없는데요."

"오 대리, 공문서에 기재된 내용을 못 믿겠다는 거야? 뭐야?"

인사과장은 억지 쓰지 말라고 종규에게 소리쳤다. 종규는 흥분한 목소리로 다시 한번 물었다.

"그래서 제가 해외 지사 요원 선발에서 탈락했다는 말입니까?"

"법이 개정돼서 연좌제가 폐지되기 전에는 오 대리가 해외에 나가는 건 불가능하다고."

"과장님, 잘 알았습니다."

거지 발싸개 같은 세상이구먼! 아버지의 과거 행적 때문에 자식까지 피해당하다니. 이건 아버지의 잘못이 아니고, 나라가 책임져야 할 일이야.

종규는 회사에서 임원은커녕 부장까지 승진하기도 어려울 거 같아 깊은 고민에 빠졌다. 회사를 떠날 것인가? 아니면 누구도 보상해주지 않는 차별대우를 감내하며 회사에 찰거머리처럼 달라붙을 것인가? 종규는 갈팡질팡 갈피를 못 잡고 헤매었다.

종규는 휴가를 얻어 아버지가 월북자로 호적이 정리된 사연을 알아보려고 부여로 뱃사공 최억수를 만나러 갔다.

종규는 석성면 꽃고개를 넘어 개사리 나루터에 가기 전에 생모가 살았던 주막을 다시 들여다보았다. 사람이 살지 않아 주막 마당에는 잡초가 무성했다. 담장에는 붉은 능소화가 시들어가 쓸쓸함을 더해주었다.

나루터에 가 보니 사공 최억수 씨는 잠시 짬을 내 강가에서 그물로 위어를 잡는 중이었다. 종규가 나루터에서 손을 흔들며 소리치자 억수는 배를 몰아 나루터로 다가왔다. 종규는 허리를 굽혀 억수의 손을 잡았다. 흰 머리와 소나무 껍질처럼 거친 손이 인생의 나이테를 실감케 했다.

"아저씨, 안녕하세요?"

"종규, 오랜만이구먼?"

"무슨 고기를 잡고 계셨어요?"

"위어라고, 이 근처 강에서 나는 건디, 옛날에는 임금한티 진상했다는 맛 좋고 귀한 물고기여."

억수는 물통에서 시커먼 위어를 꺼내 보여주며 자랑스럽게 말했다. 종규는 위어를 자세히 눈여겨보며 말했다.

"생긴 건 볼 품 없는데 고기 맛은 좋은 모양이네요."

"봄철에는 위어 회를 먹으러 타지에서 많은 사람이 세도며 석성으로 몰려오기도 하지."

억수는 나루터 인근에 있는 나무 밑으로 오더니 담배를 빼 물고는 종규에게 물었다.

"엄니, 산소를 둘러보러 왔남?"

"그게 아니고 아버지에 대해서 여쭤보려고 왔습니다."

"궁금한 게 뭐여?"

"6·25 때 아버지가 월북한 것으로 호적이 정리되어 있더라고요."

"자네 아버지는 권총으로 자살한 줄 아는데 뭔 소리인지 모르겠네."

"오 씨네 누군가가 사망신고를 하지 않고 일부러 월북한 것으로 조작한 거 아닐까요?"

"아무래도 자네 아버지 명의로 돼 있는 재산을 차지하려고 고모가 모사를 꾸몄을지도 몰라. 헌디 세월이 벌써 30년 이상 지나서 그 내막을 아는 사람이 있을지 모르겠네."

억수는 담배 연기를 풀풀 날리다가 좋은 생각이 떠올랐는지 담뱃불을 얼른 끄고는 종규에게 넌지시 말했다.

"자네 친가 사람들은 모두 죽거나 세도를 떠났으니, 오상묵이와 가장 가깝게 지낸 황금란 씨를 찾아가 자초지종을 물어보게."

"그분 아직도 강경 나루터 인근에서 식당을 운영하나요?"

"나이가 들어 식당 다른 사람에게 넘기고 지금은 집에서 그림을 그리며 소일하고 있을 거여."

"그분 지금 어디서 사세요?"

"강경 옥녀봉 근처에 사는디, 담벼락에다가 이쁜 꽃 그림을 잔뜩 그려놓은 집을 찾아가면 만날 걸세."

"사공 어른 고맙습니다."

종규는 미리 준비한 돈 봉투를 억수에게 내밀었다. 억수는 돈 봉투를 받지 않겠다고 손사래를 쳤다. 종규는 억수 손에 돈 봉투를 억지로 쥐여주었다.

종규는 차를 몰아 다시 꽃고개를 넘은 뒤 석성 사거리를 지나 강경 방향으로 내달렸다. 종규는 강경읍 초입에서 강가에 난 길을 따라가다가 옥녀봉 인근에 차를 세웠다. 종규는 옥녀봉 못 가서 황금란이 사는 집을 발견하였다.

빨간 양철지붕에 시멘트 담벼락에는 봉선화, 들국화, 백일홍, 능소화, 복사꽃, 진달래, 등 꽃 그림을 그려놓아 운치가 넘쳐났다.

종규가 마당으로 들어서자 마루에 앉아 채소를 다듬던 황금란이 빤히 쳐다보았다. 종규는 가까이 다가가 고개를 숙였다.

"아주머니, 저 세도에 살았던 오상묵 씨 아들 오종규라고 합니다."

"그전에 강산식당에 한 번 찾아왔던 거 같은데 어쩐 일이여?"

"미리 연락도 없이 불쑥 찾아와 죄송합니다."

종규는 마루에 앉으며 양해를 구했다. 종규는 황금란이 내온 차를 마시고는 아버지의 행방에 관해서 물었다.

"아주머니, 아버지는 자살한 줄 아는데 호적에는 월북한 것으로 정리되어 있더라고요. 아주머니께서 혹시 그 이유를 아시는지 여쭤보려고 찾아뵈었습니다."

"자네 아버지를 월북자로 조작한 사람은 자네를 키운 오숙자일 가능성이 크네."

"고모가 아버지 유산을 차지하려고 꾸민 모사인 모양이군요."

"그렇다고 보는 게 옳지."

황금란은 고개를 끄덕이고는 오상묵 유산과 관련된 이야기를 종규에게 더듬더듬 들려주었다.

해방되기 1년 전이었다.

오상묵은 처남 장치문을 살해한 뒤 억수가 모는 나룻배를 타고 세도 반조원 나루터에 무사히 도착했다. 오상묵은 자전거를 타고 반조원 나루에서 출발하여 장암면을 지나 구룡, 내산을 거쳐 한밤중에 외산면 만수리 송 노인 집에 도착하였다.

오상묵은 송 노인에게 급히 찾아온 이유와 황금란과의 친분을 소상히 밝히고는 우선 하룻밤 재워달라고 부탁하였다. 송 노인은 싫은 기색 하나 보이지 않고 흔쾌히 건넌방을 내주었다. 오상묵은 황금란의 외삼촌인 송 노인이 너무 고마웠다.

"어르신, 일면식도 없는데 불시에 찾아와 신세를 지게 되어 면목이 없습니다."

"사람은 한평생 살다 보면 남의 신세를 지기도 하고, 남을 도와주기도 하니 미안하게 생각할 거 없소이다."

오상묵이 손바닥으로 입을 막고 하품을 하자 송 노인은 베개와 이부자리를 건넌방에 갖다 놓았다. 오상묵은 송 노인에게 고개를 숙이고는 건넌방으로 건너왔다.

상묵은 이불을 펴고 눕자마자 곧장 잠들고 말았다. 세도에서 무량사 인근까지 자전거를 타고 단숨에 달려온 터라 몸이 녹초가 되었기 때문이었다.

상묵이 오빠! 미안해! 오빠, 외삼촌 집에 머물지 말고 빨리 다른 곳으로 몸을 피해. 형사 놈의 악랄한 고문에 못 이겨 오빠 은신처를 불고 말았어. 곧 형사 놈들이 오빠를 체포하러 외산 만수리로 들이닥칠 거야. 빨리 외삼촌 집에서 떠나라고. 외삼촌한테 부탁하면 안전한 곳을 알려줄 거야. 상묵이 오빠, 끝까지 비밀을 지키지 못해 죽을죄를 지었어. 오빠! 해방될 때까지 굳세게 버티라고. 해방되면 우리 다시 만나 못 이룬 꿈 이루자고!

다음날 먼동이 틀 무렵, 꿈속에서 들려오는 금란의 절규에 놀라 오상묵은 눈을 번쩍 떴다. 오상묵의 목덜미에 식은땀이 흥건했다. 오상묵은 비몽사몽으로 옷을 주섬주섬 입은 뒤 가방을 들고 방에서 나왔다. 대나무 빗자루로 마당을 쓸던 송 노인이 놀란 눈을 하고 오상묵에게 물었다.

"여기를 떠날 참이여?"

"새벽에 꿈을 꿨는데 금란이가 형사 놈들 고문에 못 이겨 제 은신처를 토설한 거 같습니다."

"나도 고문당해 봤지만, 일본 앞잡이 형사 놈들의 무자비한 매질에 염라대왕도 배겨낼 재간이 없지."

"어르신, 혹시 인근에 숨어 지낼 만한 곳이 또 있는지…."

오상묵은 염치없는 부탁 같아 말끝을 흐리고는 송 노인의 눈치를 살폈다. 송 노인은 눈을 감았다, 떴다 하더니, 오상묵의 부탁을 선선히 들어주었다.

"사촌 동생 사는 곳을 알려줄 테니 그리로 가 보게."

송 노인은 사촌 동생 이름과 주소를 불러주었다. 오상묵은 가방에서 연필과 공책을 꺼내 송 노인이 불러준 주소와 이름을 받아 적었다.

"사촌 동생은 남의 딱한 사정을 잘 봐주는 성격이라 자네가 수배자라는 걸 알아도 경찰에 고발하지는 않을 거여."

"어르신, 초면에 신세만 지고 떠나 면목이 없습니다."

"거꾸로 매달아도 이 세상이 좋은 법이니, 마음 독하게 먹고 해방될 때까지 버티게! 시집을 출간하거든 한 권 꼭 보내주고."

"어르신, 위로와 함께 용기를 북돋아 주시어 고맙습니다."

오상묵은 송 노인 몰래 건넌방에 지전을 놓고는 서둘러 외산면 만수리에서 떠났다.

오상묵이 자전거를 타고 구룡면 금사리에 당도했을 때는 점심때가 다
되었다. 오상묵은 동네 주막에서 국말이를 사 먹고는 근처 상점으로 갔
다. 오상묵은 담배를 산 뒤 원고지를 사려고 주인 여자에게 물었다.

"아주머니, 원고지는 안 파나요?"

"그런 건 찾는 사람이 도통 없어서 안 갖다 놨슈."

"그럼 어디 가야 살 수 있나요?"

"논티 소학교 앞 문방구점에 가보슈."

"여기에서 먼가요?"

"잠깐이면 가요. 통 못 보던 양반인데 금사리로 새로 이사 오신 분인
가유?"

문방구 주인 여자는 오상묵의 옷차림이며 얼굴을 살피며 물었다. 오
상묵은 신분이 노출되지 않게 적당히 얼버무렸다.

"이사 온 게 아니고, 조용한 데서 잠시 글을 쓰러 왔습니다."

"그려서 원고지를 뭉텡이로 찾으시는구먼유?"

오상묵은 여자의 힐끔거리는 시선이 불쾌해 모자를 푹 눌러쓰고는
상점에서 나왔다. 오상묵은 논티 삼거리 문구점으로 원고지를 사러 갈
까 하다가 사람들 눈에 띄는 게 싫어 성당 쪽으로 발길을 돌렸다. 오상
묵이 성당 뒤편 송천만 씨 집 앞에서 서성거리는데 쉰 살쯤 돼 보이는
남자가 집 밖으로 나오면서 물었다.

"누굴 찾으시오?"

오상묵은 고개를 숙여 인사를 한 뒤 만수리에 사는 송 노인이 소개
해서 찾아왔다고 귓속말을 했다. 송천만 씨는 알았다고 고개를 끄덕이

고는 오상묵을 집안으로 들이었다. 송천만 씨는 사랑방을 내주면서 미리 양해를 구했다.

"방이 누추해서 지내시기 불편할 거유."

"잠시 머물 텐데 아무려면 어떻습니까?"

"찬거리가 시원치 않아서 끼니가 걱정되네유."

"저는 아무거나 잘 먹으니까 먹고 죽을 것만 안 주시면 됩니다."

오상묵은 미리 쌀 닷 말값을 송천만 씨에게 주고는 글 쓰는 데 필요하니 책상으로 쓰게 큰 상을 달라고 부탁했다. 그리고 논티 삼거리 소학교 앞에 있는 문방구점에 가서 담배와 원고지 오백 매만 사다 달라고 부탁하였다.

오상묵은 방에 틀어박혀 공책에 틈틈이 써두었던 시 중 80여 편을 골라 밥 먹는 시간을 빼고는 밤낮없이 원고지에 옮겨 썼다. 원고를 정리한 다음 금란이 소식이 궁금해 편지를 썼다.

Chapter 12

아버지의 유산

금란아! 나는 네 덕분에 잘 지낸다. 시집 원고 정리를 방금 마쳤다. 출판사에 원고를 보내 시집을 펴낼 계획이다. 나를 도피시켜주려다 경찰에 불려가 고문당했을 게 빤한데, 정말로 가슴이 미어지게 아프다. 죽어서도 꼭 신세를 갚으마.

금란아!

시집이 발간될 때까지 경찰에 체포되지 않으면 다행이지만, 만일 내가 경찰에 체포되면 동봉한 지인들 주소로 시집을 우송해다오. 나머지는 네가 집에 보관하여라.

금란아! 너에게 실망만 안겨 주어 면목이 없다. 어찌하다가 삶의 막다른 골목에 이르게 되었는지 나 자신이 밉고 원망스럽다.

오늘따라 성당에서 들려오는 종소리가 유난히 가슴을 때리는구나.

금란아, 사랑한다!

1944년 음력 4월 30일 구룡면 금사리에서 오상묵이 보냄.

추신: 내가 만일 이 세상과 하직하거든 내 명의로 된 땅을 네가 모두 가
져라. 그 대신 내가 이루지 못한 꿈을 네가 대신 이루어주기 바란다. 재
산 상속 문제로 분쟁이 일어나지 않게 어머니와 숙자 앞으로 같은 내용의
유언장을 작성해 놓았으니 참고해라.

오상묵은 출판사에 원고를 우송하고 송천만 씨 집으로 돌아오다가
금사리 성당 경내를 둘러보았다. 성당 건물은 고풍스러우면서도 경건
한 느낌이 들었다. 성당 마당 가에 세워놓은 마리아상은 자애로운 모
습을 한 채 아기 예수를 가슴에 안고 있었다.

하느님 앞에서 내 잘못을 뉘우치면 죄를 용서하실까? 아니야, 죄를
사해달라고 기도를 한들 용서받을 수 없어. 이유야 어찌 되었든 처남
을 살해한 건 용서를 받지 못할 반인륜적이 범죄이니까 죄에 합당한
처벌을 받는 건 당연해. 영원히 내 죄를 씻어내려면 스스로 목숨을 끊
는 게 가장 좋은 방법인지 몰라….

오상묵은 경내를 둘러보고는 성당 앞으로 나와 서성거렸다. 그때 인
상이 험악하게 생긴 사내가 오상묵에게 다가왔다. 사내는 오상묵의 인
상착의를 훑어보고는 허리에 찬 수갑을 얼른 풀었다.
"당신, 세도에서 도망 온 오상묵 맞지?"
"그렇소만 당신은 누구시오?"
"나, 강경경찰서 형사다."
형사는 오상묵의 손목에 쇠고랑을 채우려고 달려들었다. 오상묵은
뒤로 물러서며 몸을 피했다. 형사는 권총을 빼 오상묵의 가슴을 겨누

며 소리쳤다.

"한 발자국도 움직이지 마라. 만일 움직이면 네 놈 머리통을 박살 내겠다."

"…"

지금 이 시점에서 체포되면 사형은 면더라도 살인죄를 적용하면 내 인생 태반을 감옥에서 보내게 될 텐데 그럴 바에는 차라리 자살하는 게 나아.

오상묵은 양복 안 호주머니에서 재빨리 권총을 꺼내 관자놀이에 총구를 들이대고 방아쇠를 힘껏 당겼다. 오상묵은 앞으로 쓰러져 검붉은 피를 흘리다가 한 많은 세상과 영원히 이별했다.

총성을 듣고 성당으로 뛰어나온 송천만 씨는 우체국으로 달려가 강경 강산옥 황금란에게 전화를 걸었다. 오상묵이 권총으로 자살했다는 소식을 들은 황금란은 망연자실했다. 황금란은 찬물을 들이키고 정신을 가다듬은 뒤 세도면 금강 양조장에 전화를 걸어 오상묵이 죽었다는 사실을 알리었다.

전화를 받은 방춘식은 오상묵네 집으로 쏜살같이 달려갔다. 방춘식은 조 씨와 딸 오숙자에게 오상묵이 자살한 사실을 전해주었다. 어머니 조 씨는 주먹으로 가슴을 친 뒤 체머리를 마구 흔들어대다가 오상묵에게 욕을 퍼부었다.

육시랄 놈! 문맹자한테 한글 가르친다고 개사리 주막이나 드나들고, 시나 쓴다고 돈만 없애고 헛지랄하더니 끝내 비명횡사했구먼!

조 씨는 찬물 한 대접을 단숨에 비운 뒤 정신을 가다듬고 나서 딸 숙자에게 일렀다.

"숙자야, 지서 주임과 방 씨하고 금사리에 가서 상묵이 시신을 수습해라."

"지서 주임이 선뜻 우리 부탁 들어주려나 모르겠네요."

"돈을 듬뿍 집어 주면 군말 없이 도와줄 거여."

"방 서방은 상묵이가 자살했다는 말을 목에 칼이 들어와도 입 밖에 내서는 안 되네."

"자당 어른 말씀 명심하겠습니다."

"그리고 숙자 너도 오상묵이 죽은 사실을 비밀로 해달라고 지서 주임에게 단단히 부탁해라."

"잘 알았어요!"

"객사하면 시신을 집 안에 들이지 않는 법이니, 금사리 근처 공동묘지에 우선 묻어라."

조 씨는 두 사람에게 주위를 단단히 주고는 방으로 들어갔다. 조 씨는 잠시 뒤 돈뭉치 열 다발을 숙자에게 주며 일렀다.

"다섯 다발은 지서 주임 주고, 나머지는 상묵이 시신 수습하는 데 써라."

숙자와 방춘식은 지서 주임과 함께 지프 차를 타고 구룡면 금사리로 향했다. 길이 좋지 않아 꽤 많은 시간이 걸려 금사리에 도착하였다.

세도면 지서 주임의 확인이 끝난 뒤 어둑어둑할 때 송천만 씨의 주선으로 오상묵 시신을 인근 공동묘지에 묻었다.

　숙자는 송천만 씨에게 돈다발을 건네주고는 오상묵이 자살한 사실을 철저히 비밀에 부쳐달라고 부탁하였다.

　숙자는 오상묵 유품을 챙긴 뒤 방춘식, 지서 주임과 함께 세도 집으로 돌아왔다. 숙자는 오상묵 가방에서 나온 유언장을 읽어보았다.

유 언 장

　어머님과 오숙자에게.

　내가 죽으면 내 명의 모든 땅은 강산옥 황금란에게 물려주세요. 못 이룬 내 꿈을 황금란이 대신 이루어주길 바라고 재산을 물려주니 오해하지 마세요. 물론 똑같은 내용을 써서 황금란에게도 보냈습니다. 두 사람 딴 마음 먹지 말고 내 유언을 지켜주세요.

　　　　　　　　　　　　　1944년 음력 4월 30일 오상묵

　유언장을 읽어본 오숙자는 열불이 치밀어 얼굴이 벌겋게 아올랐다. 오숙자는 안절부절못하다가 이를 뿌드득 갈더니 오상묵에게 욕을 퍼부었다.

　아니, 피 한 방울 안 섞인 황금란에게 재산을 몽땅 넘겨주다니, 이런 미친 짓이 어디 있나? 혹시 둘이 좋아서 죽고 못 사는 사이였나? 그렇지 않고서는 오빠가 그 많은 재산을 황금란에게 물려 줄 까닭이 없지. 내일 당장 강산옥으로 달려가 재산을 포기하라고 황금란을 잡아 족쳐야겠구먼.

다음날 숙자는 아침을 먹자마자 자전거를 타고 반조원 나루로 나왔다. 반조원 나루터에서 한참 기다리자 억수가 모는 나룻배가 당도했다. 억수는 숙자를 보고 먼저 말을 걸었다.

"숙자 씨, 어디 가려고 반조원 나루터에 나왔어?"

"강경에 가려고 나왔지요."

숙자는 배에 오르더니 행순이에 대해서 꼬치꼬치 캐물었다.

"억수 오빠, 강 건너 주막집 행순이는 언제 애를 낳을 거요?"

"숙자 씨, 그걸 나한테 왜 묻는 거여?"

억수는 볼멘소리로 쏘아붙였다. 숙자는 억수를 노려보며 맞받아쳤다.

"두 사람이 곧 혼인할 거라는 소문이 파다하길래 물어봤는데 뭐가 잘못됐나요?"

"숙자, 근거 없는 소문 함부로 떠벌리고 다니다가 개망신당할지 모르니 입조심 하라고."

"못 물어볼 말을 물어본 것도 아닌데 면박까지 줄 건 뭐요? 나룻배 노나 젓는 사람하고는 역시 상종하지 못하겠구먼?"

"숙자, 지금 뭐라고 씨부렁거린 거여?"

"시비 그만 걸고 빨리 황산 나루에 태워다 달라구."

돈 많은 집구석 딸 아니랄까 봐 없는 사람 앞에서 기고만장하고 자빠졌네. 노나 젓는 뱃사공이라고 깜보는데 엿 좀 먹어봐라. 이년아!

억수는 숙자가 밉살맞아 배 속력을 갑자기 높였다. 탕탕거리는 발동기 소리와 함께 배가 기우뚱거리면서 강물이 갑판 위로 튀어 올랐다. 숙자는 비틀거리다가 갑판에 풀썩 주저앉았다. 숙자는 귀청이 찢어지게 큰 소리로 말했다.

"억수 오빠, 어질어질하고 먹은 걸 몽땅 게울 거 같은데 배 좀 천천히 몰라구!"

"황산 나루에서 사람들이 눈 빠지게 기다리는 중이라서 쏜살같이 가야 한다고."

"이러다 배 뒤집히면 어쩌려고 정신없이 모는 거야?"

"배 뒤집히면 죽기밖에 더 하겠어?"

"억수 오빠, 뱃삯 안 줄까 봐 골탕 먹이는 거지?"

숙자는 손지갑에서 지전을 여러 장 꺼내 억수 호주머니에 찔러주었다. 억수는 못 이기는 체하고 돈을 받고는 배 속력을 천천히 낮추었다.

배가 황산 나루터에 이르자 숙자는 부리나케 강산옥으로 달려갔다. 점심때인데도 강산옥에는 밥을 먹는 사람이 보이지 않았다. 숙자가 문을 열고 들어서자 탁자에 앉아 마늘을 까던 황금란이 힐끔 쳐다보며 말했다.

"당분간 장사 안 하니까 다른 식당에 가 보세요."

"밥 먹으러 온 게 아니고 황금란 씨를 만나러 왔는데요."

"내가 황금란인데 누구세요?"

"오숙자라고 오상묵 씨 여동생입니다."

"아, 그러세요? 그런데 무슨 일 때문에 왔나요?"

"오상묵 씨가 보낸 유언장 받았지요?"

"그건 왜 물으세요?"

황금란은 아니꼬운 눈빛으로 숙자를 노려보았다. 숙자는 기선을 제압하려고 오상묵을 죽게 만든 책임을 금란에게 뒤집어씌웠다.

"금란 씨가 유혹하는 바람에 오빠가 올케 장연옥이와 이혼했고, 그

문제로 오빠와 장치문이 다투다가 살인 사건까지 벌어졌는데 금란 씨는 죄책감이 안 듭니까?"

"아니, 그런 억지가 어디 있습니까? 나는 장연옥과 이혼하라고 오상묵을 부추긴 적도 없고, 장치문 살인 사건에 눈곱만큼도 관여한 한 적 없으니 헛소리 작작하시오."

"그러면 왜? 오빠가 전 재산을 금란 씨에게 주라고 유언했을까요?"

"그 재산은 오상묵 씨가 자신의 꿈을 나보고 대신 이루어 달라고 준 겁니다."

"그 꿈이라는 게 구체적으로 뭡니까?"

"오상묵은 왜놈들의 한글 말살 정책에 맞서는 사업을 펼치는 게 소원이었습니다. 그래서 문맹자들에게 한글을 가르치고, 순수 우리 말로 쓴 책을 펴내서 많은 우리 백성들이 읽도록 보급하는 게 오상묵의 꿈이었습니다."

"그런 뜬구름 잡는 일에 쓰라고 알 구렁이 같은 오빠 재산을 절대 넘겨 줄 수 없습니다."

"숙자 씨, 난 공짜를 좋아하지 않습니다. 더구나 남의 재물을 탐할 만큼 파렴치한 여자도 아닙니다."

"역시 짐작한 대로 훌륭한 인품을 가졌네요."

"칭찬해줘서 고맙습니다."

"물론 입을 싹 씻으면 서운할 테니까 논 서너 마지기 값은 주겠습니다."

"1원 한 장도 받지 않을 테니 멀쩡한 사람 거지 취급하지 마세요."

금란은 숙자 하는 꼴이 치사하고 더러워 상속받을 마음이 없다고 어깃장을 놓았다. 숙자는 기다렸다는 듯이 대서소에서 작성한 유산 포기 각서를 가방에서 꺼냈다. 숙자는 금란 앞에 각서를 펼쳐놓고는 지장을 찍으라고 강요하였다. 금란은 눈에 힘을 주고 각서를 읽어보았다.

"본인은 오상묵을 유혹하여 장연옥과 이혼하게 만든 점을 깊이 사과합니다. 그 죄과로 오상묵의 유산상속을 포기합니다. 황금란"

금란은 사실을 왜곡한 각서를 박박 찢어발긴 뒤 숙자 얼굴에 뿌렸다.

표변한 금란의 행동에 숙자는 어이가 없는지 입을 헤 벌리고 한동안 말을 잇지 못했다. 숙자는 금란을 노려보다가 물컵을 들어 얼굴에 끼얹었다. 금란은 자리에서 벌떡 일어나더니 숙자의 머리채를 잡고 식당 밖으로 끌어냈다.

"야! 오숙자, 경고하는데 앞으로 강산 식당에 얼씬도 하지 마라. 다시 찾아오면 다리몽둥이를 부러뜨리고 말 거다."

"천하에 상종 못 할 여편네구먼! 강경 땅에서 네년 발붙이고 살게 하면 내 성을 갈고 말 거다."

숙자는 이를 뿌드득 갈고는 강산식당에서 발길을 돌렸다. 숙자는 장터를 지나 경찰서 쪽으로 발길을 옮겼다. 숙자는 금란을 살인 교사죄나 범인 은닉죄로 경찰에 고발해 궁지로 몰아넣은 다음 유산상속을 영원히 포기하게 할까 말까 망설였다.

고발하면 시끄럽고 복잡하니까 법의 허점을 교묘하게 이용해 황금란이 오상묵의 유산상속을 못 받게 할 방도를 찾아보자고.

숙자는 배가 고파 우동으로 점심을 때운 뒤 법원 근처로 갔다. 강경에서 제일 오래된 대서소에 들러 사법 서사에게 황금란이 유산상속을 막을 방법을 물었다. 대서소 황 영감은 코를 킁킁대며 아리송한 말로 숙자를 혼란스럽게 만들었다.

"법이란 돈 많고 힘 있는 놈들에게는 헛것이니, 재산을 안 넘겨 줄 방법을 찾으면 없지도 않은데, 잘 될지 모르겠네."

이 영감탱이, 꽈배기만 처먹고 살았나 말을 어찌 이리 배배 꼬나 모르겠네. 거기다가 꼴에 엄포까지 놓고. 하기야 대서 비를 넉넉히 받으려면 애를 태우게 만들어야겠지.

"영감님, 이리저리 찾아보면 방법이 없지 않다는 말씀이네요."
"여기저기 기름칠하려면 돈이 드니 수고비나 넉넉히 주슈."
"쌀 세 가마니 값 드릴게요."
"네 가마니로 정합시다."
"좋습니다. 달라는 대로 드리지요."
숙자는 대서방 영감의 요구를 흔쾌히 받아들이고 즉시 돈을 건네주었다. 영감은 손가락에 침을 받은 뒤 지전을 일일이 세보았다. 돈을 받고 나서 대서방 영감은 땅문서를 모두 달라고 하였다.

"오상묵 씨 소유의 땅을 숙자 씨 명의로 모두 바꾸려면 서너 달 걸리니 느긋하게 기다리시유."
"확실하게 매듭지어 주시면 그런 건 문제 안 됩니다."
숙자는 가방 채로 대서소 영감한테 맡기고는 집에 가려고 황산 나루터로 발길을 돌렸다. 숙자는 대대손손 먹고 살 큰 재산이 굴러 들어온다고 생각하니 신명이 저절로 났다. 숙자는 뱃삯을 억수 손에 듬뿍 쥐여주고 혼자서 배를 타고 반조원 나루로 다시 돌아왔다.

Chapter 13

유령 인간

        한편 대서소 황 영감은 오상묵이가 가족들에게 쓴 유언장을 읽어보고는 땅문서가 든 가방을 들고 강산식당 주인 황금란을 찾아갔다. 황 영감은 식탁에 앉으며 금란에게 물었다.

   "세도 양조장 큰아들 오상묵이가 금란에게 유산을 주라고 유언장을 써놓은 모양인데 알고 있나?"

   "점심때 오상묵 동생 오숙자가 찾아와 상속을 포기하라고 압력을 넣기에 머리끄덩이를 잡고 한바탕 싸웠어요."

   "그래서 유산 포기각서를 안 써주었나?"

   "오기가 나서 어깃장을 놓았지요."

   "진짜 유산상속 포기할 의향은 없나?"

   "제 목에 칼이 들어와도 오숙자에게는 양보하기 싫어요."

   금란은 오숙자가 재산을 차지해서는 안 되는 이유를 자세하게 설명했다.

"그 재산은 오상묵이 애를 가진 개사리 나루 주막집 행순에게 주는 게 옳아요."

"쯧쯧, 오상묵이가 애를 만들어 놓고 죽은 모양이구먼."

"행순이가 애를 갖게 된 사연을 들어보면 기가 막히고 눈물이 나요."

황금란은 손 등으로 눈가를 문지르며 애달픈 목소리로 말했다. 황 영감은 궁금한지 눈을 깜박거리며 물었다.

"행순이와 오상묵 사이에 무슨 사연이 있기에 가슴 아파하는 거여?"

"행순이가 정신대에 끌려가는 게 두려워 오상묵을 꼬드겨 애를 일부러 가진 거예요."

"그럼 행순이가 오상묵 유산을 차지하는 게 맞는구먼."

황 영감은 고개를 끄덕이더니 자리에서 일어나 식당 밖으로 나왔다. 황금란은 길까지 나와 죄송하다고 황 영감에게 연신 고개를 숙였다.

그때 억수가 강에서 그물로 잡은 물고기 통을 들고 오며 황금란에게 물었다.

"누님, 실한 잉어 잡아 왔는데 찹쌀 넣고 푹 고아 먹을래요?"

"장에 갖다 팔지 왜 나한테 잉어는 갖고 왔어?"

"홍매화보다 더 곱던 누님 얼굴이 요새 다 시들어가유. 서운하겠지만 피죽도 못 먹은 여자처럼 핏기도 없고, 볼썽사납구먼유."

"마음이 아프니 몸이 성할 리가 없지."

"그동안 오상묵한티 정을 너무 쏟아부은 거 아니유?"

"억수, 실없는 농담 그만해. 오상묵과 가까이 지낸 건 연애가 목적이 아니었다고."

"젊은 남녀가 연애를 안 하려면 뭐 하려고 만난대유?"

"나라와 민족을 위해 값진 일을 하려고 자주 만났다고."

"누님은 미련하게 사서 고생을 자초한 거 같아요."

"억수, 강경경찰서 형사 놈들이 장사를 방해하는 통에 식당 문 닫아야겠어."

"그럼 위어 잡아다 다른 식당에 팔아야겠네요."

"열심히 싼 값으로 위어를 대 주었는데 미안하구먼."

"그동안 위어 많이 사 주었는디 그런 말은 하지 마유."

금란은 식당에 손님이 오지 않아 죽을 지경이었다. 금란은 독립운동가 집안 딸이라는 이유로 관공서에 근무하는 자들은 식당에 얼씬도 하지 않았다. 일반인들도 화를 당할지 몰라 밥 한 끼 먹으러 오지 않았다.

억수는 금란의 처지가 안 돼 보여 희망을 잃지 말라고 위로해주었다.

"누님, 왜놈들 지랄 발광하는 거 보면 지들 나라로 쫓겨 갈 날이 얼마 안 남은 거 같아유."

"그려, 하루라도 빨리 해방이 돼야지, 지옥 같은 세상에서 더는 못 살겠네."

"누님, 힘들더라도 조금만 참으세요."

억수는 금란이 건강을 되찾아서 그전처럼 장사가 잘 되기를 진심으로 바랐다.

한편 대서소로 돌아온 황 영감은 우체국에 들러 세도 금강 양조장에 전화를 걸어 오숙자와 통화했다. 금란이가 포기각서를 써 주지 않아 오상묵 재산을 숙자 명의로 바꾸기 어렵게 됐으니 서류와 돈을 도로 가져가라고 알리었다.

전화를 받고 오숙자가 대서소로 득달같이 달려왔다. 숙자는 황 영감을 쥐 잡듯이 족치었다.

"일사천리로 땅 명의변경이 잘 될 것처럼 큰소리를 펑펑 치더니, 이제 와 무슨 귀신 씨나락 까먹는 소리를 한대요?"

"헛걸음시켜서 면목이 없소. 돈하고 땅문서 돌려줄게요."

"다른 대서소 들렀다 왔는데 포기각서 위조해 상속받아도 무방하답니다."

"포기각서 위조해 상속받은 거 나중이라도 탄로가 나면 황금란이 재판을 걸고 난리 칠 텐데요."

"송사는 돈 싸움인데 황금란이 지랄발광해도 눈곱만큼도 겁 안 납니다."

"숙자 씨, 강경에서 독하고 똑똑한 여자라고 소문난 황금란을 감당할 자신 있소? 경찰 놈들도 혀를 내두르는 여자요."

"그런 걱정하지 마세요. 세도, 부여, 강경에서 힘깨나 쓰는 놈들은 우리 집 돈 안 받아먹은 놈보다 받아먹은 놈이 훨씬 많을 거요. 나중에 사단이 일어나도 열이면 열 다 우리 집 편을 들어줄 겁니다."

"왜놈들이 조선 땅에서 쫓겨가고 세상이 바뀌면 숙자 씨 편에 서는 사람 많지 않을지 몰라요."

"지금이나 그때나 세상은 크게 달라지지 않아요. 영감님, 세상 바뀌었다고 거렁뱅이가 어느 날 갑자기 부자가 되는 거 보았습니까? 돈 많은 사람이 항상 세상을 주무르기 마련 아닌가요?"

"하여튼 나는 이 일에서 손 떼겠으니 다른 대서소에 부탁하세요."

"영감님, 간이 콩알보다 더 작군요."

"입이 열이라도 할 말이 없게 됐소. 숙자 씨, 미안하오."

황 영감은 숙자에게 사과하고는 대서 비와 땅문서를 넘겨주고는 차비 조로 별도의 돈을 주었다.

오숙자는 나이가 많지 않은 유황천 대서방을 찾아가 가짜 서류를 만들어 유산상속 절차를 밟아달라고 부탁하였다. 이번에는 대서 비로 쌀 다섯 가마니 값을 주겠다고 약속했다. 유황천은 확답하기 전에 잠깐 어딘가 다녀오더니 몸을 사리었다.

"황금란 종중에는 열혈 독립운동 투사들이 많아요. 이 지역에서 나쁜 짓을 하는 사람들 꼴을 못 보는 터라 유산 포기각서를 위조했다가 들통나면 쇠고랑을 차기 십상이라고 극구 말립디다."

"그러면 상속이 안 된다는 겁니까?"

"몇 년간 땅을 오상묵 명의로 그냥 놔둔 뒤 상황을 봐가며 상속 절차를 밟는 방법밖에 없습니다."

"그러면 그동안 재산권을 행사하지 못할 텐데 그래도 괜찮은가요?"

"재산이 많은데 땅을 빨리 팔아먹을 이유가 없잖습니까?"

숙자는 무슨 말인가 알아듣고는 얼른 선수를 쳤다.

"오빠 사망신고를 미루면 황금란이 상속 절차를 밟지 못 하니께 내깔려 두는 게 상책이다, 이 말이네요?"

"얼라! 여학교까지 나와서 그런지 숙자 씨가 나보다 훨씬 똑똑하네요. 그려."

"영감님, 과찬이십니다."

숙자는 오상묵 재산을 몽땅 집어삼키려다가 불발로 끝났지만, 황금란이 상속을 받지 못할 방도를 찾아내 속으로는 흐뭇했다. 숙자는 좋은 조언을 해 줘 고맙다며 쌀 한 가마니 값을 대서방 영감에게 주었다.

종규는 황금란의 이야기를 듣고는 주먹을 불끈 쥐었다.

"역시 고모가 아주머니에게 아버지 유산을 넘겨주지 않으려고 사망 신고 대신 6·25 전쟁을 기회로 삼아 월북한 것으로 호적을 조작한 게 틀림없군요."

"오숙자 그러고도 남을 여자여."

황금란은 고개를 끄덕이고는 씁쓸한 표정을 지었다. 종규는 이를 뿌드득 갈고는 숙자에게 저주를 퍼부었다.

"고모 같은 여자는 왜 천벌을 안 받는지 몰라요."

"종규, 양심을 지옥에 두고, 욕심 많고 뻔뻔한 사람이 출세하고, 더 잘 사는 세상인 줄 몰랐어?"

금란은 세상 돌아가는 게 못마땅한지 야유를 내뱉고는 안방으로 들어갔다. 금란은 한참 뒤 누런 봉투를 들고 마루로 나왔다. 황금란은 봉투 안에서 오상묵이 죽기 전 써놓은 유언장을 꺼내 종규에게 건네주었다. 종규는 유언장을 읽어보고는 손을 눈가로 가져갔다. 종규는 유언장을 가슴에 끌어안고 어깨를 들먹이었다. 황금란도 치맛자락으로 눈가를 훔치고는 종규의 어깨를 토닥이며 말했다.

"종규, 내가 유언장을 괜히 준 모양이네?"

"아닙니다. 1944년에 쓴 아버지의 유언장을 볼 줄은 꿈에도 생각하지 못했습니다."

"자네 아버지의 꿈은 원대했어. 살아 있는 동안 나라와 민족을 위해 좋은 일을 하려고 애를 많이 쓴 사람이었어. 한글 말살 정책을 펴는 왜놈들에게 대항하여 개사리 나루터 주막에서 문맹자들에게 한글을 가르치다 한여름에 경찰서에 끌려가 큰 고초를 겪기도 했네."

"그래서 아버지께서 순 한글로 시를 쓰셨군요."

"그렇네."

황금란은 이야기하다 말고 건넌방에서 그림 한 점을 들고 나왔다. 젊었을 때 오상묵의 모습을 그린 초상화였다.

"종규, 이 그림 줄 테니 갖고 가게."

종규가 초상화를 바라보며 감회 어린 표정을 짓자 황금란이 물었다.

"두 사람 이마며 귀, 입꼬리 눈썹까지 붕어빵처럼 빼다 박지 않았나?"

"초상화 참 잘 그리셨네요."

종규는 그림 솜씨를 칭찬하고는 황금란에게 은행 계좌를 적어달라고 부탁하였다.

"왜? 은행 계좌는 알려달라고 하나?"

"초상화 값을 드려야지요."

"선물로 주는 거니 그런 소리 하지 말게."

"아닙니다. 꼭 사례하고 싶습니다."

"나중에 내가 작품 전시회 열면 연락할 테니 그때 와서 작품이나 사 주게."

황금란은 싱긋이 웃으며 에둘러 거절했다. 종규는 아버지의 초상화와 유언장을 줘서 고맙다며 황금란에게 연신 고개를 숙였다.

아버지 죽음에 관해 알아본 뒤 종규는 공주에서 사는 고모에게 쫓아가 아버지 재산을 내놓으라고 난리를 피우려다가 참았다. 고모가 재산을 호락호락 내놓을 리도 없고, 합법적인 방법으로 명의를 이전했다고 주장하면 소송을 걸어야 하기 때문이었다. 소송을 걸면 20년 가까이 키워 준 고모와 원수지간이 될 게 빤했다. 종규는 느긋하게 기다리다가 고모가 죽은 후에 아버지 재산을 찾기로 계획을 바꾸었다.

종규가 휴가를 마치고 회사에 출근하자마자 영업부장이 긴급히 호출했다.

"오 대리, 오늘 저녁에 일본인 바이어를 접대해야 하니까 요정에 예약을 미리 해놓으라고."

"부장님, 몇 사람이 참석합니까?"

"나하고, 오 대리, 일본인 바이어 세 사람이야."

종규는 노래를 잘 부르고, 술자리 분위기를 맞추는데 실력을 인정받아 손님 접대 자리에 자주 불려갔다. 종규는 마음이 내키지 않았지만, 부장의 지시대로 해외 바이어를 주로 접대하는 요정에 예약해 놓았다.

퇴근 시간에 맞춰 영업부장, 일본인 바이어 히로시와 종규는 신사동에 있는 요정으로 갔다. 종규는 마담에게 일본어를 할 줄 아는 아가씨를 들여보내 달라고 요청했다. 술상이 준비되자 아가씨 둘이 히로시와 부장 옆에서 시중을 들었다. 술자리 분위기가 흥겨워지자 3인조 밴드가 들어왔다. 먼저 일본인 히로시가 한국 노래 동백 아기씨와 목포의 눈물을 멋들어지게 불렀다. 영업부장도 노래를 부르며 아가씨를 꼭 끌어안은 채 젖가슴을 만지고, 아랫도리를 비벼대고, 귀밑을 핥으며 동물적인 본능을 유감없이 발휘하였다.

종규는 술자리가 끝날 무렵 마담에게 술값과 화대를 계산했다. 종규는 요정에서 나올 때 마담이 예약한 호텔 방 호수를 적은 메모지를 부장과 히로시에게 건네주었다.

다음날 출근하자마자 영업부장이 회의실로 종규를 불렀다. 종규가 달려오자 영업부장은 커피를 마시다 말고 희한한 지시를 내렸다.

"오 대리, 요정 마담한테 전화해서 히로시 파트너에게 준 화대 돌려달라고 하게."

"부장님, 그게 무슨 말씀입니까? 화대를 돌려달라고 요구하다니."

종규는 어이가 없어 천장만 올려다보았다. 부장은 목울대에 힘을 주고 화대를 돌려받으라고 지시하는 이유를 구체적으로 설명했다.

"히로시 파트너가 방에 들어오더니 자기는 몸 팔러 요정에 나온 여자가 아니라서 섹스하기 싫다며 집으로 돌아갔다는 거야?"

"맹랑한 아가씨이네요."

"오 대리 당장 사표 내라고!"

"부장님, 제가 뭘 잘못했다고 사표를 냅니까? 술집 계집애가 몸 팔기 싫어 도망간 걸 왜 제가 책임집니까?"

종규는 눈을 치켜뜨고 강력히 항의했다. 부장은 삿대질하며 종규를 계속 궁지로 몰아붙였다.

"그년 때문에 500만 달러 수출 계약이 날아가게 생겼잖아?"

"섹스하지 못했다고 오더를 취소하다니, 어이가 없네요."

"일본놈들이 그렇게 만만한 줄 알아? 겉으로는 오장육부 다 빼줄 듯이 친절하고 삭삭하지만, 표리부동하고 치사한 놈들이야. 제 놈들 이익을 위해서는 악랄할 정도로 계산적이라고."

"그런 놈들이니까 36년간 우리 민족을 잔혹하게 지배했지요."

영업부장은 종규를 궁지에 몰아넣더니 드디어 마각을 드러냈다.

"하여튼 오 대리는 영업사원 체질이 아니어서 다른 부서로 보낼 테니 그리 알아."

"부장님, 영업부 체질이 도대체 뭡니까?"

"오 대리는 좋게 말하면 자유분방하고 나쁘게 말하면 천방지축이야.

게다가 윗사람 말을 우습게 알고 제멋대로 행동한다고."

영업부장은 충고인지 비난인지 모를 말을 내뱉고는 그만 나가보라고
손짓을 했다.

Chapter 14_

빨갱이 딱지

예상했던 대로 오종규는 과장 승진에서 탈락했다. 회사에서는 그것도 모자라 섬유 원사를 생산하는 지방 공장의 노무 담당 대리로 발령냈다.

영업부에 근무하던 놈을 노무 담당 자리에 보낸 걸 보면 그만두라는 신호이구면. 아니야! 여기서 포기하면 안 되어. 보라는 듯이 끝까지 버티면서 능력을 발휘한 뒤 큰소리치며 회사를 떠나는 거야.

오종규가 공장에 내려가 보니 산업체 부설학교에서 고등학교 과정을 공부하는 여자공원들이 노조를 조직한 초창기여서 갖가지 요구가 봇물처럼 터져 나왔다. 급여 인상에서부터 작업조건, 복리후생 제도에 대한 전면적인 개선을 요구하였다.

노무과장은 징계를 받고 퇴사하여 대리인 오종규가 노무과 업무를 책임져야만 했다. 종규는 무엇을 어떻게 해야 할지 몰라 우왕좌왕했다.

어느 날 공장장은 종규를 은밀히 그의 방으로 불렀다. 공장장은 머리카락이 몇 개 남지 않은 대머리를 손바닥으로 쓸어 넘기고는 난감한 지시를 내렸다.

"오 대리, 노조를 이대로 두면 공장 문을 닫을지 모르니까 노조 간부 놈들을 회사에서 쫓아내든지, 그게 불가능하면 회사에 충성하도록 설득해 보시오."

"막 노조가 조직되었는데 잘못 건드리면 부작용이 더 크지 않을까요?"

"내가 지원을 아끼지 않을 테니 노조를 무력화시킬 방법을 찾아보세요."

"저는 그럴 자신 없습니다."

종규는 슬그머니 꽁무니를 뺐다. 공장장은 종규를 치켜세우며 압박을 가했다.

"영업에 도가 튼 오 대리가 그까짓 나이 어린 계집애들 다리 감아 넘기기는 식은 죽 먹기보다 쉬울 텐데?"

이 인간 입에 침도 안 바르고 치켜세우는 걸 보니 나를 구렁텅이에 밀어 넣으려고 작정했구먼. 노무과장에게 책임을 뒤집어씌워 퇴사시킨 걸 보면 믿을 인간이 못 돼. 자신에게 불리하면 부하 직원에게 책임을 전가하고, 미꾸라지처럼 쏙쏙 빠져나갈 위인이 틀림없어. 그렇다고 명색이 공장장인데 지시를 무조건 거절할 수도 없고 진퇴양난이구먼.

"오종규 대리, 떡을 만들려면 콩고물이 들어가기 마련이니 이거 받으시오."

공장장은 서랍에서 돈 봉투를 꺼내 종규에게 내밀었다. 종규는 얼떨결에 봉투를 받고 말았다. 사무실로 돌아오는 도중에 화장실에서 봉투에 든 돈을 세어보았다. 종규의 한 달 월급보다 많은 돈이었다.

이 돈을 어디에 쓰라는 거야? 노조 간부들과 술을 마시라는 거야? 아니면 노조 간부들을 매수하라는 거야? 내가 알아서 쓰라는 돈인가? 어디에 썼는지 영수증을 제출하라는 돈이 아니니까 먹기 좋은 게 곶감이라고 나중에 토해내더라도 쓰고 보자.

종규는 노조 간부들에게 직접 접근하면 반감을 살 거 같아 생산부에서 파견 나온 사무 보조원 한정심을 통해 먼저 생산현장 사원들의 동향 파악에 나섰다.

종규는 아무도 모르게 퇴근 후 한정심을 시내에 있는 레스토랑으로 불러냈다. 한정심은 얼굴도 예쁘장하고 큰 키에 몸매도 날씬하였다.

종규는 노조원을 요리하려면 그들의 애로사항부터 파악하는 게 순서라고 생각했다. 종규는 한정심에게 만나자고 한 이유를 에둘러 말했다.

"한정심 씨, 실은 생산현장 사원들의 애로나 문제점을 은밀히 파악하기 위해 만나자고 한 거야. 한정심 씨가 생산현장에서 근무할 때 겪은 애로사항을 사실대로 말해줬으면 고맙겠어."

한정심은 경계심을 풀고 자신이 겪었던 애로사항을 하나둘 털어놓았다.

"생산현장에서 주야교대로 12시간씩 근무하고 나서 야간에 공부하려면 졸음이 오고, 선생님이 강의가 귀에 하나도 들어오지 않아요. 그래서 노조에서 8시간 근무 3교대제로 바꿔 달라는 요구가 많아요."

"그것 말고 또 다른 어려움은 없나?"

"기사들이나 간부사원들이 인격적으로 너무 무시해서 모욕감을 느끼고 화가 날 때도 많아요."

"구체적으로 그들이 어떻게 대하는데?"

"작업 중에 불량이 나거나 기계가 고장 나면 이년 저년 욕설을 하고 뺨을 때리기도 해요."

"그렇게 비인간적으로 대하면 안 되지. 제 놈들도 여동생이 있고, 조카를 두었을 텐데 나쁜 놈들이구먼?"

"그뿐이 아니에요. 얼굴이 반반하고 몸매가 좋은 애들은 남자 사원들이 애완동물처럼 희롱하는 일이 비일비재해요. 편한 일을 맡기겠다는 둥, 사무직으로 발탁해 주겠다는 둥, 남자 사원의 달콤한 꼬임에 넘어가 몸을 주었다가 임신한 애들도 없지 않아요."

"무책임하게 동생이나 조카뻘 되는 애들을 유혹해 육체를 짓밟다니 인면수심이구먼."

"그만둔 과장님도 저를 유혹하려고 몇 번 시도했지만, 제가 단호히 거절했어요. 나중에는 노골적으로 저를 괴롭혀 삼촌이 경찰관이라는 걸 밝혔더니 그다음부터는 태도를 싹 바꾸더라고요."

"내가 만나자고 했을 때 정심이도 나를 의혹의 눈길로 바라보았겠구먼?"

"…"

한정심은 대답하기 곤란한지 얼굴을 붉히고는 고개를 떨어뜨렸다.

종규는 하루아침에 현장 사원들의 불만과 애로를 해결하기란 쉽지 않을 거 같았다.

종규는 노조 이야기를 하다가 한정심이가 산업체 부설학교에 다니는 이유가 궁금해 넌지시 물어보았다.

"한정심 씨는 얼굴을 보니 부잣집 딸 같은데 어쩌다 산업체 부설학교에 들어온 거야?"

한정심은 좀처럼 입을 열지 않았다. 집안 형편을 밝히는 게 속살을 보여주는 것만큼이나 부끄러웠다. 종규는 분위기가 어색해지자 한정심에게 농담을 툭 던졌다.

"한정심 씨는 중학교 다닐 때 공부는 않고 농땡이만 쳐 고등학교 시험에 떨어진 거 아냐?"

"오 대리님, 그게 아니에요. 저 학교 다닐 때 공부 잘했어요."

한정심은 얼굴을 붉히며 종규에게 남의 사정도 모르고 함부로 말하지 말라는 투로 쏘아붙였다.

"그게 아니면 집안이 어려워서 돈을 벌면서 고등학교 과정을 마치려고 온 거구먼?"

"…."

한정심은 고개를 떨어뜨리더니 손등으로 눈가를 문질렀다.

"한정심 씨, 내가 쓸데없는 걸 물어본 모양이구먼. 미안해!"

종규는 한정심의 아픈 곳을 건드린 걸 사과했다. 한정심은 얼굴을 들고는 집안 사정을 솔솔 털어놓았다.

"우리 집도 한때는 잘 살았어요. 제가 초등학교 때 직장 생활을 하시던 아버지가 뇌출혈로 쓰러져서 장기간 투병을 하다 보니 빚더미에 올라앉아 언니도 겨우 고등학교만 나와 직장에 다니고 있어요. 어머니는 지금 재래시장에서 떡 장사를 하고 계세요. 그래서 저도 돈을 벌어 어려운 가장 형편에 도움을 주면서 고등학교 과정을 마치려고 산업체 부설학교가 설립된 이 회사에 들어왔어요."

"음, 갸륵하구먼. 그런데 정심이는 장래 꿈이 뭐야?"

"여기서 고등학교 졸업장을 딴 뒤 전문학교에 진학해 유명한 디자이너가 되고 싶어요."

"앞으로 디자이너는 유망한 직업인데 진로를 잘 정했구먼."

"오 대리님, 칭찬해주셔서 고맙습니다."

"그래, 꿈을 잃지 않은 사람은 현실이 아무리 어려워도 극복할 힘과 용기가 생기기 마련이지. 꿈이 없으면 하루하루의 삶이 지겹고 무의미하기 마련이야."

"실은 제가 상냥하고 타자도 잘 치기 때문에 현장에서 사무직으로 뽑혀 온 거예요."

"음, 그랬구먼."

종규가 말문을 터주자 한정심은 자기 자랑을 늘어놓았다. 나를 인정해달라는 암시 같았다. 처음과 달리 어둡던 한정심의 얼굴이 밝아졌다.

식사를 마치고 자리에서 일어나려고 하는데 한정심이 종규의 옆구리를 푹 찔렀다.

"오 대리님, 공장장님한테 노조 간부들의 약점이나 위법사항을 찾아내라고 지시받지 않았어요?"

"그런 지시 받은 적 없는데 그건 왜 묻지?"

종규는 허를 찔린 거 같아 움찔 놀랐다. 종규가 대답하지 않자 한정심은 협조할 의사를 먼저 내비쳤다.

"실은 노조 간부 중에 홍보부장이 저하고 아주 친해요. 그 애를 통하면 노조 동향 파악하는 데 크게 도움받을 수 있어요."

"그래? 노조 정보를 수집해주면 더할 나위 없이 좋지. 그런데 정보를 수집하다가 발각되면 나까지 곤란해지는데."

"홍보부장 걔는 한동네에서 자라고 같은 중학교에 다녀서 믿어도 돼요."

"열 길 물속은 알아도 한 길 사람 속은 모른다고 너무 믿어서는 안 되어."

"걱정하지 마시고 어떤 정보를 알고 싶은지 구체적으로 말씀하세요."

종규는 일단 한정심이를 믿어보기로 하였다. 우선 큰 기밀이 아닌 내용을 알아보라고 지시했다.

"첫 번째는 현장 사원들이 자발적으로 노조에 가입했는지, 아니면 노조 간부들이나 동료들의 압력을 받고 가입했는지 파악했으면 좋겠어."

"반반이라고 보시면 돼요."

"타의로 가입한 근로자들이 그렇게 많아? 그렇다면 노조가 무력화될 가능성도 없지 않네."

"노조 간부들의 활동이 기대에 못 미치면 노조 무용론이 나올 수도 있지요."

"그러면 타의로 노조에 가입한 근로자들이 탈퇴하게 노조 간부들의 부도덕성을 들추어내는 게 어떨까?"

"섣불리 노조 와해 공작을 펴는 건 위험하고, 탄로가 나면 거꾸로 역풍을 맞을지도 몰라요."

"내가 책임질 테니 한정심 씨가 협조해줬으면 좋겠어."

"하긴 노조 간부들 뒤를 캐보면 숨겨졌던 비리나 부정이 튀어나올지도 모르지요."

"털어서 먼지 안 나는 조직이나 사람은 없으니까 은밀히 알아보라고."

종규는 용돈을 하라며 적잖은 돈을 한정심에게 주었다. 한정심은 처음에는 받지 않겠다고 사양했다. 하지만 대가성이 아닌 순수한 뜻으로 주는 거니 부담을 갖지 말라고 설득하자 한정심은 못 이기는 체하고 돈을 받았다.

두 달 동안 종규는 노조 동향을 파악하기 위해 한정심이와 장소를 바꿔가며 여러 번 만났다. 그러던 어느 날 종규는 노조 조직부장이 임신해 낙태 수술을 받았다는 정보를 입수하였다. 조직부장은 노조 설립 과정에서 주도적 역할을 했고, 가장 강성 노조원이었다. 상대 남자는 현장에 근무하는 공무부 기사로 확인되었다.

종규는 노조 조직부장이 병원에서 낙태 수술을 받은 사실 확인서와 기사가 수술비를 낸 영수증을 확보한 뒤 공장장에게 보고하였다. 공장장은 회심의 미소를 짓고는 종규를 치켜세웠다.

"아니, 오 대리 이런 중요한 정보를 어떻게 입수하였소?"

"제보를 받고 뒷조사를 해봤더니 사실로 판명되었습니다."

"즉각 두 사람 징계위원회에 회부하시오!"

징계위원회를 개최한 결과 징계위원 모두 해고처리라는 중징계를 주문하였다. 하지만 공장장의 지시로 남자 기사는 의원면직 처리하고, 노조 조직부장은 노조를 탄압한다는 빌미를 주지 않기 위해 3개월 정직으로 징계 수위를 낮추었다. 그러나 노조 조직부장은 창피한지 바로 사표를 내고 회사를 떠났다.

그런데 며칠 지나지 않아 노조가 반격을 개시했다. 노무과 오종규 대리와 한정심이 눈이 맞아 여관에 드나든다는 헛소문을 사내에 퍼뜨렸다. 설상가상으로 사용자 측에서 노조를 무력화시키기 위해서 노조 간부 사생활을 뒷조사해 교묘한 명분을 걸어 회사에서 쫓아냈다고 공장장을 맹렬히 비난하는 대자보가 여기저기에 나붙었다.

종규는 엎친 데 덮치고, 안팎 곱사등이 된 형국이었다. 종규는 공장장한테 한정심과 절대로 추잡한 짓은 하지 않았다고 해명했다. 그러나 공장장은 종규의 하소연을 믿어주지 않았다.

"오 대리, 아니 땐 굴뚝에서 연기가 날 리 없다는 속담처럼 의심받을 행동을 했기 때문에 추문이 나도는 거 아니오?"

"공장장님, 맹세코 저는 한정심과 업무적으로 만났을 뿐 사심을 갖고 만난 적은 한 번도 없습니다. 이번 소문은 노조에서 악의적으로 조작하여 공장장님과 저에게 타격을 입히려고 벌리는 물귀신 작전입니다."

"하여튼 본사에서 감사를 나온다니까 대비나 잘하시오."

"감사를 받다니 저는 정말 억울합니다."

"발광하는 노조를 다독거리려면 그 방법밖에 없어요."

공장장은 책임을 면하기 위해 종규를 희생양으로 삼으려는 의도를 분명히 드러냈다. 종규는 공장장 멱살을 잡고 흔들려다가 참았다.

치사한 새끼! 제 놈이 지시해놓고 궁지에 물리니까 나한테 모든 책임을 뒤집어씌우는구먼. 너 혼자 살려고 얼굴에 철판을 겹겹이 깔고 안면을 싹 바꾸는데 어디 두고 보자!

종규는 사표를 써서 봉투에 넣은 뒤 공장장을 찾아갔다. 종규가 내민 사표를 받아든 공장장은 잠시 천장을 올려보더니 입을 열었다.

"아니, 회사 생활을 하다 보면 징계도 받고, 모함을 당하는데, 그런 일이 발생할 때마다 사표를 내면 회사에 남을 사람이 몇이나 되겠소?"

"공장장님 같은 상사 밑에서는 죽어도 근무할 수 없습니다."

"나하고 어째서 함께 일할 수 없다는 거요?"

"부하한테 책임 전가하기에 급급하고, 표리부동한 행동에 구역질이 납니다."

"표리부동하다? 오 대리, 말조심해 이 자식아!"

공장장은 화를 버럭 내더니 종규에게 욕을 퍼부었다. 종규는 이판사판으로 공장장에게 달려들었다.

"당신은 시정잡배만도 못한 인간이야. 부하 직원은 죽든 말든 책임 전가하기에 급급하고, 제 살길만 찾는 데 혈안이 되어 날뛰고. 한 마디로 당신은 양아치만도 못한 비열한 인간이라고. 왜 노무과장이 사표를 내고 회사에서 뛰쳐나갔는지 이제야 알겠다."

종규가 막말을 쏟아내며 맹렬히 비난하자 공장장 입에서 종규에게 가장 가슴 아픈 말이 툭 튀어나왔다.

"역시 빨갱이 자식이라 위아래도 구분 못 하고 천방지축으로 날뛰는구면?"

"그래, 이 개 같은 놈아! 나 빨갱이 자식이다!"

종규는 빨갱이 자식이라는 말을 듣자 피가 거꾸로 솟아올랐다. 종규는 공장장에게 달려들어 멱살을 잡고 흔들었다.

그때 결재받으러 왔던 생산부장이 공장장과 종규를 떼어놓았다. 생산부장은 눈을 부라리며 종규에게 야단을 쳤다.

"오 대리, 지금 뭐 하는 짓인가? 공장장님의 멱살을 잡다니, 회사가 도떼기시장인 줄 아나?"

"저런 개만도 못한 인간이 무슨 공장장입니까?"

종규는 공장장 방문을 발길로 걷어차고는 뛰어나왔다. 그날로 종규는 미련 없이 회사를 떠났다.

Chapter 15

월급쟁이의 비애

종규는 집에서 쉬면서 다시 직장을 잡으려고 백방으로 뛰어다녔다. 한 달 만에 중견 여성 의류 회사에 영업부장으로 취직하였다.

사장은 칠십이 넘은 여자였다. 회사는 대기업이 여성복 시장에 진출하는 바람에 판매 부진으로 고전하는 중이었다. 게다가 사장은 건강까지 안 좋아 디자이너 출신인 서른 살 남짓한 딸에게 회사 경영 전반을 맡겨 놓았다.

종규는 그 전 회사에서 쌓았던 영업 실력을 발휘하여 매출을 쭉쭉 올려주었다. 각종 매체를 통하여 브랜드를 강화하여 대형백화점에도 입점하고, 대도시에 특약점을 개설하여 2년 만에 매출을 100% 이상 신장시켰다.

그런 결과 종규는 영업담당 이사로 승진하였다.

어느 날 사장이 종규를 조용히 그녀의 방으로 불렀다. 사장실에 가보니 부사장인 딸도 소파에 앉아 있었다. 사장은 안경을 벗더니 간곡한 목소리로 부탁했다.

"오 이사, 나는 회장으로 물러나 앉을 테니, 사장 좀 맡아 주세요."

"사장이라니요? 저는 아직 그런 중책을 맡을 능력이 안 됩니다."

종규는 깜짝 놀라 고개를 흔들며 사양하였다.

"오 이사는 사장 자격이 충분합니다."

"저는 야생마처럼 펄펄 뛰어다니며 옷이나 팔아야지, 회사 전반적인 업무까지 챙길 위인이 못 됩니다."

"자금관리니 원자재 구매나 인사 같은 일은 부사장이 주로 맡고, 사장은 상품 개발, 영업, 생산 등에만 전념하시면 됩니다."

'흠, 돈줄 관리와 구매며 인사권은 딸에게 주고 나에게는 실질적인 회사 경영은 맡기지 않겠다는 말이구먼? 그러면 나를 바지사장에 앉혀 놓고 적당히 이용하겠다는 속셈이 아닌가?'

하지만 종규는 사장 자리에 앉고 싶은 마음도 없지 않았다. 평생 월급쟁이만 할 게 아닌 이상 기업경영 전반에 걸쳐 경험을 쌓는 셈 치고 사장 노릇을 해보고 싶었다.

"사장님, 며칠 동안 생각할 시간을 주십시오."

"사흘 시간을 줄 테니 좋은 방향으로 결정해 주세요."

종규는 그 자리에서 즉답을 피했던 건 딸인 부사장 때문이었다. 사장과 대화를 나누는 동안 딸은 벌레 씹은 얼굴을 한 채 입을 꽉 다물고 있었다. 종규가 사장 자리에 앉는 걸 탐탁하지 않게 여기는 눈치였다. 만일 종규가 사장이 되면 제 어머니가 차려놓은 밥상을 다른 사람에게 내주는 꼴이 될까 봐 내심 불안한 모양이었다.

사흘 뒤 종규가 사장직을 수락하자 회장은 쌍수를 들고 환영했다. 그러면서 회장은 종규에게 딸이 나이도 적고 미숙한 점이 많으니 적극적으로 도와달라고 부탁하였다. 종규는 잘 알았다고 고개만 끄덕였다.

사장실은 회장실로 바꾸고 종규가 쓸 사장 방을 별도로 만들었다. 책상이며 의자 응접세트 등도 새로 들여왔다. 종규는 닭의 볏이 소 꼬리보다 낫다는 말처럼 중소기업이지만 사장 자리에 앉자 일단 기분은 좋았다. 대기업에 다닐 때는 꿈도 못 꿔본 일이어서 감개가 무량했다.

종규는 의욕에 불타 단기 경영계획과 중장기 성장 전략을 짜서 회장에게 보고하였다. 3년 안에 매출을 2배로 올리고 상품 브랜드 가지 수를 현재보다 3배로 늘리기로 하였다. 또 영업부 조직을 확대하고 우수 디자인 인력을 대폭 보강할 계획이었다.

종규는 야심 차게 경영계획서를 작성해 회장에게 들고 갔다. 회장은 서류를 설렁설렁 넘겨보더니 고개를 끄덕끄덕하였다. 그런 다음 인터폰으로 부사장을 불렀다. 부사장이 달려오자 회장은 보고서를 넘겨주며 지시했다.

"부사장, 사장께서 작성하신 중장기 경영계획서인데 자세히 검토해 보시오."

"사장님, 이거 작성하시느라 수고가 많으셨겠네요."

부사장은 서류를 받아들고 얼굴에 웃음을 띠며 종규를 치켜세웠다.

종규는 어리벙벙했다.

사장이 작성한 보고서를 부사장보고 검토하라고 지시하다니, 회장이 여자 노망든 거 아냐? 기가 막혀 말이 안 나오네.

종규는 기분이 나빴으나, 겉으로 내색하지 않았다. 그동안 월급쟁이를 하면서 이것보다 더 치욕스러운 수모를 당했는데, 이 정도는 조족지혈(鳥足之血)이라고 스스로 위안했다.
"바쁘시겠지만 부사장이 철저히 검토해서 보완할 점이 있으면 지적해 주세요."
종규는 얼굴에 억지웃음을 짓고는 회장 방에서 나왔다. 종규는 사무실 책상 앞에 앉아 불쾌한 감정을 달래려고 여러 번 깊은숨을 내쉬었다.

이 인간들이 똥개 훈련하는 거야 뭐야. 아니면 내가 전횡을 일삼을까 봐 미리 견제하려는 속셈인가? 딸년이 직함은 부사장이지만 사장 윗자리인 부회장 노릇을 하잖아. 하긴 기업의 오너이니 주인 행세를 하는 건 당연하겠지. 땡전 한 푼 투자하지 않은 월급쟁이 사장이 무슨 힘이 있겠나? 자본주의 사회에서는 돈을 많이 가진 자들이 세상을 온통 지배한다더니 역시 맞는 말이구먼.

종규는 돈의 위력이 대단하다는 걸 다시 한번 깨달았다. 기업에서는 말할 것도 없고, 정치, 법조계, 언론, 등 돈이 지배하는 세상이 되었고, 인간의 삶의 질도 돈에 좌지우지된다는 점을 실감하였다.

종규는 이런 세상에서는 수단과 방법을 안 가리고 돈을 벌어야 신분 상승을 이루고 영향력을 발휘한다고 믿었다. 종규는 기회가 오면 사업을 시작해 자신의 회사를 갖고 진짜 사장 노릇을 하기로 마음을 굳혔다.

부사장이 회사 중장기 경영계획서를 검토한 뒤 의견을 내주기를 기다렸지만 한세월이었다. 종규는 한 달쯤 지나 부사장에게 물어보았다.

"부사장님, 내가 준 중장기 회사 경영계획서 어떻게 되었습니까?"

"아! 그거요? 제가 바빠서 아직 충분히 검토해 보지 못했습니다. 죄송합니다."

"부사장님, 명색이 사장인 내가 작성한 경영계획서를 그렇게 깔아뭉개도 되는 겁니까?"

종규는 참다못해 언성을 높였다. 부사장은 얼굴을 붉히더니 맞받아쳤다.

"실은 제가 다 읽어보았는데 투자 계획이 무모한 것 같아서 책상 서랍 속에 처박아 놓았습니다."

"아니, 그 정도로 과감한 투자를 하지 않으면 언제 회사를 대기업으로 키울 겁니까?"

"알뜰하게 현상유지만 하면 되지 골치 아프게 굳이 대기업으로 키울 건 뭐가 있습니까? 우리나라처럼 반기업 정서가 강한 풍토에서 대기업으로 키워봐야 정치자금 대주기 바쁘고, 공무원 놈들 뒤치다꺼리하느라 등골이 휠 텐데 난 반대합니다."

"부사장님 논리는 교통사고 나는 게 두려워 고속도로를 뚫지 말자는 것과 같습니다. 회사를 키워 국가 경제 발전에 이바지도 하고, 사회에 공헌도 하는 게 기업가의 사명이고 보람 아닙니까? 회사 오너 일가만 호의호식하려고 기업을 운영하려면 회사 팔아서 그 돈으로 사채놀이나 하십시오."

"사장님, 악담까지 하시는데 전 사장님 경영방침을 따를 수도 없고, 따르지 않을 테니 그리 아세요."

"하긴 오너가 싫다면 월급쟁이 사장인 내가 용뺄는 재주 있겠습니까? 내가 뜻을 굽혀야겠지요. 물론 절이 싫으면 가벼운 중이 나갈 수밖에 없구요."

종규는 안정 지향적인 경영도 좋지만, 다람쥐 쳇바퀴 돌 듯 제자리걸음만 하는 기업에 미련을 두지 않는 게 좋을 듯했다. 더 나아가 오너가 원치 않은데 기업을 확장하려다가 분란을 일으키고 싶지 않았다.

종규는 부하 직원들이 올리는 결재서류에 대충대충 사인이나 해주면서 회사를 그만두고 난 뒤 시작할 사업 준비에 열중하였다.

지금 당장이라도 누가 사업자금만 대 준다면 패션의류회사를 차리겠는데, 어디서 물주를 구하지? 두드려라! 그러면 문이 열린다!

회사를 그만둘까 말까 고민하고 있는데 갑자기 큰 사고가 터졌다. 봉제 공장에 화재가 발생해 생산설비가 반이나 불타버렸다. 화재 원인을 조사한 결과 공장 건물이 노후화돼 누전으로 발생한 화재였다.

종규는 화재 현장을 들러본 뒤 회장에게 공장을 빨리 짓지 않으면 판매에 지장이 많을 것 같다고 보고하였다. 회장은 새로 공장을 지을 자금 여력이 없다며 개보수를 해서 쓰라고 지시하였다. 종규가 그건 불가능하다고 반대하자 회장은 엉뚱하게도 공장장을 즉시 해고하라고 엄명을 내렸다.

종규는 해고하기 전에 징계받은 적이 있는지 공장장의 과거 이력을 조사해보았다. 공장장은 전문학교 기계과를 나왔고, 회사에 입사한 지 17년째에 나이는 50세였다. 회사 설립과 동시에 입사하였고, 지금까지 회사에서 주는 공로상만 세 번을 받았고 징계를 받은 적은 한 번도 없었다.

종규는 해고는 지나치니 감봉처분으로 낮춰 계속 근무하도록 한번 기회를 주자고 회장에게 건의하였다. 회장은 종규의 건의를 단칼에 거절하였다.

"그건 안 됩니다. 그 사람 타성에 젖어 회사 발전에 전혀 도움이 안 돼요. 게다가 회장 말도 잘 안 듣는 오만불손한 공장장이라고요."

"그거야, 회장님이 합리적이지 못하고 타당성이 없는 지시를 내렸으니까 거부했을 테지요."

"월급쟁이 사원은 사장이 죽으라면 죽는시늉을 하는 게 당연하잖습니까?"

"회장님, 대화로 설득하고 풀어야지 막무가내로 밀어붙이면 사원들의 불만이 팽배해 결국 다른 회사로 이직합니다."

"사람은 널리고 쌓였어요. 그러니 이번 기회에 공장장 무조건 자르세요."

"…"

종규는 회장의 지시가 못마땅했지만 수용하기로 마음을 바꾸었다. 회장의 옹졸한 기업경영 방식에 더는 왈가왈부 하기 싫었다. 종규는 회장의 태도가 강경해 설득이 불가하다고 변명 아닌 변명을 한 뒤 공장장의 사표를 받고 말았다.

까마귀 날자 배 떨어진다고, 소실된 설비를 새것으로 바꾸고 공장을 가동할 시점에 생산부 기술자 다섯 명이 한꺼번에 사표를 내고 회사를 떠났다. 낌새가 이상해 뒷조사를 해보니 해고당한 공장장이 다른 회사에 취직한 뒤 생산부 기술자들을 몽땅 빼간 것이었다.

기술자들이 빠져나가자 새로운 설비를 가동할 줄 아는 기사가 없어 공장이 마비될 지경이었다. 주문이 밀려 영업부에서는 아우성을 쳤다. 종규가 이 사실을 보고하자 회장은 자다가 남의 다리 긁는 소리만 했다.

"우리도 경쟁사에서 기술자들을 데려오면 될 거 아니오?"

"기술자들을 데려오려면 급여 조건이나 직급을 올려줘야 하는데 간단한 일이 아닙니다. 또한 새로 입사한 엔지니어들이 생산과정이나 설비 관리에 익숙해지려면 시간도 꽤 많이 걸립니다."

"그러면 날 보고 어쩌자는 겁니까?"

"대안으로 긴급히 다른 회사 공장에 제품 생산을 위탁하는 수밖에 없습니다."

"그러면 우리 공장은 놀리자는 겁니까? 뭡니까?"

"영업부에서 물량을 제때에 안 대준다고 아우성치는데 비상조치를 취해야 합니다."

"그러면 부사장하고 상의해 보세요."

"그럴 시간 없습니다. 제가 알아서 처리하겠으니 그리 아십시오."

종규는 울화가 치밀어 막무가내로 밀어붙였다. 회장은 차마 화는 못내고 입만 씰룩거렸다.

종규는 생산 위탁업체를 물색하다가 여의치 않아 쫓겨난 공장장이 재취업한 회사 공장에 생산을 의뢰했다. 그 사실을 보고하자 회장은 노발대발 종규에게 간 쓸개도 없는 인간이라고 힐난하였다. 부사장은 한술 더 떠 발주 단가를 10% 깎지 않으면 대금을 결제하지 못하겠다고 팔팔 뛰었다. 부사장은 종규가 제품 생산회사로부터 리베이트를 챙길 줄 알고 미리 선수를 쳤다.

얼씨구! 절씨구! 부녀지간이 죽이 착착 맞는구먼. 개 눈에는 똥만 보인다더니 나를 도둑놈으로 몰아붙이는구먼. 두 모녀 하는 짓거리를 보다가는 내 오장육부가 썩어 문드러지겠구먼.

인간들아! 이따위로 허수아비 취급하려면 왜 나를 사장 자리에 앉혔냐? 얼굴마담? 아니면 바지사장? 법을 어겨 사주인 당신들이 처벌을 받게 될 처지에 몰리면 나한테 책임을 뒤집어씌우려고 사장 자리에 앉혔나? 끊임없이 의심하고 언행이 표리부동한 걸 보면 그런 파렴치한 짓을 하고도 남을 위인들이야.

홧김에 서방질한다고 이 기회에 월급쟁이를 때려치우고 사업에 뛰어들어 왕창 큰돈을 벌어볼까? 나라고 남의 밑에서 종처럼 굽실거리며 월급쟁이만 하다 인생 종 치라는 법은 없지. 전화위복이라고 화가 복으로 바뀔지도 모르니까 망설이지 말고 월급쟁이 때려치우고 사업에 뛰어드는 거야!

Chapter 16_
사상누각

종규는 월급쟁이를 때려치운 뒤 그동안 구상했던 사업을 본격적으로 추진하였다. 서울 강남에 사무실을 얻고 친구로부터 투자를 받아 'JK 패션'이라는 여성용 의류 회사를 차렸다. 제품은 협력업체 공장에서 생산하고, 디자이너와 영업사원을 뽑아 여성의 새로운 아름다움을 창조하는 패션 회사 기치를 내걸고 야심 차게 출발하였다.

유명한 모델들을 불러 패션쇼를 열고, 언론사 기자들을 초청하여 대대적인 홍보 활동을 펼쳤다. 그런 덕분인지 신제품을 출시할 때마다 옷이 날개 달린 듯이 팔려나갔다.

종규는 자신감이 붙어 계속 사업을 확장해 나갔다. 무일푼으로 사업을 시작하여 새로운 신화를 창조한 기업으로 인정받고 게 꿈이었다.

처음 시작할 때 열 명 남짓했던 사업지원, 영업, 홍보 등 사원의 숫자가 20명, 30명, 40명 드디어 3년 만에 100여 명으로 늘었다.

회사가 커지자 종규 혼자 회사를 경영하기에는 벅찼다. 업무 부담을 덜기 위해 여자 부사장을 영입하였다. 패션업계에서 잔뼈가 굵은 여자였다. 부사장에게 신제품 개발, 디자인, 홍보 등을 맡기었다. 종규는 자금과 영업 생산에 주로 매달렸다.

호사다마(好事多魔)라고 했던가?

회사가 승승장구하는데 누군가 제보했는지 갑자기 세무조사를 당해 거액의 세금을 추징당했다. 나중에 안 사실이지만 경쟁사 사장이 세무당국에 찔러 박아 터진 사건이었다.

설상가상으로 IMF(외환위기)가 닥쳐 나라 경제가 뿌리에서부터 흔들리자 회사 매출이 뚝뚝 떨어졌다. 판매대금도 제때 회수되지 않아 자금 압박이 날로 심해갔다.

경영이 어렵다는 소문이 나돌자 회사 설립 때 투자했던 친구 공상철이가 돌변해 자금 회수에 나섰다.

"종규 네가 발행해준 주식을 반환할 테니 내가 투자한 돈 내놓아라."

"공상철 너, 불난 집에 부채질하는 거냐?"

"오 사장, 그동안 돈 벌 만큼 벌었잖아?"

"개 코나 돈 벌긴 뭘 벌어? 번 돈 회사 밑구멍에 다 쏟아부어 빈털터리란 말이다."

"죽어가는 소리 그만하고 즉시 투자금 돌려다오."

"매년 10% 이상 배당받았으면 됐지, 회사 형편이 어려운 줄 빤히 알면서 투자금을 회수하다니, 너 정말 피도 눈물도 없는 놈이구나?"

"오 사장, 배당은 당초에 약속했던 조건인데 새삼 생색낼 건 없잖아?"

"회사 형편 좋아질 때까지 자금 회수를 연기해다오."

"오 사장, 돈 앞에서는 애비도 자식도 안면을 싹 바꾸는 세상인 거 모르냐?"

"가진 놈들이 더 무섭다니, 네놈이 딱 그 꼴이구나. 에이! 개 같은 자식."

종규는 믿었던 친구한테 배신을 당할 줄은 꿈에도 생각하지 못했다. 더구나 회사가 위기에 닥치자 표변해 투자금 챙기기에 혈안인 놈과는 더 상대하고 싶지 않았다.

"5개월짜리 어음 끊어 줄 테니 주식 돌려다오."

"휴지나 다름없는 너희 회사 어음을 받고 주식을 내놓으라고? 내가 그렇게 멍청해 보이냐?"

"우리 회사 어음이 휴지라니, 말 그따위로밖에 못하겠냐?"

종규는 피가 솟구쳐 이를 뿌드득 갈며 소리쳤다. 공상철은 입가에 웃음을 물고 빈정거렸다.

"너희 회사 어음 길바닥에 버리면 거지도 안 주워간다고."

"뭐야! 이 개새끼야!"

종규는 주먹으로 공상철의 볼을 갈기려다가 꾹꾹 참았다. 공상철 말이 틀리지 않았기 때문이었다.

사채시장에서는 재벌그룹 계열사 어음이나 융통될 뿐 웬만한 회사 어음은 명함도 내밀지 못했다. 나라 경제가 점점 더 수렁에 빠져들어 업계 상위 재벌그룹도 언제 부도가 날지 몰라 전전긍긍하였다.

종규는 자존심이 팍 상해 3개월 뒤에 결제하는 당좌수표를 공상철에게 끊어 주었다. 공상철은 당좌수표도 안심할 수 없는지 종규에게 다짐을 받았다.

"종규야, 너 당좌수표 부도내면 쇠고랑 차는 거 알고 있지? 너 나중에 딴소리하면 안 된다."

"걱정하지 말아라 이 개자식아! 마누라 속곳을 팔아서라도 네놈 돈 갚으마."

종규는 막상 큰소리는 쳤지만, 과연 3개월 뒤에 거액의 당좌수표를 결제할 수 있을지 의문이었다. 매일 돌아오는 소액의 어음을 막는데도 피가 마를 지경이었기 때문이었다.

회사 경영이 어려워 몇 달째 급여를 제때 지급하지 못하자 사원들은 제 살길을 찾아 하나둘 회사를 떠났다. 설상가상으로 거래처에 쌓여 있는 미수금이 회수되지 않을 뿐 아니라 출고되었던 상품들이 계속 반품되어 창고에 쌓여갔다. 50% 할인 세일을 해도 사람들은 거들떠보지도 않았다. 눈물을 머금고 멀쩡한 의류를 넝마처럼 80% 할인판매를 단행할 수밖에 없었다.

종규는 공상철에게 끊어 준 당좌수표 결제일이 다가오자 부도를 면하려고 백방으로 뛰었다. 은행에서는 대출을 받을 대로 다 받아 사채를 얻으려고 시도했지만, 전주들은 부동산 같은 확실한 담보를 제공하지 않으면 단돈 일 원도 빌려줄 수 없다고 콧방귀만 뀌어댔다.

돈을 어떻게 마련하지? 당좌수표 부도를 내면 형사 입건되어 쇠고랑을 차고 감옥에 들어가야 하는데 미치겠구먼!

당좌수표 결제일 하루 전날 공상철이 사무실 근처 다방에서 종규에게 전화를 걸어왔다. 종규는 빚진 죄인지라 꺽소리 못하고 다방으로 나갔다.

"오 사장, 내일 세시 경에 은행에 가서 당좌수표 제시하면 틀림없이 결제되는 거지?"

"은행 계좌에 돈 한 푼도 없다."

"그러면 어떻게 하겠다는 거냐?"

"3개월만 결제일을 연장해줄 수 없냐? 상철아, 사정 좀 봐주라."

종규는 자존심이고 체면이고 다 버리고 공상철에게 통사정했다. 공상철은 냉혹하게 거절했다.

"결제일을 연장해주면 돈이 하늘에서 뚝 떨어지기로 한단 말이냐?"

"3개월 여유를 주면 내가 무슨 수를 쓰더라도 돈 갚으마."

"아무래도 안 되겠다 은행에 가서 수표 돌려야지."

"상철아, 제발 한 번만 살려다오."

"더는 사정 못 봐주니까 당장 돈 갚으라고!"

"남의 눈에서 눈물 나게 하면 나중에 너도 피눈물을 흘리게 된다."

"나는 정당하게 투자한 돈을 회수할 뿐이니까, 개소리 집어치워라."

"역시 제 아비 피는 못 속이는구먼."

공상철 아버지는 세무서에 근무하다가 퇴직하여 그동안 벌어놓은 돈으로 친구와 명동에서 사채업을 하였다. 사채업에서 번 돈으로 빌딩이며 강남에 땅을 사 놓아 수백억 원의 재산가가 되었다. 세무서 출신이라 기가 막히게 절세를 하여 남보다 훨씬 쉽게 돈을 긁어모았다.

"상철이, 너 돈 때문에 정말 나하고 영영 원수지간이 될래?"

"그럼 좋다. 두 달만 연장해 줄 테니 대신 네 안식구를 보증인으로 세워라."

"마누라가 돈이 없는 데 보증을 서면 뭐하냐?"

"네 안식구 지금도 군에서 간호장교로 근무하고 있잖아?"

"친구와 돈을 거래하면서 마누라까지 끌어들이고 싶지 않다."

"이 조건도 안 들어 주면 어쩔 수 없이 수표 돌릴 테니 감방에 갈 준비나 해라."

공상철은 최후통첩한 뒤 자리에서 벌떡 일어났다. 종규는 안 되겠다 싶어 공상철을 붙잡았다.

"알았다. 마누라를 보증인으로 세울 테니 수표 돌리지 마라."

"각서에 네 안식구 인감도장 찍고 인감증명 첨부하는 거 잊지 말고."

종규는 급한 마음에 아내가 근무하는 부대로 전화를 걸었다. 종규는 순애에게 적당히 둘러대고는 조퇴해서 빨리 인감증명을 떼 오라고 숨넘어가는 소리를 했다.

종규는 서둘러 각서를 작성해 집으로 갖고 갔다. 아내에게 각서를 보여주고는 인감도장을 찍어달라고 매달렸다. 순애는 보증을 설 수 없다고 펄쩍 뛰었다.

"당신이 저지른 일은 당신이 책임지고 처리하라고."

"내 힘으로 안 되니까 당신한테 보증을 서 달라는 거잖아?"

"새끼가 둘이나 있는데 당신 빚 갚아 주고 손가락 빨면서 살라는 말인가?"

"당신이 해결 안 해주면 나 교도소에서 한동안 콩밥 먹어야 하는데, 그래도 좋아?"

종규가 엄포를 놓자 순애는 인감도장을 방바닥에 내팽개쳤다. 도장이 데구루루 굴러가 장롱 밑으로 들어갔다. 종규는 벽에 걸린 파리채를 갖고 와 장롱 밑을 쑤석거려 도장을 꺼냈다. 종규는 떨리는 손으로 각서에 도장을 찍고는 퍽퍽 우는 순애에게 미안하다는 말을 남기고 집에서 나왔다. 종규는 그 길로 달려가 공상철에게 각서를 건네주었다.

기대와 달리 두 달이 지나도 회사 상황은 호전되기는커녕 더욱 악화하였다. 마침내 거래처에 끊어준 어음을 막지 못해 부도가 나고 말았다. 채권자들이 창고에 있는 제품에 압류 딱지를 붙이고, 사원들은 각자 제 갈 길을 찾아가기 바빴다. 종규는 채권자들한테 시달리다가는 건강까지 망칠 거 같아 관리부장에게 회사 정리 권한을 백지 위임하고 지방에 잠적하였다.

종규와 연락이 안 되자 공상철은 보증인인 종규 부인 순애를 집 근처 다방으로 불러내 빚을 갚으라고 독촉하였다.
"종규는 지금 어디 있습니까?"
"어디에서 뭐 하는지 나도 모릅니다."
"그러면 보증선 돈은 언제 갚을 겁니까?"
"이미 집도 은행 담보로 제공돼 지금은 돈 갚을 방법이 없습니다."
"직장에서 대출도 안 됩니까?"
"군대에는 그런 제도가 없습니다."
공상철은 전액을 다 받으려고 욕심부리면 한 푼도 회수하지 못할 거 같아 한발 양보하였다.
"반만 갚으면 빚 탕감해줄 용의가 있으니 방법을 찾아보지요."
"뾰족한 방법이 없습니다."
"이 정도로 양보했는데도 안 갚고 뻗대면 종규를 사기죄로 고발하겠습니다."

"친구 사이에 형사 고발까지 하다니, 피도 눈물도 없군요?"

"그렇다고 눈 번이 뜨고 알구렁이 같은 돈을 떼일 수는 없잖습니까?"

"내가 전역해 받는 퇴직금으로 빚을 갚겠습니다."

"퇴직금이 얼마인지 모르겠지만, 그 정도 성의를 표하면 빚을 다 못 갚아도 탕감해주겠습니다."

순애는 노후 생활을 보장해 줄 피 같은 연금을 포기하고 전역신청을 하였다. 순애는 공상철이 하는 꼴을 보니 빚을 갚지 않으면 아침저녁으로 집에 찾아와 못살게 굴게 빤해 자포자기하듯이 빚을 갚고 말았다.

한편 종규는 서울을 떠나 지방 대학촌에 있는 원룸을 얻어 도피 생활에 들어갔다. 종규는 회사를 경영하는 동안 극심한 스트레스와 술과 담배에 찌들어 심신이 망가질 대로 망가졌다. 종규는 몸과 마음을 추스를 시간이 필요해 당분간 건강에만 신경을 쓰기로 마음먹었다.

종규는 아침 일찍 원룸에서 나와 인근 저수지에서 낚시질하면서 하루하루를 보냈다. 그러면서 그동안 자신이 살아온 과정을 돌이켜 보고, 무엇이 잘못되어 이런 시련을 겪게 되었는지 원인을 찾아보았다.

종규는 기구하게 태어난 자신의 불행을 보상받고, 주위 사람들부터 인정받고 싶어 젊은 혈기만 믿고 사업을 무리하게 확장한 게 실패의 원인이라고 진단했다.

인생이란 단거리 달리기가 아닌 마라톤처럼 뛰어야 목표 지점에 무사히 도달한다는 점도 깨달았다. 또 서둘러 지은 집은 비바람이 세차게 몰아치면 사상누각처럼 무너지기 쉽다는 교훈을 얻었다.

Chapter 17_

은인의 도움

저수지에서 종규 말고 함봉춘이라는 노인이 매일 낚시질을 하였다. 나이는 칠십 세쯤 먹어 보였다. 얼굴빛은 항상 창백하고 무슨 병을 앓는지 가끔 낚시질하다 말고 돌아앉아 호주머니에서 알약을 꺼내 입안에 털어놓곤 하였다.

종규는 그분과 통성명을 한 뒤 도시락도 나누어 먹고 세상 돌아가는 이야기도 나누며 가깝게 지냈다.

그러던 어느 날이었다.

종규는 노인과 낚시터에서 이런저런 이야기를 나누며 오전을 보냈다. 점심때가 되자 갑자기 먹구름이 밀려오면서 소나기가 쏟아졌다. 함봉춘은 으스스 한기가 드니 저수지 옆에 있는 매운탕 집으로 점심을 먹으러 가자고 했다. 종규는 지갑에 돈이 달랑달랑해 꽁무니를 뺐다.

"어르신 나중에 드시지요"

"내가 매운탕 살 테니 어서 가자구."

종규는 마지못해 함봉춘을 따라 매운탕 집으로 갔다. 종규가 자리에 앉자 함봉춘은 얼큰한 메기 매운탕을 주문했다. 함봉춘은 매운탕이 나오기를 기다리다가 종규에게 걱정하는 투로 물었다.

"종규, 한창 돈 벌 나이에 낚시질이나 하면서 하릴없이 세월을 보내면 안 되는데 언제까지 강태공 노릇만 할 셈인가?"

"가진 게 없어 막노동 이외는 할 게 아무것도 없습니다."

"직장에 들어가기는 힘든 나이 같은데 구멍가게라도 해서 처자식은 먹여 살려야 할 거 아닌가?"

"안사람이 직장에 다녀 애들 밥 굶길 정도는 아닙니다."

"그래도 남자는 많으나 적으나 돈벌이를 해야 사람 구실을 한다고."

"어르신 말씀이 백번 맞습니다."

함봉춘은 말머리를 돌려 자신의 처지를 종규에게 털어놓았다.

"실은 나 홀아비일세. 3년 전에 교통사고로 외아들과 마누라를 한꺼번에 잃고 며느리에게 의지해 사네."

"아이구! 그런 가슴 아픈 일을 당하셨군요."

종규가 놀란 눈으로 바라보며 안타까워하자 함봉춘의 눈가에 이슬이 맺혔다.

함봉춘이 며느리를 재혼시키려고 애썼지만, 애가 둘이나 딸려 혼인하겠다고 선뜻 나서는 남자가 없었다. 함봉춘은 젊은 며느리와 한집에 사는 게 불편해 동네에 방을 얻어 혼자 살았다.

"어르신, 며느리 눈치 볼 거 없이 마음에 드는 여자와 재혼하세요."

"나이고 많고 건강이 안 좋아 새로 여자 얻는 거 포기했어. 물론 믿음이 가는 여자도 없고."

"나중에 나이 드시면 수발할 사람이 필요하지 않겠어요?"

"수족을 마음대로 못 쓸 정도가 되면 요양병원에 가면 되지 뭐. 아니, 요양병원에 가기 전에 죽을지도 몰라."

함봉춘은 쓸쓸한 목소리로 죽음을 입에 올렸다. 종규는 울적해 연신 소주를 들이켰다. 함봉춘은 식사가 끝날 무렵 종규에게 놀라운 제안을 했다.

"종규 자네, 내가 밑천을 대 줄 테니 장사 다시 시작할 마음 없나?"

"예? 돈을 대 주시다니요?"

함봉춘이 농담하는 줄 알고 종규는 씩 웃었다. 함봉춘은 정색하고는 노기 띤 목소리로 종규를 나무랐다.

"나잇살이나 먹은 사람이 힘들게 말하는데 농담으로 받아들이면 안되지?"

"어르신 죄송합니다."

종규가 고개를 숙여 사과하자 함봉춘은 사업 밑천을 대주려고 하는 이유를 털어놓았다.

"낚시질을 함께 하면서 쭉 자네를 지켜보았더니 강태공으로 허송세월하기에는 아까운 사람 같아서 도와주려고 하네."

"저를 잘 봐주셔서 고맙기는 하지만 사양하겠습니다."

종규는 함봉춘이 뭔가를 낚기 위해 미끼를 던지는 거 같아 일단은 거절하였다. 함봉춘은 섭섭하다는 투로 종규를 나무랐다.

"이 사람, 날 못 믿는 모양이구먼?"

"못 믿는 게 아니고 신세 지기 싫어서 드리는 말씀입니다."

"자네 아버지가 어렸을 때 작고하셨고, 어머니도 안 계시다고 했지? 거기다가 형제도 없고."

"예! 언젠가 제가 그런 말씀 드렸지요."

종규는 함봉춘의 기억력이 대단하다고 생각했다. 지나가는 말로 흘렸을 뿐인데 또렷하게 기억할 줄은 전혀 예상하지 못했다.

"나도 조실부모해서 마흔 살까지는 죽도록 고생했네. 살다 보니 부모 도움 없이 자수성가하기가 얼마나 힘든지 뼈저리게 느끼었네."

"저도 궁지에 몰렸을 때 아무도 도와주는 사람이 없어서 일찍 저승으로 간 부모님을 원망하며 서럽게 운 적도 많았습니다."

"자네를 지켜보니 젊었을 때 영락없는 내 모습을 보는 거 같아 도와주고 싶네. 그러니 전혀 부담 갖지 말게."

"염치없는 짓 같아 어르신의 좋은 뜻을 받아들이지 못하니 이해하세요."

"돈을 적잖이 갖고 있는데 좋은 일에 쓰고 싶어서 자네한테 사업자금을 대주려는 거야."

"장학금이나 정기적으로 불후 이웃돕기를 하시면 되잖습니까?"

"그런 일은 나 말고도 할 사람이 많네. 나는 곤란한 처지에 몰렸는데도, 도움을 받을 수 없는 사람에게 힘이 되고 싶을 뿐이네."

"어르신 뜻에 공감합니다만, 공짜 돈으로 사업을 시작하면 나태해져 실패할 확률이 높습니다."

종규의 말에 공감이 가는지 함봉춘은 고개를 끄덕거렸다. 함봉춘은 잠시 생각에 잠겼다가 한 가지 아이디어를 냈다.

"공돈을 받기 싫다니까 내가 한 가지 조건을 제시하겠네."

"어떻게요?"

"10년 동안 벌어서 돈을 갚게나. 차용증도 안 받고, 이자도 안 받겠네. 종규, 이래도 내 제안을 안 받아들이겠나?"

"그런 조건이면 한 번 고려해 보겠습니다."

"무슨 사업을 하든지 나는 관여하지 않겠네. 2억 원까지는 대 주겠네."

"그러면 며칠 뒤에 사업 계획서를 작성해 어르신께 보고를 드리겠습니다."

"사업 계획서 같은 거 나한테 보여 줄 필요 없네."

"그래도 간단히 보고는 드려야지요."

"나는 한 번 사람 믿으면 끝까지 믿는 사람이네."

종규는 함봉춘의 제안을 받고 며칠 동안 고민하였다. 함봉춘이 주는 돈을 과연 받아야 할지, 아니면 받지 않는 게 좋을지 판단이 서지 않았다. 남의 돈으로 사업을 벌였다가 실패하면 돈 대준 사람한테 면목이 없을 뿐 아니라, 사업하는 척하며 뒷구멍으로 돈을 빼돌린 놈으로 오해받을까 봐 두려웠다.

차용증도 안 받겠다는데 내가 사람을 지나치게 의심하는 거 아닌가? 눈 감으면 코 베가는 세상이지만, 어려운 처지에 놓인 나를 조건 없이 도와주겠다는데 더 거절하면 함봉춘 어른에 대한 예의가 아니야.

종규는 사람이 살다 보면 뜻하지 않게 불행한 일을 당하기도 하지만, 그 반대로 행운이 찾아온다는 말을 믿고 싶었다. 결혼을 안 하고 후회하기보다는 결혼하고 후회하는 편이 낫다는 말처럼, 낚시질이나 하며 세월을 보내느니 나중에 곤경에 처하더라도 사업을 벌이는 편이 낫다고 결론지었다.

"어르신 호의를 받아들이겠습니다."

"그래, 잘 결정했어!"

함봉춘의 주름진 얼굴에 환한 웃음이 그려졌다. 종규는 그동안 낚시질을 함께 하면서 많은 시간을 보냈지만 처음 보는 웃음이었다.

종규는 도심지에 의류 판매점을 차리기로 마음을 굳혔다. 제조업에 뛰어들려면 막대한 자금이 들고 위험부담이 커 소비자들에게 이미 알려진 유명회사의 대리점을 운영하는 게 무난할 듯했다.

종규는 서울로 득달같이 달려가 기쁜 소식을 아내에게 알리었다. 아내는 축하의 박수를 보내기는커녕 사업이라면 이가 갈린다면서 사업에 사자도 꺼내지 말라고 면박을 주었다.

"당신은 사업하면 하는 대로 족족 말아먹을 사람이니까 헛꿈 꾸지 마요."

"이번에는 제조업이 아닌 대리점을 운영하니까 망할 위험이 크지 않다고."

"패션 회사 차릴 때도 절대 망하는 사업이 아니라고 큰소리를 펑펑 치더니 끝내 피 같은 내 연금까지 날려 먹었잖아요?"

달걀로 바위 치기이자 종규는 아내의 속마음을 떠볼 겸해서 최후의 카드를 제시하였다.

"당신 섭섭할지 모르겠지만, 이혼하면 사업하든 말든 간섭 안 할 거지?"

"이혼? 듣던 중 반가운 소리네요. 당장 이혼합시다!"

순애는 쌍수를 들고 환영하였다. 단 순애는 이혼을 합의해 줄 테니 매달 생활비로 일정 금액을 송금하는 조건을 제시했다. 종규는 울며 겨자 먹기 식으로 순애의 요구 조건을 받아들였다.

마누라가 기다렸다는 듯이 이혼을 반기는데, 혹시 다른 남자가 생겼나? 지은 죄가 많은 주제에 마누라가 무슨 짓을 한들 모른 체하고 살아야지 어쩌겠나? 팔자 더러운 사내와 결혼해서 사는 동안 웃음꽃을 피우기보다는 괴롭고 슬퍼서 눈물을 흘린 적이 더 많았으니까, 입이 열 개라도 할 말이 없어.

종규는 아내와 이혼 절차를 밟은 후 대전 번화가에 의류판매장을 속전속결로 개설하였다. 개업식을 하던 날 함봉춘이 대형 화환을 보내 주었다. 함봉춘은 며느리와 두 여동생에게 준다며 제일 비싼 옷 세 벌이나 샀다.

유명 브랜드 여성 의류 대리점이 처음 개설되자 돈깨나 가진 여자들이 우르르 몰려와 너도나도 옷을 한 보따리씩 사 갔다. 종규는 예상외로 장사가 잘 되자 신바람이 났다. 사람이 살다 보면 내리막길을 걷다가도 오르막길을 걷는다는 말을 실감하였다.

종규가 대리점을 개설한 지 2년 만에 돈을 돌려주려고 함봉춘을 일식집으로 모시고 갔다. 종규가 수표가 든 봉투를 건네주자 함봉춘은 듣기 좋게 타일렀다.

"오 사장, 성격이 급하구먼. 장사란 기복이 심해 항상 여유 자금을 비축해야지 돈 좀 벌렸다고 금세 갚으면 어떻게 하나?"

"형편이 되니까 돈을 돌려드리는 겁니다."

"장마다 꼴뚜기 나는 법이 아녀. 장사가 잘 된다는 소문이 나면 비슷한 종류의 옷 장사들이 우후죽순으로 생기기 마련이여. 그러면 돈벌이가 시원찮아 장사를 그만둬야 할지도 몰라."

"물론 어르신 말씀이 맞습니다."

"그러니 내가 투자한 돈 중에서 반만 받겠네."

"어르신, 참말로 이해가 안 갑니다. 돈을 더 드리겠다는데도 나중에 달라고 하시니, 어르신은 깊은 산속에서 도를 수십 년 닦으셨거나, 세상을 거꾸로 사시는 분 같아요."

종규가 칭찬인지 존경인지 모를 말을 하자, 함봉춘은 새삼스럽지는 않지만 깊이 새겨들어야 할 말을 종규에게 들려주었다.

"세상에는 세 부류의 인간들이 존재하네. 탐욕스럽거나 못 나서 남에게 폐를 끼치고 피해를 주는 사람, 다른 사람에게 피해도 안 주고 베풀지도 않는 그야말로 무해무덕(無害無德)한 사람, 마지막으로 남을 위해 좋은 일을 하면서 많은 것을 베푸는 사람도 존재하고."

"어르신은 세 번째에 속하시네요."

"그만 치켜세우게. 얼굴이 화끈거리네."

"저 같은 사람은 첫 번째 인간으로 가족에게 괴로움이나 주고, 인연을 맺었던 사람들한테 손해만 끼쳤으니 부끄럽습니다."

"부끄러울 거 없네. 과거를 거울삼아 열심히 일해서 돈을 번 다음 신세 진 사람들한테 다시 갚으면 되잖나?"

"제가 운수대통하기 전에는 불가능한 일 같습니다."

"뜻을 둔 곳에 길이 있다고, 온 정성을 다하면 안 되라는 법이 없네."

함봉춘은 꿈을 버리지 말라고 종규에게 용기를 북돋아 주고는 자리에서 일어났다.

종규는 일식집에서 나오기 전에 겨울에 입으라고 함봉춘에게 최고급 모피 조끼를 선물하였다. 함봉춘은 한사코 받지 않았다. 함봉춘은 물건 하나라도 더 팔아 부지런히 돈을 모으라고 충고하고는 총총히 사라졌다.

함봉춘을 만나고 한 달이 지난 뒤였다.

종규가 출근하려고 집을 나서는데 함봉춘 며느리가 울먹이며 전화를 걸어왔다.

"사장님, 저 강순덕입니다."

"아침 시간에 전화하고 무슨 일이에요?"

"시아버지께서 방금 돌아가셨습니다."

"한 달 전에 뵈었을 때는 건강이 나쁘지 않으셨는데, 이게 무슨 일입니까?"

"평소 앓으시던 심장병이 갑자기 악화하여 작고하셨습니다."

종규는 부리나케 함봉춘 시신을 안치한 병원으로 달려갔다. 며느리 강순덕은 졸지에 당한 일이라 무엇을 어떻게 해야 할지 몰라 쩔쩔매고 허둥거렸다.

종규는 아버지가 돌아가신 것처럼 정성껏 장례 일을 거들어 주었다. 조문객을 맞이하고 장례절차를 일일이 챙겨주었다.

조문객이 많지 않아 함봉춘 씨 빈소는 쓸쓸했다. 처가 식구들과 친구 몇이 문상을 하러 왔다가 이내 돌아갔다. 종규는 의아해 며느리에게 그 이유를 물어보았다.

"어르신은 친구나 가까운 친척이 많지 않은 모양이지요?"

"아버님은 6·25 때 이북에서 어머니와 단둘이 내려와 일가친척이나 아는 사람이 많지 않아요."

함봉춘은 1·4 후퇴 때 어머니와 이북에서 넘어왔다. 어머니는 식당을 하다가 불이나 함봉춘이 열다섯 살 때 돌아가셨다. 빈털터리에 천애 고아가 된 함봉춘은 공업고등학교를 중퇴하고 입에 풀칠하기 위해 자동차 정비공장에서 기술을 배운 뒤, 장사 길로 나섰다. 맨 먼저 자동차 중고부품 사업에 손을 댔다. 함봉춘은 손재주가 좋아 폐차장에서 자동차 중고부품을 사다 그걸 수리한 뒤 팔아 많은 이윤을 남기었다. 목돈이 손에 잡히자 함봉춘은 자동차 정비업소를 차렸다. 정비업소를 하면서 번 돈으로 대전 요지에 땅을 사 놓았다. 도시가 점점 커지자 땅값이 천정부지로 뛰어 오십 중반쯤에는 수십억 원의 재산가가 되었다.

그런데 하나뿐인 아들이 주요소며, 펜션 사업을 벌였다가 실패를 하자 주식에 손을 대 연신 거액을 날리고 말았다. 빚쟁이들한테 시달리는 아들을 두고 볼 수 없어 함봉춘은 금싸라기 땅을 팔아 빚을 갚아 주었다. 아들 때문에 함봉춘 씨는 심장병을 얻었다. 더구나 아내와 아들이 불공을 드리러 절에 다녀오다가 교통사고로 사망한 뒤 병이 점점 나빠져 수시로 병원에 드나들었다.

함봉춘이 죽고 나서 한 달쯤 지난 뒤에 종규는 함봉춘 씨 며느리 공순덕에게 시아버지가 사업자금을 대 준 사실을 털어놓았다. 그리고 아직 갚지 못한 돈은 몇 차례 나누어 갚겠다고 약속했다. 며느리는 시아버지로부터 채권 채무에 대해서 전혀 들은 바 없다며 돈을 받지 않겠다고 사양하였다. 종규는 남의 돈을 어물쩍 떼어먹기 싫어 그녀의 뜻을 받아들이지 않았다.

"도움을 주신 분이 돌아가셨지만, 그분이 주신 돈을 갚는 게 도리입니다."

"정 갚으시겠다면 제가 장사를 시작하면 도와주세요."

"먹고 사는 데 지장이 없는 줄 아는데 장사를 하다니요?"

"아버님께서는 평소에 재산이란 놀고먹으면 물거품처럼 순식간에 사라진다는 말씀을 자주 하셨습니다."

"그 말은 진리입니다."

"사장님 밑에서 장사하는 요령을 배운 다음 저도 옷가게를 낼지도 모르니까 그때 도와주세요."

"신세를 졌는데 도와 드리는 게 당연하죠."

강순덕은 의류판매장에서 몇 달간 장사를 배운 뒤 번화가에 레저용품점을 차렸다.

어느 날 강순덕은 일식집에서 저녁을 먹으며 농담 반 진담 반으로 종규보고 애인을 소개해달라고 부탁하였다. 종규는 농담처럼 들려 공순덕의 속마음을 떠보았다.

"재혼할 상대인가요? 아니면 연애만 할 상대인가요?"

"사귀어보고 남편감으로 적당하다 싶으면 재혼할 거예요."

"상처한 내 친구가 있는데 소개해드리지요. 공무원에다가 성격도 원만해요."

"성사되면 사례할게요."

"중매는 잘못하면 뺨 세 대를 맞고, 잘해야 술 한 잔 얻어 마신다는데, 사례는 그만두고 술이나 한잔 받아주십시오."

"사장님 친구분이 저 같은 여자를 좋아할지 모르겠네요?"

"지나친 겸손입니다. 미인이시겠다, 성격 활달하고, 건강미 철철 넘치고, 만일 마누라만 없었으면 내가 벌써 공 여사를 애인으로 만들었을 겁니다."

"어마나! 제가 그렇게 매력이 있나요? 호호호."

강순덕은 손으로 입을 가리고 수줍게 웃었다. 종규는 함봉춘에게 진 신세를 드디어 갚을 기회가 왔다 싶어 발 벗고 나서서 두 사람을 하나의 커플로 묶어주었다.

강순덕은 남자를 만난 지 2년 뒤에 마음에 들어 재혼했다. 강순덕은 재혼한 후 종규가 준 돈으로 옷가게를 내 장사 길로 접어들었다.

Chapter 18_
붉은 눈꽃

종규는 단골 카페에서 술을 마시다가 여자 종업원 설화를 술자리에 불러다 놓고 뜬금없는 제안을 했다.

"아가씨, 내 밑에서 일할 마음이 없나?"

"사장님, 갑자기 그게 무슨 말이세요?"

여자종업원은 호기심 어린 눈빛으로 종규를 바라보았다. 종규는 할 일을 구체적으로 설명하였다.

"내가 의류판매장을 운영하는데 종업원이 일할 만하면 나가서 오래 근무할 여자를 구하는 중이야."

"하는 일이 뭔데요?"

"간단한 사무도 보고 옷을 파는 일이야."

설화는 구미가 당기는지 바짝 차고 들었다.

"월급은 얼마나 주실 건데요?"

"처음에는 많이 못 주고, 성실히 근무하면 해마다 조금씩 올려줄게."

"그런데 카페 주인 언니가 허락할지 모르겠네요?"

"그게 무슨 소리야? 카페 주인의 허락을 받다니?"

"카페에서 일하는 조건으로 제가 방을 얻는 데 필요해서 언니한테 돈을 빌렸거든요."

"얼마나 빌렸는데?"

"큰돈은 아니에요."

"내가 그 돈 빌려줄 테니까 매달 월급에서 조금씩 갚아나가라고."

"제가 그 돈 안 갚고 도망가면 어쩌려고요?"

"설화는 그런 치사한 짓은 안 할 여자 같아 보이는데?"

"그래요? 사장님 저를 착한 여자로 봐주셔서 감사합니다."

설화는 종규의 제안을 순수하게 받아들이지 않았다. 술집에 오는 남자들이 갖가지 미끼를 던져주고 물면 섹스 파트너로 삼으려고 안달하는 걸 여러 번 보았다. 더구나 설화는 몸매도 늘씬하고 얼굴이 예뻐 술을 마시러 오는 사내들은 서로 자리에 앉히려고 지랄발광하였다.

나이가 지긋한 장사꾼이 인정이 많아서 호의를 베풀 리가 없어. 뭔가 다른 목적을 갖고 나에게 접근하는 게 맞아! 하지만 사내들의 온갖 희롱과 멸시를 당하며 술집에서 일하는 것보다는 의류판매장에서 고정적으로 월급을 받으며 근무하는 게 백배 천배 낫지 않을까?

설화는 종규에게 북한에서 탈북한 이유와 과정을 소상히 밝히었다. 근무하는 중에 탈북 후유증으로 어떤 일이 벌어질지 몰라 미리 대비할 목적이었다.

설화는 북한 보위부의 고위직인 아버지 덕분에 경제적으로 큰 어려움 없이 어린 시절을 보냈다. 설화가 대학을 졸업하자마자 아버지는 북한의 군사 정보를 빼내 남한에 보내는 등 간첩 활동을 자행했다는 이유로 무자비하게 처형당하였다.

그 뒤부터 설화 어머니는 장마당에서 물건을 팔고, 설화는 중국으로부터 밀수해서 버는 돈으로 목구멍에 풀칠하며 목숨을 부지하였다.

설화는 하루하루 살아가는 게 너무 힘들어 벼르고 벼르던 탈북을 결행하였다. 설화가 먼저 야음을 틈타 압록강을 건넜다. 어머니는 뒤따라 오다가 북한군에게 체포되어 강을 건너지 못했다.

설화가 생사기로를 넘나들면서 중국 땅에 발을 들여놓자마자 브로커가 중국 공안에 잡히지 않게 보호해 준다는 핑계를 대고 차에 태워 어디론가 끌고 갔다. 밤새도록 달려 새벽에 도착한 곳은 하늘이 세 평에 사람들이 산짐승들과 발을 맞대고 사는 흉악한 산골 마을이었다.

브로커가 농가에서 할머니와 사내를 데리고 나왔다. 오종종하고 못생긴 사내가 먼저 설화에게 눈인사를 보냈다. 설화는 힐끔 사내를 훔쳐보고는 할머니를 따라 울안으로 들어갔다.

설화는 할머니가 차려 준 강냉이밥을 허겁지겁 먹고는 졸음이 밀려와 쪽방에서 잠시 눈을 붙였다. 그날 밤부터 사내가 한 방에서 같이 자고 설화를 꼬드겼다. 설화는 몸이 아프다는 핑계를 대고 줄곧 쪽방에서 혼자 잤다.

그러던 어느 날.

사내는 술을 잔뜩 마시고는 잠자리를 계속 거부하면 중국 공안에 밀고하겠다고 협박하였다. 설화는 공안에 끌려가면 북한으로 송환될 게 뻔한 터라 사내의 요구를 들어주지 않을 수 없었다. 설화는 사내가 굶주린 맹수처럼 달려들어 성기로 자궁 안을 헤집고 나자 비참하다 못해 혀를 깨물어 죽고 싶었다. 하지만 자유를 찾아 남한 땅에 가야 하고, 어머니를 지옥 같은 북한에서 구출하려면 이를 악물고 참아야 한다고 자신에게 타이르고 또 타일렀다.

설화는 사내와 잠자리를 갖기 시작한 지 두 달 만에 바라지도 않는 아이가 생겼다. 아이를 낳은 후 설화가 자기와 살기로 마음을 굳힌 줄 알고 사내는 감시를 소홀히 하였다. 설화는 그 틈을 타 북한에서 밀수할 때 알았던 중국 남자를 백방으로 수소문했다. 중국 남자와 연락이 닿자 설화는 돈을 충분히 줄 테니 남한으로 탈출시켜 달라고 신신부탁하였다. 중국 남자는 가능하면 도와주겠다고 설화에게 약속했다.

야반도주 형식으로 사내 집에서 도망치면 나중에 탈이 날 우려가 커 설화는 돈을 벌러 남한에 가게 아이를 키워달라고 노인네를 꼬드겼다. 노인네는 허락했지만 사내는 남한에 가는 걸 결사적으로 반대하였다. 설화는 자신의 요구를 들어주지 않으면 중국 공안에 자수해 북한으로 다시 돌아가든지, 아니면 목을 매 자살하겠다고 공갈 협박하였다. 사내는 더는 버티지 못하고 애 양육비를 석 달에 한 번씩 송금하고, 아이가 대학교를 마칠 때까지 학비를 보내주는 조건으로 설화의 요청을 받아들였다. 설화는 탈북 전문 브로커의 도움을 받아 천신만고 끝에 다른 탈북자들과 함께 꿈에 그리던 대한민국의 품에 안기었다.

설화는 남한에 정착해 초창기에는 식당에서 일하다가 돈벌이가 나은 카페의 종업원으로 취직했다. 탈북 비용을 갚아야 하고, 중국을 떠날 때 아이 양육비와 교육비를 대주겠다고 각서를 써 놓을 터라 악착같이 돈을 벌어야만 했다.

"자식을 떼어놓고 이국 타향에서 사는 설화 마음이 무척 아프겠구면. 게다가 돈벌이도 시원찮은데 갚을 빚은 많고, 설화 괴롭기 짝이 없겠어. 어떻게 보면 사람 목숨처럼 모진 것도 없어."

종규는 악몽 같은 이야기를 다 듣고는 동정 어린 목소리로 설화를 위로했다. 설화는 자신이 직접 겪는 일처럼 가슴 아파하는 종규가 고마웠다. 설화는 인정 많은 사람을 만났다 싶어 종규의 제안을 기꺼이 받아들였다.

"사장님, 언제부터 출근하면 되나요?"

"당장 내일부터 출근해."

"출근하려면 미장원에 가서 머리도 손질하고, 옷도 예쁜 걸 사 입어야 하는데 모레 출근할게요."

"그래? 그럼 설화가 편할 때 출근해."

설화는 카페 문을 닫은 뒤 오종규 사장이 제안했던 내용을 카페 주인 한봉숙에게 털어놓았다.

"그래! 설화야, 참 잘 됐다!"

한봉숙은 자신이 큰 행운을 잡은 것처럼 쌍수를 들고 환영했다. 한봉숙은 설화를 껴안고 등을 토닥여주며 기뻐했다.

"오 사장 역시 여자 보는 눈이 보통이 아니구면? 나도 너처럼 예쁘고 공부를 많이 했으면 그런 좋은 일자리를 벌써 구했을 텐데 부러워 죽겠다."

"언니, 축하해 줘서 고마워!"

"고맙긴? 설화 네가 똑똑하고 예뻐서 행운이 찾아온 거야."

"이게 다 돈 잘 버는 사장들이 드나드는 카페에서 일하게 만들어 준 봉숙이 언니 덕분이에요."

"열심히 근무해서 빚도 갚고 행복하게 살아라."

이틀 뒤 설화는 들뜬 마음으로 오종규가 운영하는 의류판매장에 출근해 떳떳한 월급쟁이의 첫발을 내디뎠다.

설화가 스물여덟 번째 생일날이었다.

종규는 설화를 교외에 있는 카페에 데리고 갔다. 앞으로 강물이 흐르고, 통기타 가수들이 나와 노래를 부르는 로맨틱한 분위기를 자아내는 카페였다.

식사하기 전 종규는 생일선물이라며 설화에게 다이아몬드 반지를 불쑥 내밀었다. 종규의 뜻하지 않은 선물 공세에 설화는 당황해 어쩔 줄 몰랐다.

"사장님, 고맙기는 한데 생일선물로는 너무 부담스러워요."

"설화, 내 성의이니까 받아둬."

"아니에요. 마음만 받을게요."

설화가 끝내 반지를 받지 않자 종규는 앞에 놓인 맥주잔을 들어 단숨에 비웠다. 화가 났고, 민망했다. 종규는 과거의 아픈 상처를 들쑤시기 싫었지만, 지갑에서 낡은 흑백 사진 한 장을 꺼내 설화에게 보여주었다.

"설화, 이 사진을 본 느낌을 말해봐."

설화는 사진을 받아 슬쩍 들여다보고는 시큰둥하게 대꾸했다.

"누구인지는 모르겠지만, 여학생 때 찍은 사진이라서 깜찍하고 참 예쁘네요. 특히 볼에 파인 보조개가 앙증맞네요."

"장미선이라고 내 첫사랑 여자야."

"그런데 그 사진을 왜 저한테 보여주시는 거예요?"

"설화와 많이 닮은 여자라서."

"저와 닮다니요? 사진 다시 줘보세요."

설화는 사진을 받아 여자의 눈매며 볼을 요모조모 뜯어보았다. 설화는 고개를 끄덕이고는 사진을 돌려주며 말했다.

"볼우물하고 눈매가 저하고 닮긴 닮았네요."

"설화 눈썰미가 뛰어나구먼!"

종규는 사진을 돌려받자마자 박박 찢어 쓰레기통에 버렸다. 설화는 종규의 돌발행동에 눈이 휘둥그레졌다. 종규는 큰 결심이라도 한 사람처럼 단호한 목소리로 말했다.

"설화, 지금부터 장미선은 내 가슴속에서 영원히 지우기로 결심했다."

"첫사랑 여인이 그렇게 쉽게 잊힐까요?"

설화는 생쇼를 부리지 말라는 투로 말하고는 입가에 비웃을 물었다. 종규는 한숨을 푹 내쉬고는 서글픈 목소리로 말했다.

"실은 장미선이 고등학교 2학년 때 죽었거든."

"그런데도 지금까지 그 여자 사진을 지갑에 넣고 다녔단 말이에요?"

설화는 믿어지지 않아 고개를 흔들었다. 종규는 진지한 목소리로 설화에게 맹세하듯이 말했다.

"이제부터는 죽은 미선이 대신 설화 너를 첫사랑 여인처럼 가슴에 간직하고 살란다."

설화는 싱긋이 웃으며 종규의 맹세를 술김에 내뱉는 농담으로 받아 들였다.

"사장님, 횡설수설하시는 거 보니 술 많이 취하셨나 봐요?"

"나, 아직도 말짱해."

"아무리 나이 어린 여자이지만 앞에서 그런 말을 함부로 내뱉어도 되나요?"

설화는 정색하고는 면박을 주었다. 종규는 부끄럽거나 망설임조차 없이 위풍당당하게 한술 더 떴다.

"왜? 내가 너를 사랑하면 안 되냐?"

"…?"

설화는 당황스럽고 불쾌해 자리에서 발딱 일어나 카페에서 뛰어나 왔다. 유혹의 손길을 노골적으로 뻗는 종규의 눈빛에서 욕망이 불꽃 처럼 이글거렸다. 설화는 그 욕망의 불꽃이 혐오스럽다 못해 두렵기까 지 했다.

설화는 카페 입구에서 택시를 잡아 타고 집으로 줄행랑을 쳤다. 설 화는 집에 오면서 또 한 번의 시련이 닥치는 조짐이 보여 불안하기 짝 이 없었다.

종규의 유혹을 뿌리치려면 일을 그만두고 의류판매장에서 떠나야겠 지. 하지만 나 같은 처지에 이 정도 월급을 받는 직장을 구하기란 하늘 에서 별 따기보다 더 어려운데 그만둘 것까진 없어. 사장이 유혹의 손 길을 뿌리쳤다고 설마 죽이기야 할까?

종규는 나이 어린 설화가 고분고분 말을 듣지 않자 뿔이 났다. 종규는 술값을 치르고는 카페에서 나왔다. 주차장에서 서성거리며 설화를 찾으려고 주위를 두리번거렸다. 한참이나 기다려도 설화의 모습이 보이지 않자 종규는 승용차에 올랐다. 종규는 설화가 집에 도착하기 전에 먼저 그녀의 집 앞에 가서 기다릴 요량으로 가속페달을 힘차게 밟았다. 종규는 설화의 손가락에 기어코 반지를 끼워주겠다고 이를 악다물었다.

종규는 시내로 들어와 의류판매장 옆에 차를 세워놓고 설화가 세 든 집으로 달려갔다. 집 가까이 가 보니 설화의 반 지하방은 컴컴했다.

종규가 담배를 피워 물고 집 앞에서 서성거리는데 큰길 쪽에서 걸어오는 설화의 모습이 눈에 들어왔다. 설화는 종규를 알아보고는 움찔 놀라며 발걸음을 멈추었다. 종규는 천천히 설화 앞으로 다가가 진지하게 사과하였다.

"생일날, 기분 잡치게 해서 미안하다."

"사장님, 사과받고 싶지 않으니 그만 집에 돌아가세요!"

설화는 싸늘한 목소리로 쏘아붙였다. 종규는 주춤거리다가 설화를 다독였다.

"그러지 말고 나하고 술 더 마시자. 술 마시다 말았더니 기분이 영 안 좋다."

"저는 술 마실 기분이 아니니까 사장님 혼자 마시세요."

"설화야, 나 너한테 꼭 보여주고 싶은 게 있어서 술집에 가자는 거다."

"여기서 보여주세요."

"길거리에서 보여 줄 게 아니다."

"해괴망측한 물건인 모양이네요."

"이거다, 하고 손에 쥐여줄 성질의 물건이 아니까 기대해봐라."

"사장님은 역시 사람 궁금하게 만드는 재주는 뛰어나시군요."

"멋진 배우가 되는 게 내 꿈이었으니까."

"사장님, 술집에는 갈 테니 술 마시라고 강요하지 마세요."

설화는 종규의 자존심을 지나치게 건드리면 의류판매장에서 쫓겨날까 봐 고집을 꺾었다. 설화는 마지못해 종규를 따라 근처 스탠드바로 갔다.

스탠드바 앞쪽 무대에서 악사가 신디사이저로 반주를 하고, 중년 남자가 마이크를 움켜잡고 노래를 부르는 중이었다.

종규는 마담에게 양주 한 병과 맥주 두 병을 주문했다. 설화는 주문한 술의 양이 너무 많아 겁먹은 목소리로 종규에게 물었다.

"사장님, 피곤해 보이는데 독주를 그렇게 많이 마셔도 괜찮겠어요?"

"아직은 까딱없어."

"술에 장사 없다고 하잖아요?"

"이러다 죽는 거지 뭐?"

종규는 체념 섞인 목소리로 말했다. 설화는 종규를 자극하기 싫어 입을 닫았다.

안주와 술이 나오자 종규는 먼저 컵에 맥주를 부어 설화에게 건네주었다. 그리고는 자신의 컵에 맥주를 반쯤 채우더니 양주를 부었다. 종규는 컵을 들어 설화의 컵에 부딪히고는 벌컥벌컥 마시었다. 설화는 종규의 상한 감정을 달래 주려고 내키지 않았지만 사과하였다.

"사장님, 제가 반지를 안 받아 기분이 무척 나쁘신 모양인데 죄송해요."

"내 자존심이 많이 망가졌지. 게다가 내 호의를 순수하게 받아들이

지 않아 더욱 불쾌했어."

"사장님, 선전 포고하듯이 사랑을 고백하면 당황하지 않을 여자가 몇이나 될까요?"

"물론 없겠지. 하지만 설화는 남자와 동거도 했고, 아이까지 낳은 터라 내 호의를 부담 없이 받아들일 줄 알았지."

"저는 아직 서른 살도 안 된 풋내기 여자이에요. 모진 시련은 겪었을지언정 제 영혼은 하얀 눈꽃처럼 순결해요."

설화는 울음 섞인 목소리로 자신의 심경을 토로했다. 종규는 술기운을 빌려 설화를 처음 보았을 때의 감정을 실토하였다.

"설화를 처음 카페에서 보았을 때 단번에 반했어. 우수가 깃든 똥그란 눈, 예쁜 얼굴, 다부지면서도 건강미가 넘치는 몸매, 한 마디로 은은한 향기를 내뿜는 화사한 들꽃을 발견했을 때처럼 가슴이 마구 뛰더군."

"고생에 찌든 저를 지나치게 미화해 봐주셔서 몸 둘 바를 모르겠네요."

"설화는 볼수록 매력 덩어리야. 설화가 내 곁에 머물면서부터 불행한 과거를 잊고 행복한 미래를 꿈꾸는 날이 많았어."

"사장님, 다이아몬드 반지를 받게 하려고 시 같은 미사여구를 막 쏟아내시네요."

"술 취하니까 멋진 말이 저절로 튀어나오는구먼."

설화는 더는 버티기 힘들어 한 가지 조건을 종규가 받아들이면 반지를 받기로 마음을 바꾸었다.

"앞으로 저 말고 어떤 여자도 유혹하지 않겠다고 약속하면 반지 받을게요."

"세상에 설화보다 더 매력적이고 귀여운 여자는 존재하지 않을 텐데."

"사장님, 빙빙 돌려 말하지 말고 손가락 걸어요."

설화는 새끼손가락을 뻗어 앞으로 내밀었다. 종규는 얼른 새끼손가락을 설화 손가락에 감았다. 종규는 손가락을 푼 뒤 호주머니에서 다이아몬드 반지를 다시 꺼내 설화에게 건네주었다. 설화는 떨리는 손으로 반지를 받았다. 설화는 반지를 받아 백에 넣고는 속으로 비웃었다.

흠, 이 반지를 내가 오래오래 간직할 줄 아는데 꿈 깨시지요. 사랑의 고백을 받아들이겠다는 의미로 반지를 받는 게 아닙니다. 당신의 호의를 거절하면 의류판매장에서 쫓겨날까 봐 억지 춘향식으로 받았을 뿐입니다.

종규는 설화가 반지를 받자 굳어진 얼굴을 펴고는 화제를 다른 데로 돌렸다.

"설화, 내 노래 한 번도 안 들어봤지? 내가 젖먹던 힘까지 다해 열창할 테니 들어보라고."

종규는 무대로 성큼성큼 걸어가더니 악사에게 만 원짜리 두 장을 건네주고는 마이크를 잡고 노래를 불렀다. 첫 번째 곡으로 팝송을 불렀다. 음정, 박자, 감정, 몸짓 등 가수 뺨칠 정도의 수준이었다.

노래가 끝나자 설화는 자신도 모르게 와! 하고 소리치고는 손바닥이 아프도록 손뼉을 쳤다. 술을 마시던 손님들도 일제히 앙코르를 외쳤다. 종규는 애상적이고 부드러운 목소리로 대중가요 두 곡을 더 부르고는 자리에 돌아왔다. 설화는 감격한 목소리로 종규를 치켜세웠다.

"사장님, 가수로 데뷔하지 않고 왜 엉뚱한 길로 접어들었어요?"

"왜? 내 노래 실력을 썩이는 게 아까워?"

"사장님 노래를 듣고 감동했어요."

"실은 군대에서 근무하는 동안 팝송 가수로 일했어."

"그래서 외국 팝송을 영어로 멋지게 부르시는군요."

"쑥스러우니까 비행기 그만 태우고 목이 컬컬한데 맥주나 따라줘."

설화는 두 손으로 종규 앞에 놓인 맥주잔을 채웠다. 종규는 맥주 컵을 비우고는 자리에서 일어나며 설화에게 말했다.

"설화, 늦었으니 그만 집에 가자."

"사장님, 저도 노래 한 곡 부르고 싶은데요."

"그래? 일찍 말하지 않고."

"사람들이 제 노래를 듣고 나면 가수가 되라고 야단법석이에요."

"설화까지 노래를 잘 부르면 내 행복지수가 너무 올라갈까 겁난다."

"사장님, 허풍이 심하시네요."

설화는 정갈한 이를 드러내며 환하게 웃었다. 남자 손님이 노래를 마치자 설화는 자리에서 일어나 무대로 사뿐사뿐 걸어갔다. 설화는 젊어서 그런지 최근에 대 히트한 유행가를 불렀다. 설화의 목소리는 청아하면서도 애상적이었다. 고음에서는 소름 돋을 정도로 호소력 넘치는 목소리였다.

설화의 노래가 끝나자 종규는 무대로 달려와 마이크를 잡았다. 한쪽 팔로 설화를 껴안고는 손님들에게 자랑하듯이 말했다.

"여러분! 오늘이 주설화 양의 28번째 생일입니다. 다 같이 축하의 박수를 보내주십시오."

악사가 「Happy Birthday To You」를 힘차게 연주하였다. 설화는 고개 숙여 손님들에게 인사하였다. 종규와 설화는 손을 맞자고 신나는 노래를 불렀다. 두 사람은 미리 연습하지 않았는데도 박자 음정이 착착 맞았다. 손님들도 곡에 맞춰 손뼉을 치면서 흥겨워했다. 노래가 끝나자 종규는 설화를 힘차게 안아주었다.

Chapter 19

설화의 고민

일주일 뒤였다.

새벽에 기습 폭우가 쏟아져 시내 전체가 물바다가 되었다. 도로가 침수되고 시내 한가운데로 흐르는 하천이 범람하여 저지대 주택들이 물에 잠기었다.

종규가 아침밥을 먹는데 전화벨이 요란스럽게 울리었다. 송수화기를 들자마자 설화의 울음 섞인 목소리가 종규의 귀를 때렸다.

"설화, 무슨 일인데 우는 거야?"

"사장님, 방까지 물이 들어와 오늘 출근하지 못하겠어요."

"아이구! 어쩌지?"

"장판이며 벽지까지 몽땅 젖었어요."

"저런! 많이 놀랐겠구먼."

"사장님, 죄송해요. 방이며 부엌 정리한 다음 내일 출근할게요."

설화는 울먹이다가 전화를 끊었다.

종규는 아침밥을 먹다 말고 설화가 사는 셋방으로 달려갔다. 종규는 근처 상점에서 아침 식사 대용으로 먹을 빵과 우유를 샀다. 설화는 띠로 머리칼을 질끈 묶고 반바지 차림으로 물에 젖은 살림을 밖으로 끌어내는 중이었다. 설화는 종규가 집에 찾아온 게 고마워 연신 고개를 숙였다.

"사장님, 바쁘신데 뭐 하러 오셨어요?"

"직원이 수해를 입었는데 모른 체할 수 없잖아?"

"관심을 가져주셔서 감사합니다."

종규는 손에 들고 있는 봉투를 설화에게 건네주며 말했다.

"아침 못 먹었을 텐데 빵으로 우선 요기부터 하라고."

"어마나! 빵도 사 오시고."

설화는 의자에 앉은 뒤 빵을 덥석 물어뜯더니 우유와 함께 꿀꺽 삼켰다. 허겁지겁 배를 채우고 난 뒤 설화는 물을 꿀꺽꿀꺽 마시었다. 종규는 너무 오래 머무르면 방해가 될지 몰라 수고하라는 말을 남기고는 서둘러 의류판매장으로 돌아왔다.

다음날 설화가 피곤한 모습을 한 채 출근하였다. 평소와 마찬가지로 설화는 커피를 타서 종규에게 갖고 왔다. 설화는 고개를 숙이고는 종규에게 고마움을 표했다.

"바쁘신데 어제 집까지 찾아와 주셔서 감사합니다."

"설화, 물에 젖은 방바닥이 안 말랐을 텐데 잠은 어디서 잤나?"

"주인집 뒷방에서 잤어요."

"쯧쯧, 선잠을 잤겠구먼."

종규는 안됐다는 듯이 혀를 찼다. 종규는 커피를 한 모금 마시고는 명령하듯이 말했다.

"설화, 당장 지대가 높은 곳으로 이사해."

"네? 그게 무슨 말씀이세요?"

설화는 놀란 토끼처럼 눈을 똥그랗게 뜨고 종규의 얼굴을 빤히 쳐다보았다. 종규는 설화가 대답하지 않자 다시 한번 지시했다.

"설화, 오늘은 일하지 말고 전세방을 구하라고."

"월세를 살아 전세방을 얻으려면 돈이 많이 필요한데요."

"돈은 걱정하지 말고 가능하면 매장 근처에다 방을 얻으라고."

설화는 사장의 배려가 고맙기는 하였지만, 선뜻 받아들일 수 없었다. 호의라기보다는 사장이 포획하려고 점점 견고한 덫을 쳐놓는 느낌이 들었다.

"사장님, 전세는 나중에 얻기로 하고 월세를 더 주더라도 높은 지대로 이사할게요."

"월세 부담스러워서 안 돼. 한 달로 치면 얼마 안 되지만, 1년 또는 2년 치를 합하면 큰돈이 된다고."

"그래도 그렇지 사장님한테 신세를 질 수는 없잖아요?"

"매상을 많이 올리고 열심히 일하면 신세를 갚은 거 아냐?"

"그래도 사양하겠습니다."

"공짜로 주겠다는 게 아니야? 월급에서 매달 일정 금액씩 공제할 거야."

"월급 타서 제 생활비 빼고 중국에 돈을 보내고 나면 빚을 갚을 여력이 없습니다."

"그러면 내가 월급을 올려줄게."

종규는 전세를 얻어주려고 갖가지 방법을 제시하였다. 그러면 그럴

수록 설화는 부담스러워 꽁무니를 뺐다. 설화는 사무실에서 나오며 종규에게 말했다.

"사장님, 전세 얻어준다는 말씀 안 들은 것으로 치겠습니다."

"설화, 대단한 고집불통이구면."

종규는 오전 중에 일을 보고는 점심을 먹을 겸해서 다른 날보다 일찍 매장에서 나왔다. 식사를 마치고 매장에서 얼마 안 떨어진 곳에 있는 공인중개사무소에 들렀다. 근처에 전세방이 나왔나 알아보았다. 마침 방 두 개짜리 전세가 나와 있었다. 주방도 갖춰져 있고, 새로 도배해서 깔끔한 2층 방이었다.

종규는 즉석에서 계약을 체결하였다. 그런 다음 사무실로 돌아와 설화보고 당장 이사하라고 막무가내로 밀어붙였다.

"사장님 마음대로 방을 얻어 놓고 이사하라니, 그런 법이 어디 있어요?"

설화는 황당한 표정을 짓고는 항의 조로 말했다. 종규는 방을 얻어준 이유를 그럴싸하게 끌어다 붙였다.

"수해를 당해 설화가 출근하지 못하니까 장사하는 데 지장이 많더라고."

"그래도 그렇지 이건 억지에 완전히 일방통행 아닌가요?"

"설화가 부담스러울 거 같아 내 명의로 방 계약했으니까 아무 소리 말고 지금 즉시 가재도구를 옮기라고."

종규가 위엄을 갖추고 명령조로 말했다. 설화는 고집을 꺾지 않았다.

"사장님한테 신세 지기 싫습니다!"

"침수당한 방 수리하려면 여러 날 걸릴 텐데 주인집 뒷방에서 언제까지 잘 거야?"

"여관에서 자면 되잖아요?"

"젊은 여자가 혼자 여관에서 잔다고? 말도 안 되는 소리 하지 말라고!"

종규는 버럭 화를 냈다. 종규는 여관에서 자서는 안 되는 이유를 설명해주었다.

"여관에서 여자 혼자 자면 위험할 뿐 아니라, 몸 팔러 다니는 창녀로 오해받기 딱 좋다고. 난 설화가 그런 오해받는 거 죽어도 싫다고!"

종규가 듣기 거북한 말까지 동원하여 압박을 가하자 설화는 조건을 내걸었다.

"이사할 테니 매달 전세금 이자를 월급에서 반드시 공제하세요."

"무슨 말인지 알았으니 빨리 이사나 하라고."

설화는 부랴부랴 용달차를 불러 새 방으로 가재도구를 서둘러 옮겼다. 이삿짐을 대충 정리하고 나자 저녁때가 되었다. 종규는 퇴근길에 세제를 사 들고 설화를 찾아왔다. 설화는 이사 전의 태도를 바꾸어 종규에게 상냥한 태도를 보였다.

"사장님, 방이 두 개에다가 넓고 깨끗해서 좋네요."

종규는 방안을 둘러보고는 고개를 끄덕이며 한마디 했다.

"이제 폭우가 쏟아져도 두 다리 쭉 뻗고 자겠구먼."

"사장님, 고맙습니다. 앞으로 훨씬 더 많은 옷을 팔게요."

설화는 두 손을 모아 잡고 맹세하듯이 말했다. 종규는 설화의 어깨를 토닥여주고는 이삿짐 옮기느라 피곤할 테니까 푹 쉬라고 이르고는 이내 설화의 방에서 나왔다.

그러던 어느 날 설화는 조선족 브로커한테서 전화를 받았다. 중국에서 낳은 애 양육비를 계속 안 보내면 납치해서 인신매매범에게 팔겠다고 협박하였다. 설화는 어머니를 탈북시키려고 다른 브로커에게 그동안 모은 돈을 몽땅 보낸 터라 수중에 돈이 없었다. 그렇다고 종규한테 염치없이 돈을 빌려달라고 할 수도 없는 노릇이었다. 설화는 며칠 동안 고민 끝에 종규가 선물한 다이아몬드 반지를 팔아서 돈을 보내주는 방안을 생각했다. 하지만 꺼림칙해 쉽게 결단을 내리지 못했다.

다이아몬드 반지를 안 끼면 사장이 이상하게 생각할 텐데 어쩌지? 아무리 돈에 쪼들려도 반지를 팔아서는 안 돼. 만약 반지를 팔아먹은 사실을 알면 사장이 당장 의류판매장에서 일을 그만두라고 호통칠 게 빤해.

브로커한테 연락을 받고 열흘쯤 지난 뒤였다.

설화가 근처 식당에서 점심을 먹고 돌아오는데 인상이 험악한 사내 둘이 의류판매장 앞에서 서성거렸다. 설화가 매장 안으로 들어서려고 하는데 한 사내가 눈을 뻔쩍거리며 설화 앞을 가로막았다.

"아가씨, 주설화가 맞지?"

"네, 그런데요?"

"이야기 좀 하러 가자구."

"아저씨는 누구세요?"

"날 따라오면 알아!"

다른 사내가 대뜸 반말을 내뱉었다. 설화는 사내를 쏘아보며 말했다.

"할 말 있으면 여기서 하세요."

"이 계집애가 가자면 가지 왜 그리 말이 많아?"

사내가 이를 뿌드득 갈며 뺨을 갈기려고 손을 들어 올렸다. 설화가 함께 가지 않으려고 계속 버티자 한 사내가 설화를 손목을 잡고 골목 안쪽으로 끌고 갔다.

그때 친구와 점심을 먹고 매장으로 돌아오던 종규가 사내들한테 끌려가는 설화를 목격하였다. 종규가 사내들에게 다가와 소리쳤다.

"젊은이들, 당장 그 여자 손목 놓으라고!"

"당신은 누군데 남의 일에 끼어드는 거야?"

한 사내가 눈을 치켜뜨고 노려보았다. 설화는 끌려가지 않으려고 버티면서 종규에게 다급한 목소리로 도움을 요청하였다.

"사장님, 사장님, 저 좀 살려주세요! 빨리 경찰에 연락해주세요."

종규는 사내들에게 다시 점잖게 타일렀다.

"경찰에 신고하기 전에 빨리 그 여자 손목 놓으라니까!"

"경찰에 신고하든지 말든지 당신 좆 꼴리는 대로 해!"

한 사내가 빈정거리고는 다방 안으로 설화를 끌고 들어갔다. 종규는 재빨리 근처에 있는 공중전화 박스로 달려가 고등학교 후배 조폭 두목 우재인에게 전화를 걸었다.

"우 형, 나 오종규 사장인데 낯선 사내놈들이 우리 여직원을 다방으로 끌고 갔는데 애들 서너 명만 빨리 보내줘."

"다방 이름 대주세요."

"내 매장 근처에 있는 호반다방이야. 가끔 만나서 커피 마셨던 다방 알잖아?"

"사장님, 애들 보낼 테니 수고비나 넉넉히 챙겨주세요."

"그거야 당연하지."

10분 뒤에 젊은 사내 3명이 씩씩거리며 다방으로 달려왔다. 종규는 사내들에게 명함을 나누어 주고는 설화를 눈으로 가리켰다. 설화는 깡패 놈들 앞에서 고양이 앞 쥐처럼 바들바들 떨고 있었다. 한 사내가 백지를 내밀며 설화를 윽박질렀다.

"일주일 안으로 중국에 돈을 보내겠다고 각서를 쓰라고!"

"돈이 생기면 빨리 보낼 테니 걱정하지 마세요."

"네 말을 어떻게 믿냐 이년아!"

한 사내가 설화의 머리통을 주먹으로 쥐어박았다. 종규는 안 되겠다 싶어 앞에 앉은 사내들에게 눈짓했다. 그중에 덩치가 제일 크고 볼에 칼자국이 난 사내가 납치범들 앞으로 다가가더니 호기롭게 소리쳤다.

"야, 이 새끼들아! 아기씨, 빨리 돌려보내라!"

"너는 뭐야 이 개자식아!"

설화 맞은편에 앉아 있던 납치범이 삿대질하면서 협박했다.

"셋 셀 때까지 돌려보내라! 말 안 들으면 오늘이 네놈 제삿날인 줄 알아!"

우 사장이 보낸 주먹 셋이 동시에 일어나 납치범들을 에워쌌다. 숫자로 보나 덩치로 보나 싸움에서 승산이 없어 보이자 납치범들은 슬금슬금 다방에서 나갔다.

종규는 미리 준비했던 돈 봉투를 한 사내 호주머니에 찔러주며 말했다.

"수고했어요! 필요할 때 가끔 연락할 테니 많이 도와줘요."

"사장님, 이 돈 잘 쓰겠습니다."

사내들은 허리를 ㄱ자로 꺾어 종규에게 인사하고는 다방에서 나갔다.

종규는 공포에 질려 사색이 다 된 설화에게 눈물을 닦으라고 호주머니에서 손수건을 빼주었다. 설화는 놀란 가슴을 진정시키고는 꺼져가는 목소리로 종규에게 사과하였다.

"사장님, 계속 걱정만 끼쳐드려서 면목이 없습니다."

"사람이 살다 보면 이런 일 저런 일을 다 겪기 마련이야."

종규는 태연한 목소리로 설화를 위로해주었다. 종규는 마담이 내온 쌍화탕을 마시다가 설화에게 물었다.

"갚아야 할 돈이 얼마인데 그 자식들 납치까지 하고 난리를 피우는 거야?"

"…"

설화는 대답하지 못했다. 부끄럽고 창피하여 쥐구멍에 얼른 숨고 싶었다. 종규는 다시 한번 설화에게 캐물었다.

"빚이 얼마나 되냐니까?"

"사장님, 제 개인 사정이니까 더는 묻지 마세요."

"그래? 무슨 말인가 알았어!"

종규는 계속 캐물으면 설화가 괴로워할 거 같아 고개를 끄덕이고는 자리에서 일어났다.

Chapter 20_
인생의 고운 꽃

　　　　　　　　브로커들한테 납치당할 위기까지 몰렸던 설화는 중국에 송금하려고 종규가 선물한 다이아몬드 반지를 팔기로 마음먹었다. 다른 보석상에 가면 가격을 후려칠 게 빤해 설화는 반지갑에 쓰여 있는 보석상을 찾아갔다. 먼저 모조품 반지를 싸서 낀 뒤 진짜 반지를 팔았다.

　설화는 모조품 반지를 낀 뒤부터는 가능하면 종규 앞에 가까이 가지 않았다. 종규에게 손을 보이지 않으려고 조심하고 조심했다.

　설화가 반지를 팔아먹고 보름쯤 지난 뒤였다.

　종규는 설화의 다이아몬드 반지를 판 금은방 전영철 사장과 점심을 먹기로 약속했다. 종규와 전영철 사장은 가끔 만나 술을 마시기도 하고 낚시질도 함께 다니는 친한 사이였다. 종규는 보석상 근처에 있는 식당에서 전영철 사장과 점심을 먹고는 커피를 마시러 다방에 갔다. 커피를 마시다가 종규는 전 사장으로부터 어이없는 말을 들었다.

"얼마 전에 매장 아가씨가 찾아와 반지를 사달라고 애걸복걸해서 어쩔 수 없이 부탁을 들어주었네."

"내가 사 준 반지를 설화가 팔아먹었다고? 이 계집애 정말 정신 나갔구먼!"

종규의 얼굴이 붉게 달아올랐다. 설화가 반지를 팔아먹을 줄은 상상하지도 못했다. 종규는 죄 없는 전영철 사장을 나무랐다.

"나한테 미리 귀띔이라도 하지 전 사장도 너무 무심했구먼."

"제발, 오 사장한테는 알리지 말라고 통사정하는데 어떻게 알리나? 그 아가씨 사정을 들어보니 딱하더구먼."

"얼마에 샀는지 모르지만, 내가 돈을 줄 테니 반지 돌려줘."

"아니, 팔아먹은 반지를 사서 뭐하게?"

"설화 걔 손가락에 그 반지 다시 끼워줄 거야."

"오 사장 그 아가씨한테 푹 빠진 거야? 아니면 돈 많다고 자랑하는 거야?"

전 사장은 입가에 웃음을 흘리며 빈정거렸다. 종규는 정색하고 반지를 다시 줘야 할 이유를 밝히었다.

"설화를 내 곁에서 못 떠나게 꽁꽁 묶어둘 참이야."

"짐승도 아닌데 꽁꽁 묶어두다니, 그게 말이나 돼?"

"내가 고등학교 2학년 때 폐병으로 죽은 첫사랑 미선이와 설화가 너무나 닮았어. 그래서 설화를 애첩이나 애인이 아닌 소중한 보석처럼 가슴에 간직하고 싶은 마음이 너무나 간절하다고."

"오 사장, 나이에 어울리지 않게 순정파에 낭만주의자이구먼?"

전 사장은 싱글거리며 종규를 놀리었다. 종규는 서글픈 목소리로 불행한 어린 시절을 전 사장에게 들려주었다.

"전 사장, 나 핏덩이 때 생모와 생이별을 하는 바람에 어머니의 포근한 가슴에 안겨 모성의 향기인 젖 냄새를 한 번도 맡아보지 못하고 자랐네. 한마디로 나는 모성애 결핍증에 시달리며 살았어."

종규는 말을 하다가 목이 메어 입을 닫았다. 생모 이야기만 나오면 어릴 때나 지금이나 울컥 울음이 나오는 건 여전하였다. 전 사장은 종규의 호소가 변명같이 들려 우려를 표명하였다.

"아직 부인이 눈 번이 뜬 채 살아 있는데 앞으로 어쩌려고 젊은 여자한테 정을 몽땅 쏟아붓나?"

"아내와 함께 사는 동안 힘들고 우여곡절이 많아서 그런지 애정은 이미 바닥났네."

"조강지처를 내치면 일마다 꼬이고, 호되게 벌 받네."

"전 사장 좋은 충고 고맙네."

종규는 전 사장의 만류에도 불구하고 다시 돈을 주고 반지를 즉시 돌려받았다.

종규는 의류판매장에 돌아와 설화에게 반지를 왜 팔았느냐고 야단치기는커녕 입도 벙긋하지 않았다. 다만 설화의 자존심을 건드리지 않고 반지를 돌려줄 방법을 찾는데 골몰하였다.

술을 마시자며 카페에 데리고 가서 자연스럽게 반지를 돌려줄까? 아니면 분위기 좋은 레스토랑에서 밥을 먹다가 슬며시 전해줄까?

며칠 동안 고민하다가 종규는 추석이 임박하자 판매원들에게 주려고 화장품 두 세트를 샀다. 하나는 다른 판매원 황 여사에게, 하나는 설화에게 줄 화장품이었다.

종규는 설화에게 줄 화장품세트 안에서 화장품 하나를 빼낸 뒤 다이아몬드 반지갑을 넣고 포장해달라고 판매원에게 부탁하였다. 판매원은 포장하면서 이상한 눈빛으로 종규를 힐끔힐끔 쳐다보았다.

종규는 퇴근할 때 화장품 두 세트 중 하나는 황 여사에게 주었고, 반지가 든 화장품 세트는 설화에게 주었다. 종규는 설화에게 화장품 세트를 주면서 천연덕스럽게 말했다.

"설화, 마음에 안 들면 바로 다른 제품으로 바꾸게, 집에 가자마자 화장품 세트를 열어봐."

"사장님 좋은 선물 주셔서 감사합니다."

설화는 집에 돌아오자마자 종규가 시킨 대로 화장품 세트를 열어보았다. 안에 든 반지갑을 본 순간 설화의 입에서 비명이 터져 나왔다.

"어마나! 이거 내가 팔아먹은 반지 아냐? 반지를 사장이 도로 사서 주다니, 이 일을 어쩌면 좋아?"

설화는 부들부들 떨다가 반지를 들고 종규가 혼자 기거하는 오피스텔로 달려갔다. 종규는 텔레비전을 보면서 홀짝홀짝 양주를 마시는 중이었다. 설화는 거실에 들어서서 종규의 눈치만 살폈다. 미안함과 두려움이 설화의 얼굴에 교차하였다. 종규는 설화가 찾아온 걸 반기었다.

"설화, 혼자 양주 마시기 심심했는데 잘 왔다."

설화는 가까이 다가오더니 종규 앞에 무릎을 꿇었다. 그런 다음 두 손을 잡고 싹싹 빌었다.

"사장님, 저 용서해 주세요. 정말 잘못했습니다."

"밑도 끝도 없이 용서해달라니 그게 무슨 말이야?"

종규는 시침을 뚝 따고 딴전을 피웠다. 설화는 반지를 팔아먹은 사실을 자백하였다.

"사장님이 사 주신 다이아몬드 반지 중국에 송금할 돈이 필요해 팔아먹었습니다. 정말 사장님 뵐 면목이 없습니다."

"나는 또 무슨 말이라고? 돈이 급하면 패물은 팔아먹기도 하는 건데, 민망하게 무릎 꿇고 빌 것까진 없잖아?"

종규의 능청과 아량에 어쩔 줄 몰라 하다가 설화는 엉엉 울었다. 종규는 자리에서 일어나더니 주방에서 컵을 들고 왔다. 컵에 얼음 조각을 넣고는 양주를 부었다. 종규는 설화의 어깨를 잡고 일으키더니 양주잔을 내밀며 말했다.

"설화 그만 울고 이 술 마셔. 그러면 기분이 좋아질 거야."

설화는 눈물을 닦고는 술잔을 받았다. 두 손으로 기갈들인 사람처럼 단숨에 술잔을 비웠다. 순간 종규의 눈이 똥그래졌다. 설화는 빈 술잔을 종규에게 내밀며 외쳤다.

"사장님, 잔에 술 가득 따라주세요."

"안 돼! 독한 술을 물 마시듯 하면 간 상한다고."

"저 같은 여자는 간이 썩어 일찍 죽어야지 살아서 뭐해요?"

설화는 술잔에 양주를 가득 붓더니 입으로 가져갔다. 종규는 설화의 술잔을 빼앗으려고 달려들었다. 설화는 몸을 피하면서 고개를 젖히고 양주를 재빨리 들이켰다. 종규는 흥분한 목소리로 꾸짖었다.

"설화, 왜 그렇게 자학하는 거지?"

"사장님이 절 비참하게 만들었잖아요?"

"설화, 그게 무슨 말이야?"

"돈이라는 사슬을 제 목에 칭칭 감아놓고 꼭두각시처럼 절 조종하고 계시잖아요?"

"설화, 보기보다 피해망상이 심각하구먼."

설화는 취기가 오르는지 가쁜 숨을 내쉬다가 종규에게 따지듯이 물었다.

"사장님, 앞으로 절 어쩔 셈이세요?"

"어쩔 셈이라니? 그게 무슨 말이야."

"죽은 첫사랑 여자를 핑계 대면서 지금까지 저를 농락하셨잖아요?"

"설화, 나를 탐욕스럽고 나쁜 놈으로 취급하는데 그만 집에 돌아가."

"저 못 돌아가요. 오늘 밤 담판을 짓고 말 거예요."

"무슨 담판을 짓는다는 거야?"

"저를 두 번째 아내로 삼아 평생 책임을 지시든지, 아니면 절 놓아주시든지, 둘 중 하나를 선택하세요."

"다시 말하지만, 설화는 하늘이 무너져도 내 곁에서 떠나보낼 수 없어!"

"그 이유가 뭐지요?"

"내 인생의 상처를 어루만져주는 설화의 고운 손길이 항상 필요하니까. 그뿐만 아니라 설화는 내가 외롭고 힘들 때 바라보기만 해도 위안이 되는 꽃이니까!"

"그러면 저 오늘부터 사장님하고 함께 오피스텔에서 동거해도 되지요?"

"나중에 후회하지 않을 자신 있으면 설화 좋은 대로 결정해."

"후회라니요? 사장님과 한집에서 살면 호강 대강을 하는 거지요. 안 그래요? 사장님."

종규가 빙긋이 웃으며 고개를 끄덕이자 설화는 종규의 가슴에 안기었다.

"사장님! 저, 으스러지게 안아줘요!"

종규는 두 팔로 설화를 힘차게 안았다. 설화는 흐느껴 울다가 얼굴을 들고 종규를 빤히 올려다보며 물었다.

"사장님, 저 정말 사랑하는 거 맞지요?"

"그래, 사랑해!"

"사장님, 고마워요."

"고맙긴? 내가 오히려 고맙지."

종규는 눈물을 닦아주고는 설화를 안아 침대에 뉘었다. 머리를 쓰다듬어주며 어린 동생에게 타이르듯이 말했다.

"설화, 편하게 침대에서 혼자 자라. 나는 건넌방에서 잘게."

"오늘 밤 사장님하고 미치게 섹스하고 싶어요."

"처음 하는 섹스인데 이런 너저분한 데서 하기 싫다. 멋지고 환상적인 곳에서 네 육체와 영혼을 한꺼번에 차지할 거야."

"사장님, 저를 소중한 여자로 받들어주셔서 정말 고마워요!"

설화는 종규의 가슴에 안겨 한참 동안 흐느껴 울다가 침대에 쓰러져 잠들고 말았다.

다음 날 아침 햇살이 창틈을 통해 밀려들 무렵 설화는 잠에서 깨어났다. 설화는 방안을 둘러보고는 침대에서 내려와 옷매무시를 고쳤다. 종규가 깰까 봐 까치걸음으로 도둑고양이처럼 방에서 빠져나왔다.

내가 미쳤어! 남자 혼자 사는 집에서 자다니….

설화는 지난밤의 기억을 더듬어 보았다. 종규보고 안아달라고 했고, 사랑하느냐고 물었던 기억이 되살아났다.

설화는 종규와 섹스를 하지 않은 게 틀림없자 후하고 안도의 숨길을 내쉬었다. 하지만 제 발로 기어들어 온 젊은 여자를 혼자 자도록 내버려 둔 종규의 행동을 이해하기 힘들었다.

젊은 여자 혼자 고이 잠자게 놔두다니, 사장이 왜 그랬을까? 진정으로 나를 사랑하고 아끼기 때문이었을까? 아니면 사랑의 감정이 무르익을 때까지 기다리는 걸까?

하긴 섹스 상대가 없으면 모를까 급할 게 없지. 신선한 맛은 없지만, 마음만 먹으면 언제라도 부인과 살을 섞을 수 있으니까 절제의 미덕을 발휘한 걸까?

설화는 한동안 퇴근 후에 종규와 술을 마시거나 함께 밥을 먹지 않았다. 종규도 사무적인 일만 지시하고 그전과 달리 개인적인 일에는 무관심으로 일관하자 설화는 불안하기까지 했다.

사장님이 왜 이리 변했을까? 나 말고 다른 여자가 생겼나? 아니야, 그게 아니고 내가 편하게 일하도록 놔두는 거겠지. 이러는 걸 보면 사장님이 자기 욕심을 채우려고 지금까지 선심을 베푼 게 아니었어. 첫사랑 여인에게 베풀지 못한 사랑을 대신 나에게 베풀고 싶었던 거야. 순수한 마음에서 나에게 생일선물로 다이아몬드 반지를 주고, 많은 돈을 들여 전세방을 얻어준 게 틀림없어.

설화는 종규에 대한 의혹의 시선을 거두었다. 그러자 종규를 향한 연민이 모락모락 피어났다. 설화는 부인과 떨어져 객지에서 혼자 살면서 겪는 불편을 조금이나마 덜어주고 싶었다. 종업원에게 돈 벌 일터를 제공하고, 가족들을 부양하기 위해 동분서주하는 종규가 힘들어 보일 때는 위로해주고 싶은 마음이 불쑥불쑥 일었다.

설화는 종규한테 진 신세를 갚을 요량으로 퇴근 시간도 없이 열심히 일했다. 그리고 어쩌다 주말에 종규가 서울에 사는 부인한테 가면 방 열쇠를 달라고 하여 청소를 해주었다. 재래시장에서 종규가 잘 먹은 깻잎절임, 깍두기, 배추김치, 시금치나물 등 반찬을 사다 냉장고에 쟁여놓았다. 술을 자주 마시는 종규를 위해 선지해장국을 미리 끓여 놓곤 하였다. 종규의 생일날에는 소고기를 잘게 썰어 넣고 미역국을 바글바글 끓여 아침밥을 차려주었다.

하계 휴가철이었다.

종규는 머리도 식힐 겸 관광차 제주도에 함께 갈 마음이 있느냐고 설화에게 물어보았다. 설화는 쌍수를 들고 환영하였다.

종규는 제주도에 도착해 경관이 뛰어난 최고급 호텔에 방을 잡았다. 종규는 바다가 보이는 식당에서 저녁을 먹고는 설화와 호텔로 돌아왔다. 종규는 창가에 앉아 커피를 마시다가 설화에게 들뜬 목소리로 말했다.

"설화, 오늘 밤 우리 사랑의 언약식을 하자고."

"어떻게요?"

"나한테 가까이 와봐."

설화는 혀를 쏙 내밀고는 종규에게 다가갔다. 종규는 호주머니에서 목걸이를 꺼냈다. 목걸이에 박힌 보석이 휘황찬란한 빛을 발하였다. 종규는 설화의 목에 목걸이를 걸어주고는 이마에 가볍게 입술을 댔다.

"설화, 죽을 때까지 널 사랑할 거다."

"저도 사장님을 정성껏 보살펴드릴게요."

"설화, 너를 만난 게 내 인생의 최대 행운이다!"

"사장님은 고난에 처한 저를 구해주신 이 세상에 둘도 없는 구세주입니다."

그들은 그 날 밤 신혼여행을 온 신혼부부처럼 달콤하고 뜨거운 시간을 가졌다. 종규에게 처음으로 육체의 문을 열어준 설화는 비몽사몽으로 밤을 보냈고, 종규는 젊음이 넘쳐나는 설화의 육체에 매료되어 황홀경에 빠졌다.

종규와 설화가 제주도에 다녀온 지 일주일쯤 지나 판매원인 황 여사가 사표를 냈다. 그만두는 이유는 집안 사정 때문이라고 둘러댔다.

까마귀 날자 배 떨어진다고 황 여사가 그만두고 보름쯤 지나 세무소 직원들이 기습적으로 쳐들어와 3년 동안의 경리 장부 등을 압수해 갔다.

종규는 여기저기 줄을 대 세무조사를 무마하려고 시도하였지만, 씨도 안 먹히었다. 탈세 제보를 받았기 때문에 철저히 조사하여 원리원칙대로 세금을 추징할 수밖에 없다는 것이었다.

3년 동안 각종 의류를 무자료로 사다 판 게 들통이나 어마어마한 추징세금이 나왔다. 6개월의 매출액을 합한 금액보다 많았다. 세무서에 찾아가 세금을 줄여달라고 통사정했지만, 한 푼도 감액받지 못했다.

종규는 화도 나고, 고민스러워 며칠 동안 술만 퍼마시었다. 종규는 탈세 제보자가 누군지 궁금하여 견딜 수가 없었다.

설화가 배은망덕한 짓을 할 리는 없고, 얼마 전에 그만둔 황 여사 그 여편네가 제보한 게 틀림없어….

종규는 설화에게 평소 황 여사의 언행을 꼬치꼬치 캐물었다.
"설화, 혹시 황 여사가 불평불만을 털어놓은 적 없었어?"
"저보다 월급이 적다고 자주 투덜거렸어요."
"또 다른 불만은 없었고?"
"제주도에 갔다 오자 저 보고 사장님하고 내연관계냐고 묻더라고요."
"그래서 뭐라고 했나?"
"사장님이 저한테 금전적으로 도움을 많이 주셨을 뿐, 내연관계는 아니라고 부인했지요."
"또 다른 불만을 제기하지 않던가?"
"황 여사가 100만 원을 가불 신청했다가 사장님한테 거절당한 뒤 그만두겠다고 실토하더군요."
"틀림없어. 황 여사가 세무서에 찔러 박은 게 확실해. 이 여편네 가만 둬서는 안 되겠어. 조폭들을 시켜 낯짝에 염산을 뿌리든지, 다리를 부러뜨려 놓을까 보다."
종규는 이를 뿌드득 갈며 주먹으로 책상을 내려쳤다. 설화는 겁을 잔뜩 집어먹고 종규를 말리었다.
"사장님, 황 여사가 저를 시기하고 질투해서 세무서에 찔러 박은 거 같으니 참으세요."
"하긴 돈 더 벌려고 무자료로 제품을 사다 판 것도 실수였어. 속이 쓰리지만, 은행에서 대출을 받아 세금을 내는 도리밖에 없겠구먼."
설화는 착잡한지 한숨을 내쉬다가 기발한 아이디어를 냈다.

"사장님, 제가 사는 방 전세금을 빼서 세금 내는 데 보태시지요."

"설화는 어디 가서 잠을 자고."

"이 기회에 제가 사장님이 사는 오피스텔로 들어가면 되잖아요?"

"설화, 나하고 동거했다가 나중에 후회하지 않을 자신 있어?"

"사장님, 절대 후회 안 할 테니 걱정하지 마세요."

"백지장도 마주 잡으면 가볍다는 속담처럼 어려움을 함께 극복하려고 애쓰는 설화의 마음 씀씀이가 갸륵하구먼."

종규는 설화와 동거하고 싶은 마음이 없지 않았기에 못 이기는 체하고 그녀의 제안을 받아들였다.

한 집에서 종규와 동거하자 설화에게는 불편함보다는 좋은 점이 더 많았다. 종규가 매월 생활비를 넉넉하게 주어 월급으로 받은 돈은 고스란히 남았다. 그뿐만 아니라 성욕이 발동하면 괴로웠는데 수시로 성적인 갈증을 풀자 삶에 활력이 솟았다.

언제 일자리를 잃을지 몰라 불안에 떨 필요가 없었기에 더욱 좋았다. 설화는 종규와 부인이 서류상으로 이혼한 사실을 알고는 내연관계를 오래 유지해도 법적으로 크게 문제가 될 게 없자 안심하고 종규를 남편처럼 믿고 따랐다.

Chapter 21

아내 빚 갚기

"9시 출발하는 고속버스 탔음"

종규의 휴대전화에 문자가 들어왔다. 아내 순애가 보낸 문자였다. 종규는 문자를 받고 나서 한 시간 뒤 아내를 맞이하러 승용차를 몰고 고속버스 터미널로 향했다. 종규는 휴게실에서 기다리다가 버스가 도착할 시간이 가까워지자 승차장으로 나갔다. 오전이라 그런지 버스에서 내리는 사람은 열 명도 안 되었다. 종규 아내 순애는 맨 나중에 뒤뚱거리며 버스에서 내렸다.

종규는 아내와 함께 승용차를 세워 둔 주차장으로 갔다. 종규가 승용차 문을 열어주자 아내는 옆자리에 앉았다. 종규는 차 시동을 건 뒤 출발하기 전에 아내에게 안전띠를 매주었다. 순애는 의아한 눈길을 주며 이기죽거렸다.

"손수 안전띠를 매주고, 오래 살다 보니 별꼴을 다 보는구먼."

"요새는 왜 그런지 당신한테 잘해주고 싶은 마음이 불쑥불쑥 들더라고."

"앞으로 내 팔자가 오뉴월 늘어진 개 팔자보다 더 좋아질 모양이네."

"당신, 잡놈 만나 그동안 죽도록 고생만 했으니 늦게라도 호강해야지."

"말만 들어도 고맙구먼."

승용차가 시내를 빠져나와 시골길로 접어들자 순애는 종규에게 물었다.

"전원주택 지을 곳까지 시내에서 몇 km쯤 돼요?"

"아마 20km쯤 될 거야."

"서울로 치면 변두리에 속하네요."

순애는 몇 년 전부터 한적한 시골에서 자연을 벗하며 살기를 소원했다. 물 맑고 공기 좋은 전원에서 살면 잃어버린 건강을 되찾을지 모른다는 기대감 때문이었다.

승용차가 시골길을 한참 달려가자 산 밑에 그림 같은 집들이 자주 눈에 띄었다. 여유로운 사람들이 주말에 잠시 머물고 가거나, 나이 든 사람들이 도시를 떠나 자연을 즐기며 여생을 보내려고 지어 놓은 집 같았다.

종규는 뒤로는 야트막한 산이 보이고, 앞으로 강물이 흐르는 한적한 마을 앞에 차를 세웠다. 종규는 순애의 손을 잡고 밭둑 길을 따라 전원주택을 지을 집터까지 걸어갔다. 종규는 집터 앞에 서서 강을 바라보다가 순애에게 물었다.

"당신, 전원주택 자리가 마음에 들어?"

"앞으로 강이 보이고 뒤에는 숲이 우거져 경관이 좋네요."

"당신 마음에 안 들까 봐 속으로 걱정했는데 이제 안심이 되는군."

"도심에서 조금 먼 게 흠이군요."

"처음이라 그렇지 자주 다니다 보면 가깝게 느껴질 거야."

순애는 미리 준비했는지 백에서 작은 비닐 주머니를 꺼내더니 집터에 딸린 고추밭으로 들어갔다. 허리를 굽혀 붉게 물들어가는 고추를 주섬주섬 따서 비닐 주머니에 담았다.

"무릎도 아픈데 힘들게 고추는 왜 따는 거야?"

종규가 다가가며 묻자 순애는 붉은 고추를 만지작거리며 뜬금없는 말을 했다.

"입맛이 떨어졌을 때 고추 배를 갈라서 그 안에 새우젓을 넣고 아삭아삭 씹어 먹으면 밥맛이 꿀맛 같지요."

"옛날 여자 아니랄까 봐 케케묵은 얘기를 하는구먼."

"이곳에서 살면 앞으로 무공해 채소를 마음껏 먹겠네요."

"나는 농사지을 줄 모르니까 너무 기대하지는 마."

비닐봉지가 빨간 고추로 반쯤 채워지자 종규는 고추밭에서 그만 나가자고 재촉하였다.

종규는 바람을 쐴 겸해서 마을 안쪽에 있는 저수지로 순애를 데리고 갔다. 저수지는 산으로 둘러싸여 고즈넉했다. 저수지 한쪽에 줄지어 선 은행나무 잎들이 무성하였다.

종규는 순애와 함께 잠시 걷다가 벤치에 앉았다. 얼마 떨어지지 않은 벤치에서 남녀가 서로 어깨에 팔을 얹은 채 사랑의 밀어를 나누는 중이었다.

종규는 순애의 손을 슬그머니 잡고는 추억 어린 목소리로 말했다.

"언뜻 보니 사랑의 불꽃을 한창 태울 젊은 남녀 같구먼. 당신하고 연애할 때가 엊그제 같은데, 어느덧 황혼이 내리는 허허로운 들판에서 이삭줍기할 나이가 되었으니, 세월이 참말로 빠르구먼."

"그러게 말이에요."

종규는 바람을 쐰 뒤 점심을 먹으러 그전에 들렀던 산내들 식당으로 갔다. 식당 구석 쪽에서 노인 넷이 밥을 먹는 중이었다. 그중 둘은 할머니였고, 둘은 할아버지였다. 종규는 벽에 써 붙인 메뉴를 쳐다보고는 순애에게 물었다.

"당신, 구수한 시골 청국장 어때?"

"그거 좋지요."

식당 여자가 물 잔을 들고 식탁 앞으로 다가왔다. 여자의 얼굴이 둥글납작하고 살이 쪄서 인심 좋은 시골 아줌마 상이었다.

잠시 기다리자 식당 여자는 먼저 반찬을 내왔다. 육류나 생선 토막은 보이지 않고 김치와 취나물 무침, 도라지 무침, 파김치, 고추조림 등 온통 채소뿐이었다.

잠시 뒤 식사를 마친 노인들은 식당 여자에게 밥 맛있게 먹었다고 인사치레를 하고는 자리에서 일어났다. 노인들은 모두 허리가 굽었고, 그중에 두 노인은 지팡이를 짚으며 힘겹게 걸었다.

순애는 걸음마를 막 배우는 아이들처럼 뒤뚱거리며 식당을 나가는 노인들을 안쓰러운 시선으로 바라보았다. 머지않아 현실로 다가올 자신의 모습을 보는 거 같아 서글펐다.

순애는 청국장이 나오자 수저로 국물을 떠서 맛을 보고는 입을 열었다.

"이 집 청국장 맛이 좋네. 전원주택으로 이사 오면 가끔 밥 먹으러 이리로 와야겠네."

"당신 토속 음식을 좋아하니까 잘됐구면."

종규는 점심을 먹고는 식당 옆에 있는 찻집으로 순애를 데리고 갔다. 찻집 벽에는 토종 꽃 그림들이 걸려 있었다. 들국화, 진달래꽃, 철쑥, 구절초, 감꽃, 복사꽃 등 시골에서 흔히 볼 수 있는 꽃들이었다. 그리고 갖가지 모양의 돌들이 자태를 뽐냈다. 근처 금강에서 숱한 세월 동안 물과 바람 그리고 자연의 입김에 다듬어진 돌 같았다.

찻집 아가씨는 옅은 분홍빛 산수유 차를 갖다 주고는 자리로 돌아가 CD를 돌리었다. 스피커에서 잔잔한 음악이 흘러나왔다. 오랜만에 들어보는 솔베이지 송이었다. 찻집 분위기와 잘 어울리는 음악이었다.

20여 분 동안 휴식을 취하다가 종규와 순애는 찻집에서 나왔다. 종규는 순애를 옆자리에 태우고는 오전에 왔던 시골길을 달려 고속버스 터미널로 향했다. 종규는 고속버스 터미널 주차장에 승용차를 세워놓고는 매표소에서 서울행 버스표를 산 뒤 순애 손에 쥐여주었다. 순애는 버스표를 받아들고 어머니처럼 종규에 잔소리를 늘어놓았다.

"제발 술 조금만 마시고, 담배 좀 끊어요."

"당신도 열심히 건강 챙겨."

종규는 아내가 탄 버스가 출발할 때까지 승차장에서 기다렸다. 버스가 출발하려고 시동을 걸자 종규는 잘 가라고 아내에게 손을 흔들어주었다.

종규는 아내를 배웅해주고는 의류판매장으로 곧장 돌아왔다. 계산대 앞에 우두커니 앉아 있던 설화가 자리에서 일어나며 종규에게 물었다.

"사모님은 곧바로 서울로 가셨나요?"

"음."

종규가 사무실에 들어와 소파에 앉자 설화가 "커피 한 잔 타 드릴까요?" 하고 물었다. 종규는 마시고 싶지 않다고 고개를 흔들었다. 설화는 멈칫거리더니 조심스럽게 종규에게 물었다.

"사장님, 오늘은 매장 일찍 문 닫고 술 마시러 가실래요?"

"나한테 할 말이 많은 모양이구먼?"

"요새 통 일손이 안 잡혀요."

"알았으니까 술 마시러 가자고."

설화가 매장 앞쪽 계산대로 돌아가자 종규는 의자에 등을 기댄 채 짧은 신음을 토해냈다. 종규는 설화와의 이별을 결행할 시점이 점점 가까워지자 착잡하기 이를 데 없었다.

종규는 저녁 여덟 시에 의류판매장 문을 닫고 설화와 함께 근처 카페로 갔다. 설화는 포도주와 과일 안주를 주문했다. 설화는 기갈 들린 사람처럼 포도주를 연이어 들이키고는 종규에게 분통을 터뜨렸다.

"사장님, 꼭 저와 헤어져야 속이 시원하시겠어요?"

"전원주택으로 이사하기 전에 설화와 헤어지라고 마누라와 딸이 압력을 넣는 통에 나도 미칠 지경이라고."

"그동안 사모님과 남남처럼 지내다가 저하고 갑자기 헤어지려고 하는 이유가 뭐예요?"

"설화, 결혼한 이후 아내한테 지은 죄가 너무나 커서 용서받으려고 다시 합치는 거야."

종규는 설화와 헤어질 수밖에 없는 이유를 솔직히 털어놓았다. 설화는 감당하기 어려운 배신감에 몸을 부르르 떨었다. 설화는 눈에 힘을 잔뜩 주고 종규를 노려보았다. 설화의 눈빛에서 분노가 이글거렸다. 종규는 20여 년 동거했지만, 설화의 살기 어린 눈빛을 보는 건 처음이었다.

"설화, 눈빛이 왜 그래? 내 목에 칼이라도 들이댈 것처럼."

"사장님, 이렇게 헤어질 거면서 평생 저를 사랑하겠다고 약속은 왜 하셨어요?"

"그 당시는 설화가 젊고 섹스 파트너가 절실히 필요해서 사랑을 약속했다."

"결국은 저에게 사기를 쳤다는 말이네요."

"미안하다. 사과하마."

"말로 사과하면서 없던 일처럼 끝낼 일은 아니잖아요?"

'이 인간 무책임하고 야비하기 짝이 없네. 네 피를 쪽쪽 말리고 떠날 테니 두고 봐라.'

"설화 너, 나를 괴롭히기로 작정했구나?"

"괴롭히는 게 아니고 제 권리를 주장하는 거예요. 20대 후반에 만나 사장님에게 육체뿐 아니라 마음을 모두 바쳤는데, 세상에 이런 법이 어디 있어요?"

"충분히 돈으로 보상해주면 될 거 아니야?"

"사장님, 돈으로 제 청춘이 보상되리라고 믿으세요?"

"설화, 그럼 내가 뭘 어떻게 해줄까?"

"사장님, 제가 제일 분하게 여기는 게 뭔지 아세요?"

"그게 뭔데?"

"단물 쪽쪽 빨아먹고 껍딱지 버리듯이 함부로 대하는 사장님 태도에요."

"나는 지금까지 설화를 허투루 대한 적 한 번도 없어. 다만 설화와 관계를 유지하기에는 괴로움이 많아 이쯤에서 헤어지고 싶은 거야. 그러니 설화가 내 처지를 제발 이해하라고."

"전 죽어도 이해하지 못해요!"

설화는 몸부림치며 엉엉 울었다. 종규는 옆자리로 가 설화의 어깨를 토닥이며 울음을 달래 주었다. 설화는 두 손으로 종규의 가슴을 치며 원망 가득한 목소리로 외쳤다.

"이렇게 헤어질 거면 왜 절 유혹했어요? 절 가지려고 왜 그렇게 미쳐 날뛰었냐고요?"

"설화야, 날 용서해다오! 진심으로 사과한다!"

종규도 설화의 두 손을 잡고 눈물을 줄줄 흘리며 빌었다. 설화는 볼에 흐르는 눈물을 닦고는 폭탄선언을 했다.

"저, 사장님과 헤어지느니 차라리 자살하겠어요."

설화는 벌떡 일어나 카페에서 뛰어나왔다. 종규도 비틀거리며 설화를 따라 나왔다. 설화는 주위를 두리번거리더니 네온사인이 번쩍거리는 모텔 쪽으로 발길을 옮겼다. 종규는 설화 뒤에 대고 소리쳤다.

"설화, 너 어디 가는 거냐?"

"나, 오늘 밤부터 모텔에서 머물 테니, 사장님 혼자 오피스텔에서 지내라고요."

"말도 안 되는 소리 하지 마라!"

종규는 모텔에 가지 못하게 설화의 앞을 가로막았다. 설화는 종규를 밀치고는 모텔로 걸어가며 잘 가라고 손을 흔들었다. 종규는 설화가 모텔 안으로 들어가는 뒷모습을 바라보다가 자포자기 심정으로 발길을 돌렸다.

다음날 오전 10시에 종규는 평소와 같이 의류판매장에 출근하였다. 하지만 문이 굳게 닫힌 상태였다. 종규는 휴대전화로 설화와 통화를 시도하였다. 신호가 가자 전원이 꺼졌다는 알림 목소리가 울려왔다.

종규는 급히 어젯밤 설화가 투숙한 모텔로 달려갔다. 모텔주인에게 설화의 인상착의를 말하고 몇 호에 투숙했는지 방 호수를 알려달라고 부탁하였다. 모텔주인 여자는 인터폰으로 설화가 투숙했던 방으로 연락을 취했다. 역시 인터폰을 받지 않았다. 모텔주인은 종규에게 방 호수를 알려주고는 직접 가 보라고 했다. 종규는 엘리베이터를 타고 설화가 투숙한 방으로 갔다. 종규는 방으로 들어가 구석구석 살펴보았다. 혹시 침대나 탁자 위에 메모지라도 남겨 놓았는지 눈여겨보았다. 하지만 눈에 띄는 건 아무것도 없었다. 종규는 화장실이며 옷장 안까지 들여다보았다.

종규는 엘리베이터를 타고 다시 1층 안내실로 내려왔다. 종규는 모텔에서 나와 설화와 또 통화를 시도하였다. 여전히 핸드폰 전원이 꺼져 통화할 수 없다는 여자 목소리만 계속 들려왔다.

"무책임한 년! 아무리 화가 나도 그렇지 무단결근을 하다니, 장사 망치려고 작정했구먼! 그러나저러나 도대체 설화가 이게 어디로 갔지?"

근처 식당에서 점심을 먹고 매장에 돌아온 종규는 설화의 핸드폰으로 다시 전화를 걸어보았다. 한참 신호가 가자 이번에는 설화가 전화를 받았다. 설화가 출근하지 못한 이유를 변명처럼 늘어놓았다.

"급성위염으로 병원에 입원했는데 저녁때쯤 퇴원할 거예요."

"입원한 병원이 어디야?"

"알 거 없어요."

"내가 병원에 갈 테니 어느 병원인지 알려달라고!"

"제 걱정은 하지 말고 일이나 보세요."

설화는 싸늘한 목소리로 쏘아붙이고는 종규가 전화를 걸지 못하게 핸드폰 전원을 껐다. 설화는 침대에 등을 기대고는 볼을 타고 흐르는 눈물을 손등으로 문질렀다. 종규와의 이별을 결심하자 설화는 요동치는 감정을 추스를 수가 없었다. 종규가 사랑이라는 가면을 쓰고 자신을 농락한 거 같아 분노가 머리끝까지 치밀었다.

아니야! 모든 잘못을 종규에게 돌려서는 안 돼. 탈북녀인 주설화는 종규 덕분에 그동안 큰 어려움 없이 살았잖아. 종규와의 인연은 여기서 끝이라고 체념하고 조용히 떠나는 거야. 그래야 남은 세월을 홀가분하게 보내고, 먼 훗날 오종규라는 남자와의 사랑을 아름다운 추억으로 간직할 수 있으니까….

Chapter 22

이별의 아픔

다음날 설화는 병원에서 퇴원하자마자 시장에서 큰 가방을 샀다. 설화는 입을 만한 옷을 챙겨서 가방에 쑤셔 넣고는 부리나케 오피스텔에서 빠져나왔다. 설화는 곧장 택시를 타고는 버스터미널로 향했다. 설화는 친한 친구에게 도움을 요청하려고 대천행 버스를 탔다.

설화는 차장에 기대어 종규와 함께 살아온 세월을 떠올리자 가슴이 찢어지게 아팠다. 돈 때문에 한 남자의 부속품처럼 살아온 과거가 치욕스럽고, 후회스러웠다. 빨리 종규와의 관계를 청산하지 못하고 지금까지 질질 끌어올 수밖에 없었던 자신의 처지가 한없이 원망스러웠다.

내가 종규를 너무 믿었던 게 큰 잘못이었어. 조강지처가 눈 번이 뜨고 살아 있는데 종규를 남편처럼 철석같이 믿은 내가 바보였어. 종규는 다른 남자와는 다를 거라고 오판한 내가 너무 순진했어. 남녀란 언제라도 헤어질 수도 있다는 걸 잊고 살았던 내가 멍청했어!

설화는 앞으로 정상적인 삶의 길을 밟아갈 자신이 없었다. 설화는 갑자기 아무도 거들떠보지 않고, 쓸모가 없어 버림받은 여자처럼 비참한 감정에 휩싸였다.

외롭고, 슬프고, 고달프게 살아갈 바에는 이 세상에서 사라지는 게 나아. 아니야, 악착같이 살아남아 내 꿈을 이루어야 해. 생과 사의 경계를 넘나들며 탈북했는데 이따위 시련에 절망하다니, 주설화 너, 그렇게 연약하고, 보잘것없는 여자가 아니잖아?

설화는 대천 버스터미널에 도착하자마자 근처 대리점에서 핸드폰 전화번호를 바꾸었다. 종규가 걸어오는 전화를 받기 싫었기 때문이었다.

설화는 택시를 타고 대천 해수욕장으로 달려갔다. 바닷가에 있는 모텔에 방을 잡았다. 방에 가방을 던져놓고 모래사장으로 나왔다. 파도가 밀려오는 모래밭에 앉아 출렁거리는 바다를 바라보았다. 눈물이 설화의 볼을 타고 하염없이 흘러내렸다.

설화는 탈북해 자유롭고, 풍요롭고, 사람답게 살고 싶어 발버둥 친 죄밖에 없는데 이런 시련을 왜 감내해야 하는지 알다가도 모를 일이었다.

하루를 기다려도 설화가 매장에 출근하지 않자 종규는 설화의 핸드폰으로 전화를 걸었다. 핸드폰을 타고 "지금 거신 전화는 없는 번호입니다."라는 여자 목소리가 들렸다. 종규는 설화가 전화번호를 바꿀 줄은 전혀 예상하지 못한 터라 불쾌하다 못해 배신감마저 들었다.

"뭐 이따위 계집년이 다 있어? 그만두더라도 일 처리는 깔끔하게 마무리하고 떠나야지 엿 먹으라는 식으로 하던 일을 내팽개치고 잠적하면 어떻게 하란 말이야? 책임감이라고는 눈곱만치도 없는 년이구먼."

　종규는 새로 들어온 여종업원에게 매장을 맡겨놓고 일찍 퇴근하였다. 종규는 자주 가는 카페로 발길을 옮겼다. 종규는 장사하다가 골치가 아프면 이따금 카페 주인 모순자와 술을 마시며 답답한 속마음을 털어놓곤 하였다. 종규는 간단한 안주를 시켜놓고 맥주를 마시었다. 우울한 얼굴을 한 채 혼자 술을 마시는 종규가 안 돼 보이는지 모순자가 다가와 말을 걸었다.
　"사장님, 오늘은 영 기분이 안 좋아 보이네요."
　"골치 아픈 일이 터졌어."
　"무슨 일인데요?"
　"설화가 잠적했어."
　"왜요?"
　"내가 헤어지자고 했더니 뿔이 난 모양이야."
　"갑자기 왜 헤어지자고 했어요?"
　"전원주택을 지으면 마누라와 재결합하기로 약속했거든."
　"설화가 뿔날 만하네요."
　"20년 가까이 내연관계를 유지했는데 헤어지자고 한 내가 나쁜 놈이지?"
　"부인과 전원주택에 살면서 설화도 곁에 둬도 큰 문제는 없잖아요?"
　"아이고! 이 나이에 두 여자를 어떻게 감당하나?"
　"사장님, 정력 좋다고 자랑단지 늘어놓은 적 한두 번이 아니잖아요?"
　"섹스 때문은 아니고, 이제는 두 여자한테 신경 쓰며 살고 싶지 않다고."

종규는 짜증스럽게 내뱉고는 양주를 주문했다. 모순자는 양주를 가져올 생각을 않고 엉뚱한 말을 했다.

"사장님, 맥주만 마시세요. 양주 마시면 꼴깍 취해요."

"양주를 가져오라면 가져오지 왜 그렇게 말이 많아?"

종규는 모순자를 쏘아보며 버럭 화를 냈다. 모순자는 주방으로 달려가 양주병을 들고 오며 말했다.

"사장님, 맥주에다 양주 섞어 마시면 몸 상해요."

종규는 맥주 컵에 양주와 맥주를 섞어 벌컥벌컥 마시었다. 종규는 깊은숨을 내쉬고는 팔자타령을 늘어놓았다.

"내가 이런 고통을 받는 건 조상을 잘못 둔 탓이야. 공부를 많이 한 탓에 너무 똑똑해 항일 민족주의자가 된 아버지 때문에 겪는 고통이라고."

"60이 넘은 나이에 조상 탓을 하는 건 자기 얼굴에 침 뱉기 아닌가요?"

"아니야! 나는 태어날 때부터 불행을 잉태한 놈이고, 극단적으로 말하면 애당초 태어나지 말았어야 할 놈이었다고."

"평소 사장님답지 않게 자학이 너무 심하시네요."

"자학이 아니라 사실을 말한 거야."

종규가 또 양주와 맥주를 섞어 폭탄주를 마시려고 하자 모순자는 술잔을 잡고 사정하였다.

"사장님, 그만 마시고 집에 가세요. 오늘은 술값 받지 않을게요."

"왜? 내가 불쌍해 보여서 동정하는 거야?"

"그게 아니고 사장님 취하면 사고를 칠까 겁나 말리는 거예요."

"그래? 마담, 고맙구먼."

"사장님, 설화의 소행은 괘씸하지만, 그래도 수소문해서 찾아야 할 거 아니에요."

"그딴 년 내가 미쳤다고 찾나?"

"20여 년을 동거한 여자를 함부로 내치는 게 아니지요. 설화가 마음 잘못 먹고 자살이라도 하면 어떻게 하실래요?"

"자살하면 안 되지. 내가 설화를 얼마나 사랑했는데…."

종규는 술잔을 앞에 놓고 연신 한숨만 푹푹 내쉬었다. 모순자 이야기를 듣고 보니 겁이 덜컥 났다. 종규는 설화가 어디에서 무엇을 하는지 궁금해 미칠 지경이었다.

다음날 종규는 사설 탐정 업체를 운영하는 고등학교 후배 황정보에게 설화를 찾아달라고 부탁하였다.

"사장님, 설화 주민등록번호를 알려 주세요."

"설화를 정말 찾을 수 있을까?"

"해외로 안 나갔으면 추적이 가능해요."

"황 사장, 가능하면 빨리 설화를 찾아줬으면 좋겠어."

퇴근할 무렵 황정보 사장이 전화를 걸어왔다. 설화가 대천 해수욕장 모텔에서 머무는 것 같다고 알려주었다.

설화가 잠적한 곳이 밝혀지자 종규는 승용차를 몰고 대천 해수욕장으로 정신없이 달려갔다. 황정보가 알려 준 모텔을 찾아가 주인에게 핸드폰에 저장된 설화의 사진을 보여주며 물었다.

"이 여자, 여기에 투숙 중이지요?"

"조금 전에 밥을 먹고 오겠다며 나갔는데요."

"아! 그래요. 투숙한 방이 몇 호실입니까?"

"그건 알려드릴 수 없습니다."

"안 믿으실지 모르겠지만, 저, 그 여자 남편 되는 사람입니다."

모텔주인은 종규의 얼굴이며 옷차림을 유심히 살펴보고는 반신반의하는 표정을 지었다.

"커피 한 잔 타드릴 테니 여기서 조금만 더 기다리시든지, 아니면 이 근처 식당에 가 보세요."

종규는 아무리 사정해도 주인 여자가 투숙한 방 호수를 알려주지 않자 모텔에서 나왔다. 종규는 모자를 푹 눌러쓰고 모텔 주위에 있는 식당 몇 곳에 들러 밥을 먹는 사람들을 살펴보았다. 마침내 종규는 모텔 반대편에 있는 식당에서 설화를 목격하였다.

설화가 편안한 마음으로 밥을 먹게 종규는 모른 체하고 식당 밖으로 나왔다. 종규는 식당 옆 주차장에서 서성거리며 설화를 기다렸다. 종규가 식당 출입문에 시선을 박고 20여 분쯤 기다리자 설화가 식당 앞에 모습을 드러냈다. 종규는 살금살금 뒤를 밟다가 모텔 입구에 이르러 설화의 이름을 불렀다.

"설화야!"

설화는 깜짝 놀라 뒤를 돌아다보았다. 설화는 당황한 기색이 역력하였다. 종규는 얼굴에 억지웃음을 짓고는 나직하게 말했다.

"설화, 여기서 만나다니 반갑다."

종규는 우연히 만난 것처럼 시침을 뚝 땄다. 설화는 싸늘한 목소리로 쏘아붙였다.

"절, 왜 찾으러 왔어요?"

"찾으러 온 게 아니고, 친구하고 대천으로 회를 먹으러 왔다가 우연히 설화를 발견했어."

"역시 거짓말하는 데는 도가 텄군요."

"정말이야. 그렇잖으면 설화가 여기에 온 걸 내가 어떻게 알았겠나."

"전지전능하신 사장님께서 제가 숨은 곳을 알아내는 것은 식은 죽 먹기보다 더 쉬울 텐데요."

설화가 빈정거리자 종규는 설화의 손을 잡고는 부탁 조로 말했다.

"이럴 게 아니고 이 근처 커피숍에 가서 이야기하자."

"저는 사장님한테 듣고 싶은 말도 없고, 하고 싶은 말도 없어요."

"나는 설화에게 아직 할 말이 엄청 많은데."

"그러면 커피숍에 가기 전에 약속 한 가지만 해주세요."

"무슨 약속인데?"

"나한테서 떠나지 말라, 다시 돌아와 달라, 그딴 말을 하지 않겠다고 미리 약속하세요."

"그래, 그런 말 안 할게."

종규는 앞에 보이는 커피숍으로 설화를 데리고 갔다. 종규는 커피 두 잔을 주문하고는 진지한 태도로 사과하였다.

"설화, 입이 열이라도 할 말이 없다."

설화도 간다, 온다, 한마디 말도 없이 잠적한 걸 일단 사과하였다.

"제가 맡았던 업무를 새로 들어온 종업원에게 인수인계해주고 떠나야 하는데 도망치듯이 떠나와 죄송합니다."

"인수인계 같은 거 신경 쓸 마음의 여유가 없었겠지."

오종규 사장 이 양반, 욕을 바가지로 퍼부을 줄 알았더니 전혀 뜻밖이네. 무슨 수작을 부리려고 너그러운 태도를 보일까?

"설화에게 나도 한 가지 부탁할 게 있어."

"그게 무엇인데요?"

"나하고 헤어지더라고 원수지간처럼 지내지 말고 자주 연락하며 살자고. 대신 설화가 먹고사는 데 지장 없게 조그만 옷가게나 커피숍을 차려줄게."

"헤어진 이상 사장님 도움받지 않고 혼자 힘으로 살겠습니다."

설화는 칼로 무 자르듯 냉정하게 거절했다. 종규는 사정을 넘어 비굴할 정도로 저자세를 보였다.

"설화, 내 제안을 받아주면 안 되겠니?"

흠, 선심을 쓰는 체하며 나를 계속 옭아매려고 연극을 하는구먼. 나이가 어렸을 때는 순진해서 당신의 술수에 홀딱 넘어갔지만, 이제는 두 번 다시 당하지 않는다.

설화가 거부 의사를 굽히지 않자 종규는 태도를 바꾸어 설화의 아픈 곳을 찔렀다.

"설화, 가진 돈도 많지 않을 텐데 앞으로 어떻게 살아가려고 그래?"

"설마 산 입에 거미줄 치겠어요? 그런 걱정 붙들어 매세요."

"어떻게 내가 설화의 앞날 걱정을 않나?"

"제가 그리 걱정되면 사모님과 진짜 헤어진 다음 저를 본처로 삼으면 간단히 해결되잖아요?"

"...?"

설화의 당돌하면서도 기습적인 요구에 종규는 당황했다. 종규는 설화의 조건을 받아들일 수 없어 미안하다는 투로 말했다.

"지금은 설화 너를 본처로 삼을 수는 없다."

"그냥 해본 소리이니까 한쪽 귀로 흘려버리세요."

설화가 장난기 섞인 말투로 내뱉자 종규는 자존심이 몹시 상해 자리에서 벌떡 일어났다. 종규는 커피숍을 나와 뒤따르는 설화에게 일부러 눈길조차 주지 않고 근처에 있는 음식점으로 들어갔다. 배도 고프고, 마음이 허전해 술을 마시고 싶었다. 종규는 밥 한 숟갈을 떠먹고는 소주를 입안에 연신 털어 넣었다.

Chapter 23_
불길한 징후

소수 한 병을 몽땅 비우고 나자 종규의 호주
머니에서 핸드폰이 울렸다. 이맛살을 찡그리고 핸드폰을 들여다보았다.
돈벌이하지 못해 캥거루 새끼처럼 제 어미와 함께 사는 아들놈의 전화
였다. 아들은 제 엄마가 성당에 갔다가 계단에서 발을 헛디디는 바람에
다쳐서 구급차로 병원 응급실에 실려 왔다고 울먹거리며 말했다.

엎친 데 덮친다고 마누라까지 다치다니. 무슨 난리인지 모르겠네.

"세찬아! 궁금하니까 자세히 말해봐라."

"다행히 발목뼈는 부러지지 않아 통증 치료하면 된다나 봐."

"관절염을 앓는 사람이 왜 함부로 외출을 하나?"

종규는 짜증이 나 버럭 화를 냈다. 아들 세찬은 다급한 목소리로 말
했다.

"아빠! 화만 내지 말고 병원으로 빨리 와요."

"지금은 갈 수 없으니까 내일 아침 일찍 출발하마."

"아빠! 정말 너무하네요."

"힘들겠지만 네가 엄마를 잘 보살펴다오."

"아빠, 엄마 남편이 맞아?"

"세찬아, 미안하다."

종규는 아들에게 할 말이 없어 전화를 끊었다.

종규는 가슴이 터질 것 같아 허공에 대고 "날 보고 어쩌란 말이야? 내가 무슨 죄를 지었다고 지옥 같은 세상에서 허우적거리며 살아야 하느냔 말이다!"라고 고래고래 소리치고 싶었다.

종규는 죽고 싶은 충동이 불쑥 일었다. 이 세상과 하직하는 게 괴로움에서 벗어날 수 있는 유일한 방법이기 때문이었다.

아니야, 아내가 그토록 원했던 전원주택에서 여생을 살게 만들어 주고, 설화가 먹고 살도록 대책을 세워주고, 마지막으로 처자식 먹여 살리는 게 급해 예술가의 꿈을 접을 수밖에 없었지만, 거리의 악사 노릇을 하더라도 연극 대신 노래를 실컷 부르다 죽어야 저세상에 가서 후회하지 않겠지?

종규는 소주 한 병을 더 시키려고 주인을 불렀다. 그때 설화가 술집 안으로 들어섰다.

"설화, 다시는 나 안 보겠다고 큰소리치더니 왜 왔냐?"

종규는 설화의 얼굴을 힐끔 훔쳐보고는 빈정거리는 투로 물었다. 설화는 백을 열더니 열쇠를 매단 조그만 줄을 꺼냈다.

"제 책상 서랍 열쇠하고 방 열쇠 가져가세요."

설화는 열쇠를 넘겨주고는 뒤돌아섰다. 종규는 설화에게 하소연하듯이 순애가 다친 사실을 털어놓았다.

"조금 전에 아들한테 전화를 받았는데 마누라가 다쳐 병원 응급실에 실려 간 모양이야."

"뭘 어떻게 하다 사모님이 다쳤대요?"

설화는 의아한 표정을 짓고 반신반의하는 투로 물었다. 종규는 술잔을 기울이고는 다친 부위를 구체적으로 밝혔다.

"마누라가 성당 계단을 내려가다가 발을 헛디뎌 발목이 부러졌다나 봐."

"그러면 서울에 빨리 가봐야 할 거 아니에요?"

"내가 간다고 다친 발목이 금세 낫기라도 한다던?"

"나이 들어 아프면 서럽다고 하더군요."

설화는 종규의 부인이 안 됐다고 속으로 혀를 찼다. 설화는 종규의 부인에 대해서 질투를 느끼기는 했지만, 미안하고 죄를 지은 거 같아 때때로 괴로워했다.

동거한다는 사실을 안 뒤에도 종규 부인은 한 번도 설화를 찾아와 헤어지라고 강요하거나 행패를 부리지 않았다. 설화는 종규의 부인이 대단한 아량과 인내심으로 무장한 여자라고 때때로 혀를 내둘렀다.

"일어나세요. 제가 기차역까지 택시로 데려다줄게요."

"안 갈 거야. 오늘 밤은 너하고 함께 모텔에서 잘 거야."

"사장님, 말 같지 않은 소리 하지 마세요!"

설화는 종규를 철없는 아이 대하듯 면박을 주었다.

"부인이 발목이 부러져 병원에 입원했는데 섹스를 하자니, 이 남자

철딱서니가 없는지, 아니면 정신이 이상한지 알 수가 없네. 헤어지기 전처럼 말만 하면 꺼벅 죽을 줄 아는데 착각하지 마세요."

설화는 종규에게 다가가 팔을 잡고 일으키며 애 달래듯 재촉했다. 종규는 아이가 떼를 쓰듯 안 가겠다고 머리를 좌우로 흔들며 버티었다. 설화는 안 되겠다 싶어 눈 하나 깜박하지 않고 거짓말을 했다.

"사모님한테 갔다가 다시 대천으로 오세요. 그러면 그때 사장님과 섹스할게요."

"그 말 틀림없지?"

"약속할게요!"

종규는 반신반의하면서 자리에서 일어났다. 종규는 택시를 타고 대천역 근처 모텔로 왔다.

종규는 모텔 방에서 혼자 잔 다음 다음날 서울행 첫 열차를 타고 아내를 병문안하러 갔다.

종규가 병원에 달려 가 보니 아내 순애는 발목을 깁스하고 침대에 누워 있었다. 순애는 미안한지 종규에게 묻지도 않는 말을 했다.

"나는 알리지 말라고 했는데 세찬이가 전화했어요."

"통증은 심하지 않나?"

"진통제를 놨는지 아픈 줄은 모르겠어요."

종규는 침대 옆에 앉아 순애의 파리한 얼굴을 한참 들여다보다가 물었다.

"어제 미사 드리는 날도 아닌데 왜 성당에는 갔소?"

"신부님 뵙고 상의할 일이 있어서 갔어요."

"신부님과 상의할 말이 뭐였소?"

"그건 알 거 없어요."

순애는 꺼져가는 목소리로 대꾸했다. 종규는 불길한 예감이 들었다. 무릎이 아파 아들 세찬과 함께 일요일에만 성당에 가던 여자가 평일에 성당에 간 게 이해가 되지 않았다. 종규는 궁금증이 일어 꼬치꼬치 더 캐물으려다 아내가 밝히고 싶지 않은 내용 같아 그만두었다. 순애는 종규 눈치를 살피다가 뚱딴지같은 말을 내뱉었다.

"전원주택, 짓지 않았으면 좋겠어요."

"왜? 갑자기 마음이 변한 거야?"

"시내에서 너무 멀고, 당신 의류판매장까지 출퇴근하기 힘들 거 아니에요?"

"당신, 전원주택, 전원주택, 노래 부르더니 변덕이 심하구먼."

"내가 갑자기 심장발작이라도 일어나 봐요. 병원에 가기 전에 죽기 십상이지."

"왜? 그런 나쁜 점만 들먹거리나?"

"늦었지만 당신이 나를 위해 최선을 다했다는 것만으로도 나는 만족해요."

"당신이 아무리 말려도 전원주택은 반드시 지을 테니까 그리 알아."

"전원주택 지을 돈 나 줘요. 친구들하고 놀러 다니며 맛있는 거나 실컷 사 먹게."

"앞으로 당신 용돈은 충분히 대 줄 테니까 걱정하지 않아도 돼."

"큰소리치는 건 젊었을 때나 지금이나 변함이 없구먼."

순애는 입을 삐죽거리며 빈정거렸다. 종규가 10여 전부터 큰 평수 아파트로 이사시켜 주겠다고 약속했지만, 지금까지 좁아터진 단독주택에서 살았다. 그리고 종규가 설화와 자진해서 헤어지겠다고 수십 번 선언했지만, 그 약속 또한 지키지 않았다.

갑자기 아내가 심경의 변화를 일으킨 이유가 뭘까?

전원주택에서 함께 살면서도 여전히 설화와 내연관계를 유지할까 봐 배수진을 치는 걸까? 설화와 이미 헤어졌다고 실토하면 마음이 달라질까?

종규는 잠시 뜸을 들이다가 설화와 헤어졌다고 실토했다. 아내는 쌍수를 들고 반기는 게 아니라 반신반의하는 투로 물었다.

"설화가 미리 알아서 떠난 건가요?"

"아니야, 내가 헤어지자고 먼저 요구했지."

"설화가 고분고분 말을 듣던가요?"

"처음에는 헤어지지 못하겠다고 반발하더니, 나중에는 못 이기는 체하고 받아들이더라고."

종규는 두리뭉실하게 얼버무리고 말았다. 순애는 잠시 생각에 잠기더니 설화를 동정하는 투로 말했다.

"같은 여자로서 안 됐네요. 섭섭하지 않게 보상해주세요."

종규는 의아했다. 눈엣가시 같은 설화와 잘 헤어졌다고 속 시원하게 여길 줄 알았는데 동정이라니. 부처 가운데 토막도 아니고, 순애의 속마음을 알 길이 없었다. 종규는 순간 부끄럽고 미안해 아내에게 진심으로 사과하였다.

"당신한테 그동안 못 할 짓을 해서 볼 낯이 없구먼. 내가 죽일 놈이었어."

"다 지난 일이니까 잊어버려요. 당신도 정든 여자와 헤어지면서 가슴이 무척 아팠겠네요."

순애는 안타까운 목소리로 종규를 위로해주었다. 순간 종규의 눈시울이 붉어졌다. 종규는 아내의 위안이 너무나 고마웠다. 종규는 자리에서 일어나 얼른 병실에서 나왔다. 종규는 화장실로 달려가 수도꼭지를 틀어놓고 찬물로 붉어진 눈가를 씻으며 격해진 감정을 누그러뜨렸다.

순애는 원래 과묵한 여자였다. 감정 표현을 잘 하지 않는 편이었다. 화가 나거나 마음에 안 들면 입을 꾹 다물곤 했다.

종규가 순애와 결혼한 건 그녀의 포근한 모성애 때문이었다. 순애 나이가 두 살이나 많은 데다가 종규의 아픔을 어루만져주고, 웬만한 실수는 포용해 주었다.

종규는 태어나서 생모의 따뜻한 체온, 다정한 손길, 정이 깃든 눈빛을 느끼거나 본 적이 없었다. 그런 결핍이 종규를 여자에게 집착하도록 만들었다. 섹스는 쾌락 이전에 그런 결핍을 채우기 위한 수단이었고, 여자를 오랫동안 곁에 붙잡아두려는 방편이었다.

종규는 대전에 의류판매장을 내고 안정을 되찾아가자 외로움을 달래 줄 여자가 필요했다. 텅 빈 방에서 혼자 잠자리에 들기 전까지 느끼는 공허함을 해소하고 이따금 섹스할 상대가 필요했다. 종규는 우연히 첫사랑 여자 장미선과 닮은 설화를 선택했다. 출근하면 얼굴을 맞대고, 이야기를 나누고, 때때로 함께 밥을 먹고, 술도 마시고, 게다가 젊기까지 하여 설화와 20여 년 동안 내연관계를 유지했다.

종규는 아내 병문안을 한 뒤 기차를 타고 대천 해수욕장으로 다시 돌아왔다. 종규는 커피숍에서 설화를 다시 만났다. 설화는 친구라며 커피숍 주인 여자를 종규에게 소개하였다. 그녀는 펑퍼짐한 몸집에 둥글둥글한 얼굴이 인심 좋아 보였다.

주인 여자는 남은 커피를 마시고는 두 분 이야기 나누라면서 자리에서 일어났다. 설화는 묻지도 않았는데 친구 이야기를 먼저 꺼냈다.

"친구가 서울로 이사하려고 커피숍을 팔려고 내놨는데 가격이 맞으면 살까 해요."

"성질도 급하구먼. 장사를 못 해서 안달 난 사람처럼 왜 그렇게 서두르는 거야?"

종규는 못마땅하다는 투로 설화를 나무랐다. 설화는 커피숍을 사려고 하는 이유를 밝히었다.

"아직도 팔다리 멀쩡한데 빈둥빈둥 놀 수는 없잖아요?"

"지금은 커피숍 인수하는데 돈 대 줄 형편이 아니니까 조금만 기다려 봐."

"사장님한테 도와달라고 말 꺼낸 거 아니에요."

"그래도 적잖은 돈이 들어갈 거 아냐?"

"물론 인수자금이 필요하겠지요. 하지만 제가 어떻게 하든 마련할 테니 부담 갖지 마세요."

"남아일언 중천금이라고 내가 내뱉은 말은 지켜야지."

"그동안 제가 사장님한테 신세 많이 졌잖아요?"

"아니지, 내가 젊고 똑똑한 설화한테 도움을 많이 받았지."

설화가 에둘러 속마음을 떠본 것 같아 종규는 기분이 나빴다. 종규는 벽시계를 쳐다보더니 말머리를 다른 데로 돌렸다.

"설화, 저녁때도 됐고, 우리 영양 보충도 할 겸 맛있는 회나 먹으러 가자."

설화는 가타부타 대답하지 않고 바다를 바라보다가 종규에게 말했다.

"회는 다음에 먹고 피곤할 텐데 집에 가서 쉬세요."

"오늘 밤 나하고 섹스하기로 약속했잖아?"

"사장님하고 섹스할 기분 아니에요."

"그런데 어제는 왜 약속했나?"

"사장님이 사모님한테 가지 않으려고 버티어서 거짓말한 거예요."

"뭐야? 설화, 지금 날 놀리는 거야, 뭐야?"

순간 종규의 얼굴이 벌겋게 달아올랐다. 종규는 설화한테 농락당한 거 같아 불쾌하기 짝이 없었다.

참말로 어이가 없네! 이게 공깃돌처럼 나를 손바닥 위에 놓고 갖고 놀다니. 이제는 아무렇게나 대해도 무서울 게 없다, 이거지?

종규는 자존심이 무너질 대로 무너졌다. 어쩌다 설화한테 존경은커녕 사람대접을 못 받게 되었는지 한심하다 못해 참담하였다.

예뻐하고 맛있는 거 실컷 먹여 준 개한테 물린 기분이구먼! 배은망덕한 년! 헤어졌다고 다시는 안 볼 것처럼 경거망동하는데 일가친척 하나 없는 네년이 내 앞에서 다시 무릎 꿇을 날이 올 테니 두고 봐라.

종규는 씁쓸한 표정을 짓고는 커피숍에서 나왔다. 종규는 설화에게 미련을 두지 말라고 자신에게 수없이 타이르면서 대전으로 돌아왔다.

Chapter 24_
아버지의 시비

금강이 훤히 내려다보이는 산 아래 공터에 건설업체 사장과 마을 이장을 비롯한 동네 사람들이 모여들었다. 산내들 식당 여자 주인이 고사 지낼 음식을 봉고차에서 내리자 사람들이 우르르 몰려와 술안주와 음식을 함께 날랐다. 공사업체 사장이 전원주택을 지을 터 네 귀퉁이에 각목을 박고 미리 줄을 쳐놓았다. 사람들이 집터에 자리를 깔고 큰 상을 펼쳤다. 상 위에 돼지머리 편육, 떡, 북어포며 사과, 배 등 고사 음식을 차려놓았다.

황정보가 잔에 막걸리를 붓자 종규가 오만 원짜리 두 장을 돼지 입에 물리고 절했다. 이어서 마을 이장이 삼만 원을 돼지 입에 물리고는 절을 했다. 마지막으로 건설업체 사장이 막걸리를 새로 따른 뒤 십만 원을 돼지 입과 콧구멍에 쑤셔 넣고는 공사가 무사히 끝낼 수 있게 도와달라고 지신에게 빌었다.

고사가 끝나자 사람들은 넓은 자리를 펴놓고는 술상을 차려놓았다. 사람들은 빙 둘러앉아 막걸리를 서로 권하며 덕담을 나누었다. 종규는 막걸리를 마시고는 타올 한 장씩을 사람들에게 나누어 주었다. 나머지 스무 장은 고사에 참석하지 않은 동네 사람들에게 전해주라고 이장에게 건네주었다.

고사가 끝낸 뒤 포크 레인으로 터파기 작업이 시작되자 종규는 건설업체 사장을 집터 위쪽 산 밑으로 데리고 가더니 추가 공사를 부탁하였다.

"사장님, 이곳에 50평 넓이로 평탄 작업을 해주시고 잔디를 심어 주세요."

"별도로 지을 건물이 있습니까?"

"건물은 아니고 세울 게 있습니다."

"운동기구를 설치하실 모양이군요."

"나중에 무엇에 쓸 땅인지 밝히겠습니다."

건설업체 사장은 무슨 꿍꿍이인지 몰라 의아한 표정을 지었다.

종규는 빙긋이 웃고는 건설업체 사장에게 멋진 전원주택을 지어달라고 부탁한 뒤 의류판매장으로 돌아왔다.

다음날 종규는 조상 땅 찾기를 의뢰한 변호사 핸드폰 번호로 전화를 걸었다. 세 번이나 신호를 보내도 전화를 받지 않아 종규는 변호사 사무실로 전화를 걸었다. 변호사 대신 여직원이 전화를 받았다.

"오종규라고 하는데 변호사님, 외출하셨습니까?"

"변호사님, 재판에 참석하려고 법원에 갔는데 돌아오면 사장님께 전화 드리라고 하겠습니다."

"통화고 싶다고 변호사님께 꼭 전해주세요."

종규는 조상 땅 찾기 열풍이 불자 아버지 오상묵의 소유였던 토지가 누구 명의로 등기되었는지 조사해보았다. 아버지의 땅 대부분이 고모의 소유였다가 사망하는 바람에 고모 아들에게 상속되었다.

종규는 혼자 힘으로는 도저히 땅을 되찾을 수 없어 부동산 관련 소송을 전문으로 하는 변호사 사무실을 찾아갔다. 종규는 황금란이 준 아버지 유언장 등 틈틈이 수집한 자료를 변호사에게 보여주고 토지를 되찾을 방법을 물어보았다. 변호사는 적정한 수임료만 보장해 준다면 합법적인 절차를 거쳐 땅을 되찾아 주겠다고 큰소리를 쳤다. 종규는 땅을 되찾으면 후한 수임료를 지불하기로 약정하고 조상 땅찾기 업무 일체를 변호사에게 위임하였다.

2년쯤 지나 일부 땅을 되찾아 수임료 및 제반 경비를 제하고 5억 원이라는 거금이 종규 손에 들어왔다. 그뿐만 아니라 세 건이 재판에 계류 중인데 그중 두 건이 승소할 가능성이 컸다.

며칠 뒤 종규는 전원주택 공사를 맡은 사장에게 석재 가공업체를 소개해달라고 부탁했다.

"사장님, 집 앞에 석등이라도 세우실 계획인가요?"

"그게 아니고 아버지 시비를 세우려고 알아보는 겁니다."

"제가 잘 아는 석재공장 연락처를 알려드리겠습니다."

며칠 뒤 종규는 공사업체 사장이 소개해준 석재공장을 방문하였다. 종규는 사장을 만나 주문할 비석에 대해서 상세히 설명해주었다. 종규는 상담을 마치고 돌에 새길 시를 사장에게 건네주었다.

사비의 달밤

부소산 쓸쓸히 거닐던 하얀 달빛이
사뿐사뿐 춤추며 강물에 내려앉아
어여쁜 손길로 비단 자락 깔아놓네

자주색 치마폭에 망국한 끌어안고
금강을 핏빛으로 물들인 백제 여인들
전설의 바람 되어 낙화암을 맴돌고

등 굽은 노송 가지에 홀로 둥지 튼
천년학은 은은한 고란사 풍경 소리에
잠 못 이룬 채 자꾸만 몸을 뒤척이네

종규는 시비를 주문한 후 차를 몰고 시내 매장으로 돌아오면서 자식으로서, 드디어 의무를 이행한 거 같아 가슴이 뿌듯했다. 그동안 가슴에 맺혀 있던 핏빛 응어리를 푼 것처럼 후련하기도 했다.

전원주택 완공을 앞둔 며칠 전이었다.

순애는 주방이며 화장실 등 내부 시설 공사를 살필 겸해서 종규와 산내들에 다시 왔다. 종규는 집 내부 시설을 둘러보고는 순애에게 전원주택 뒤에 아버지 시비를 세우고 명절 때 부모 제사를 지내겠다고 미리 밝혔다. 그러자 순애는 반대를 넘어 반발하였다. 종규는 전혀 예상치 못한 터라 무척 당황하였다.

"아니, 조상님들 떠받들겠다는데 결사적으로 반대하는 이유가 뭐요?"

"당신 아버지가 아버지 노릇을 했어야 시비를 세우든 말든 할 거 아니에요?"

"자식에게 잘못한 조상은 제삿밥도 못 얻어먹나?"

"당신, 가슴에 손을 얹고 과거를 돌이켜 봐요. 시집 쪽에서 아이를 낳았을 때 미역 한 꼬투리 사 오기를 했어요? 그렇다고 알량한 재산 쪼가리를 물려받았어요?"

순애는 종규와 결혼해서 시집 사람들 코빼기도 보지 못한 채 혼자 힘으로 힘겹게 살아온 세월을 돌이켜보자 참고 참았던 분노가 활화산처럼 폭발했다.

순애가 억지를 쓰는 거 같아 종규는 반론을 제기하였다.

"당신, 내 부모가 일찍 죽었다는 사실 모르고 나와 결혼한 거 아니잖소?"

"그러면 당신이라도 날 지극정성으로 사랑해주었냐고요?"

순애는 첫애를 낳은 뒤 출산휴가를 마치고 출근해야 하는데 애를 봐줄 사람이 없어 발을 동동 구르다가 결국 몸이 불편한 친정 언니한테 애를 떠맡겼다. 두 아이를 모두 친정어머니가 키워줘 순애는 항상 죄를 짓고 사는 거 같았다.

종규가 패션의류회사를 운영하다 부도를 내고 지방으로 잠적하자 채권자들이 몰려와 돈을 갚으라고 조르고 남편 숨은 곳을 대라고 윽박질러 순애는 견딜 수가 없었다. 순애는 자다가 대문 두드리는 소리만 들려도 깜짝깜짝 놀랐다. 순애는 참다못해 애들을 데리고 친정 이모네 집으로 피신하였다. 방 한 칸에서 애들과 복작거리며 살다가 반년 뒤에 근처로 셋집으로 이사하였다. 당장 먹고살 돈이 없어 건강이 안 좋은 친정어머니 대신 이모에게 살림을 맡기고 개인병원 간호사로 다시 취업하였다.

　물론 종규는 아내가 겪은 고초를 모르는 바 아니었다. 하지만 종규도 자식으로서 부모에게 제사 한 번 못 올린 한이 가슴에 켜켜이 쌓여 있었다.

　"당신 심정 이해하지 못하는 거 아니오. 하지만 명절 때만 되면 부모님을 찾아뵙고, 성묘하려고 거대한 차량 행렬을 이루며 고향을 찾아가는 사람들의 모습을 볼 때마다 얼마나 부러웠는지 모르오. 나도 이제 명절 때가 되면 조상의 묘에 성묘도 하고, 제사상을 차려놓고 부모의 음덕(陰德)을 기리고 싶은 나이가 되었잖소?"

　"당신이 부모한테 무슨 덕을 보았다고 음덕을 기린다는 거요?"

　"아버지 덕분에 땅을 되찾은 돈으로 당신이 그토록 원했던 전원주택을 마련하잖소?"

　"그게 당신 아버지의 음덕이오? 당신 아버지는 자기가 사랑했던 여자에게 재산을 주라고 유언장을 남겼다면서, 뭘 잘했다고 떠받든단 말이오."

　"어찌 되었건 내가 아버지 때문에 나이 들어 뜻하지 않은 돈이 생겨 좋은 일을 많이 하잖소?"

"그건 변호사를 사서 오랫동안 소송을 해 억지 춘향으로 땅을 되찾아 생긴 돈이지 조상이 물려 준 게 아니잖아요. 조상의 음덕을 입었다고 내 앞에서 다시는 생색내지 마세요."

순애는 끈질긴 종규의 설득에도 아랑곳하지 않고 조상 모시는 걸 굳세게 반대하였다. 종규는 한을 풀어보려고 계획했던 일을 실현할 수 없자 난감하였다. 아내의 뜻을 따르자니 자식의 도리를 못하는 불효자가 되고, 자신의 뜻을 관철하자니 아내와의 불화가 걱정되었다.

종규는 시비까지 세우는 계획을 포기하기에는 아쉬움이 많아 순애에게 타협안을 제시했다.

"부모 제사는 지내지 않을 테니 시비만 세웁시다."

"내 눈에 뜨이는 집 근처에는 절대 시비 못 세워요. 그렇게 시비를 세우고 싶으면 내 눈에 안 보이는 음지에 세우든지 말든지 하세요."

"양지바른 곳을 놔두고 음지에 시비를 세우면 아버지가 좋아하겠소?"

"그 양반은 양지바른 곳에서 편히 쉴 자격이 없는 분이에요."

"아버지가 자청해서 뒤틀린 삶을 산 게 아니잖소? 일제 강점기가 남긴 후유증과 오랜 유교적 관습, 6·25 전쟁, 그리고 좌우의 이념대립, 숙명처럼 따라다닌 가난 등 시대의 격랑에 휩쓸리다 보니 아버지의 삶이 망가진 거요"

"그런 풍파를 잘 견딘 사람도 많아요."

"그러면 사주팔자가 험한 남편을 만나 그동안 고생했다고 치부해요. 여보! 우리 이제 조상 탓이나 부모를 원망할 나이는 지났잖아요?"

"당신 아량이 엄청 넓어졌네요."

순애는 입을 삐쭉거리며 비꼬았다. 종규는 아버지로부터 물려받은 좋은 점을 힘주어 말했다.

"아버지는 나에게 똑똑한 머리를 물려주었고, 지식인의 자식이라는 자부심을 심어 주었소. 나는 왜경의 앞잡이 노릇을 하면서 힘없는 민초를 핍박한 외삼촌을 무참히 살해한 아버지의 정의로운 행동에 경의를 표하고 싶어요."

"당신 아버지가 아들인 당신에게는 소중한 분인지 모르겠지만, 나에게는 그동안 전혀 도움이 안 되었으니까 그만 치켜세워요."

"이 자리에서 당신한테 약속하리다. 앞으로는 부모님들이 못 해준 사랑과 그동안 내가 못한 사랑까지 합쳐서 베풀 테니 가슴에 맺힌 한을 풀어버려요."

순애는 고달팠던 삶의 기억들이 진자주색 들꽃 조각보처럼 눈 앞에 펼쳐지자 서럽게 울었다. 종규는 가까이 다가가 순애를 가슴에 안고는 어깨를 토닥여주었다. 듬성듬성 남은 순애의 정수리 머리카락을 본 순간 종규도 울컥 눈물이 나왔다. 새색시 시절에 삼단처럼 곱던 머리칼이 속절없이 빠지면서 백발로 변해 갈 줄은 미처 몰랐다.

"여보! 그동안 고생만 시켜 미안하오. 당신이 힘들게 살아온 건 모두 내 탓이오. 여보! 앞으로는 당신이 두 번 다시 눈물을 흘리지 않도록 정성을 다해 옆에서 당신을 지켜주겠소."

종규는 아내의 볼에 흐르는 눈물을 손으로 닦아주면서 굳게 맹세하였다.

순애는 종규의 진정한 사과와 최선을 다하겠다는 약속을 믿자고 자신에게 타일렀다.

Chapter 25

구혼 살림

전원주택에 입주하기 사흘 전에 순애는 새 집에 들여놓을 주방용품이며 집기 비품을 사기 위해 대전 동생 집에 내려왔다.

종규는 저녁때 아내와 함께 밥을 먹으려고 처제 집에 들렀다. 순애는 시장에 산 물건 목록을 종규에게 보여주었다. 종규는 글자가 잘 보이지 않아 눈을 찡그린 채 물건 목록을 훑어보고는 순애에게 말했다.

"당신이 알아서 잘 샀겠지."

"물건 너무 많이 산 거 같지 않아요?"

"그 정도 살림살이는 마련해야 새집에서 사는 데 불편이 없을 거 아냐?"

종규는 돈 쓴 거에 대해서 크게 부담을 갖지 말라는 투로 말했다.

"전원주택에서 사는 게 좋은 점도 많지만, 불편한 것도 많다고 하네요."

순애가 전원주택에서 사는 걸 떨떠름하게 생각하자 종규는 큰소리로 쏘아붙였다.

"당신, 살아보지 않고 미리 걱정부터 하는데 듣기 안 좋구먼."

"전원주택으로 이사하는 거 신중하게 생각하고 결정했으면 좋겠어요."

"아니, 집을 다 지어 놓았는데 이사하지 말자니, 도대체 그게 무슨 말이오?"

이 여자 마음이 왜 이리 흔들리지? 나이가 들어 외딴 전원주택에서 강물을 바라보며 살면 우울증을 키운다고 누가 옆에서 바람이라도 집어넣었나?

"사람을 만나러 외출하거나 생활용품을 사려면 차를 몰고 멀리 나와야 하고, 살다 보면 불편한 게 꽤 많을 텐데 당신에게 부담스러울 거 같아요."

"정 불편하면 시내에 조그만 아파트 하나 사서 살면서 주말에 별장 용도로 쓰면 되잖아?"

"그렇게 사용하기에는 투자한 돈이 아깝잖아요?"

"당신을 위해서 지은 집인데 나는 돈 아깝다는 생각 눈곱만치도 안 들어."

종규는 갈팡질팡하는 순애의 속마음을 도저히 이해할 수가 없었다. 종규는 순애의 심경 변화를 가져온 게 단순히 불편함 때문만은 아닌 듯하였다.

이 여자 나하고 늘 한 집에 붙어서 지내려니까 불안한가? 아니면 살림을 합치기 전에 무슨 조건을 내걸려고 잔머리를 굴리는 걸까?

종규는 설화와 동거하기 전에는 주기적으로 서울 집에 가서 아내와 함께 시간을 보냈다. 하지만 설화와 동거하면서 순애를 찾아가는 횟수가 점점 줄어 심할 때는 한 달에 한 번도 갈까 말까 했다.

순애는 종규가 젊은 여자와 동거한다는 사실을 알면서도 질투하거나 종규를 괴롭히지 않았다. 그런 행동은 스스로 자존심을 상하게 하고, 부부 사이를 더 멀어지게 하는 짓이라고 여겼다. 순애는 남편을 속박하려고 악다구니를 쓰고, 남편의 일거수일투족에 신경을 곤두세워 봐야 자신에게 오히려 독이 된다고 믿었다.

순애는 다른 여자와 놀아나다가도 자식이 있는 한 언젠가 본처에게 돌아오기 마련이라고 낙관했다. 그뿐만 아니라 부부라도 상대가 원하는 것을 채워 줄 수 없으면 다른 이성에게 눈 돌리는 걸 굳이 막고 싶지 않았다.

하지만 순애는 수십 년 동안 별거하다가 다시 동거하게 된 이상 소가 닭 보듯이 무심하게 살기는 싫었다. 한마디로 남편한테 지금까지 받지 못한 사랑을 한꺼번에 몽땅 받고 싶은 욕심도 없지 않았다.

"과거처럼 형식적인 부부로 지내려면 전원주택에서 함께 사는 거 재고해요."

"신혼 때처럼 깨가 쏟아지게 살지는 못해도 재미나게 살도록 노력할게."

"앞으로 남은 세월 시련과 고통으로 상처받고 지친 내 몸과 마음을 치유하고 싶어서 하는 말이에요."

"당신이 실망하지 않게 노력할 테니 기대해봐."

"연애할 때의 순수한 마음으로 돌아가면 앞으로 당신과 내가 얼마든지 새로운 행복을 누리겠지요."

순애는 백 속에서 부스럭거리며 편지 한 통을 꺼낸 뒤 종규에게 내밀었다. 편지 봉투는 헐었고, 수신 발신인 주소는 퇴색되어 잘 알아볼 수 없을 정도였다.

"이 편지는 뭐야?"

"연애할 때 당신이 보낸 편지요."

"아니, 지금까지 그 편지를 보관했던 말이야?"

"결혼하기 전에 당신이 얼마나 나를 그리워하고 갈구했는지 읽어보면 당신도 놀랄 거요."

"당신, 새삼 이런 걸 나한테 주는 저의가 뭐야?"

"내가 전원주택으로 이사하면 그전처럼 내 박치고 다른 여자에게 눈을 돌리지 않기를 바라는 뜻으로 준 거예요."

"음, 결혼하기 전에 먹었던 초심으로 돌아가라는 뜻이구면."

"맞아요!"

"하지만 그런 걱정은 안 해도 돼. 이제 여자가 나를 유혹할까 두려운 나이가 되었으니까?"

"그러면 설화하고 완전히 관계를 끊겠다고 약속하세요."

"영영 헤어졌는데 약속이고 뭐고 굳이 다시 할 필요가 없지."

"남녀 사이란 칼로 물 베기란 말 못 들었어요? 약속해도 지킬지 말지 한데, 약속마저 하지 않으면 마음 놓고 만날 거 아니에요?"

"당신이 그토록 원한다면 약속하지."

"남자들은 당연히 지켜야 할 것도 꼭 생색을 내고 들어주더라. 하여

튼 남자라는 족속들은 참 못된 종자들이야."

순애는 직접 대놓고 힐난하면 종규가 기분 나빠할까 봐 남자들을 통째로 싸잡아 비난했다.

"당신 모처럼 대전에 왔는데 내 오피스텔에서 안 잘 거야?"

"동생 집에서 자는 게 편해요."

"지금부터 한 침대에서 자는 연습을 해야 할 텐데."

"이 나이에 붙어 자는 부부가 몇이나 돼요?"

"허허. 당신과 한집에 살아도 살 만져가며 자기는 다 틀렸구먼."

"나이가 들면 부부라도 몸 따로, 마음 따로인 거 당신이 더 잘 알잖아요?"

"꽃 같은 시절로 다시 돌아가고 싶은데 앵돌아졌구먼."

"이제 나한테서 여자를 기대하면 안 돼요."

"언제나 가슴 설레는 부부가 되면 참 좋을 텐데."

"육체의 대화는 못 나누어도 당신과 함께 즐길 일은 아직 남아 있잖아요?"

"그게 뭔데?"

"함께 여행 다니기, 맛있는 거 먹기, 가끔 기타를 치며 함께 노래 부르기 등 찾다 보면 이것저것 많지 않겠어요?"

순애는 새로 시작하는 삶에서 또 다른 즐거움과 행복을 기대했다. 종규는 아내의 기대가 실망으로 변하지 않도록 최선을 다하기로 자신에게 약속했다.

종규는 식당에서 저녁을 먹고 아내를 처제 집에 데려다주고는 오피스텔로 돌아왔다. 순애는 어쩌다 종규를 만나러 와도 오피스텔에서 자지 않고 처제 집에서 자곤 했다. 남편이 침대에서 젊은 설화와 벌거벗고 섹스를 하는 장면이 연상되고, 여기저기서 남편의 체취가 아닌 야릇한 냄새가 풍겨와 깊은 잠을 이룰 수 없었다.

순애는 불쾌한 상상을 하지 말아야 한다고 자신에게 타이르면 타이를수록 두 사람이 뒤엉켜 섹스하는 모습이 더욱더 선명하게 눈 앞에 펼쳐지곤 했다.

전원주택이 완공되어 입주하는 날이었다.

종규는 아침 일찍 아들 세찬과 함께 집 옆쪽 산 중턱에 세워놓은 시비 앞에 꽃다발을 놓고 아버지에게 인사를 올렸다. 시비 주위에 사시사철 푸름을 자랑하는 소나무를 심었다.

종규 아들 세찬은 조상들 묘 대신 시비를 세운 게 이해가 안 가는지 의아하게 생각했다.

"아버지, 무엇 때문에 돈을 들여 돌아가신 할아버지 시비를 세우고 나무를 심어 놓았어요?"

"조상을 받드는 건 후손의 당연한 도리이다."

"살기 힘들고, 세상도 변해가는데 조상을 꼭 받들어야 하나요?"

"당연한 거지. 할아버지가 안 계셨으면 아버지가 태어나지 못했고, 너도 이 세상에 못 태어났을 거다."

"이 세상에 태어난 게 꼭 좋은 일은 아니잖아요?"

"그래서 너를 낳은 이 아버지가 고맙지 않단 말이냐?"

"제 의지로 이 세상에 태어난 게 아닌 이상 고마워할 것까진 없잖아요?"

"그러면 너는 이 아버지를 원망한다는 말이냐?"

"원망까지는 안 해도 불만스러운 게 많지요."

"아버지로서 네가 원하는 걸 충족시켜주지 못해서 미안하다."

"...?"

세찬은 잠시 입을 닫았다. 아버지가 잘한 것도 없지만, 딱히 잘못한 것도 없기 때문이었다.

"그래도 낙제점 아버지는 아니었어요."

"보통 수준의 아버지는 된다는 말이냐?"

"그렇게 생각해요."

"불행 중 다행이구나?"

종규는 아들과 지금까지 흉금을 터놓고 이야기한 적이 많지 않았다. 대화를 나누더라도 일방적으로 지시만 하고 아들의 이야기를 경청한 적이 별로 없었다. 대화가 안 되는 건 아들과 세대 차이도 컸지만, 20여 년을 떨어져 살다 보니 가족 사이에 보이지 않는 장벽이 쌓인 탓이었다.

종규는 아들이 효자 노릇 하기를 바라지 않았다. 물론 크게 출세해서 가문을 빛내기를 바라는 것도 아니었다. 큰 풍파 없이 제 앞가림이나 하면서 사람들로부터 손가락질을 받지 않는 평범한 소시민으로 살아가기를 바랄 뿐이었다.

종규는 자식에게 빨리 결혼해라. 아들을 낳아라. 어른을 공경하라. 원대한 꿈을 갖고 사회와 나라에 공헌하는 인물이 되라는 등, 삶의 기준을 세워놓고 그 틀에 맞춰 살라고 강요할 마음은 없었다.

"세찬아! 세상이 바뀌어 요새는 효의 개념이 바뀌었다. 옛날 못 살 때는 부모에게 고기나 옷가지를 사드리든지, 돈을 주는 게 효였지만,

이제는 부모에게 근심 걱정만 끼쳐드리지 않으면 효도하는 거다."

"저는 아직 장가도 안 가고 여전히 캥거루족으로 사니까 할 말이 없습니다."

"알았으면 됐고, 경제적으로 빨리 자립했으면 좋겠다."

"아버지, 미안해요. 그동안 속만 썩여드리고 짐만 되어서."

"인생은 대기만성(大器晩成)이라고 큰 그릇을 만들려면 재료도 많이 들고 시간이 오래 걸리는 법이니 너무 서둘지 마라. 급하다고 바늘허리에 실을 매서 쓰지는 못한다."

"아버지 제 처지를 이해해주셔서 감사합니다."

"그래, 너는 이 애비보다 멋지고 행복한 삶을 살 거다."

"아버지, 저에게 희망을 불어 넣어주셔서 힘이 불끈 솟습니다."

아들 세찬은 자신감에 찬 목소리로 말했다. 종규는 늦었지만, 아들이 철들어가는 조짐이 보여 어깨를 토닥이며 용기를 북돋아 주었다.

'역시, 자식을 훌륭하게 키우려면 부모의 솔선수범이 필요하다는 말이 맞네. 애비가 제 어미를 위해 전원주택을 짓고, 더 나아가 조상을 떠받드는 모습을 보자 아들놈의 부정적인 마음이 긍정적으로 바뀔 조짐이 보이는구면.'

아내와 함께 살기 시작한 지 한 달 가까이 지난 뒤에 벌어진 일이었다. 순애가 한방에서 자지 말고 각각 다른 방을 쓰자고 제안했다. 종규가 술을 마시면 심하게 코를 골아 깊은 잠을 잘 수 없다는 핑계를 댔다.

종규 역시 설화와 동거할 때도 같은 방에서 자지 않고 각각 다른 방에서 잠을 잔 터라 순애와 한방에서 자는 게 불편하기는 마찬가지였다. 종규는 못 이기는 체하고 순애의 요구를 받아들였다.

　12월 중순이었다.

　아침에 일어나 보니 눈이 내려 세상이 온통 흰색으로 바뀌었다. 집 앞의 뜰이며 강과 산 그리고 논밭이 눈으로 뒤덮여 동화의 나라처럼 신비로웠다.

　종규는 거실 벽난로에 장작불을 지핀 다음 커피 두 잔을 타 갖고 순애와 함께 베란다로 나왔다.

　"당신, 잠 푹 잤어?"

　"수면제를 안 먹고도 모처럼 깊은 잠을 잤어요."

　순애는 커피잔을 두 손으로 꼭 잡고는 설경을 쳐다보다가 엉뚱한 말을 했다.

　"우리 마당에 나가 눈사람 만들어요."

　"당신, 춥지 않을까?"

　"옷 두껍게 입고 나가면 되잖아요?"

　"그럼 나가자고."

　순애는 패딩점퍼와 털모자 그리고 장갑을 낀 뒤 종규의 부축을 받아 마당으로 나왔다. 종규는 쪼그리고 앉아 눈을 뭉쳐 작은 눈덩이를 만들었다. 굴리면 굴릴수록 눈덩이가 커졌다. 눈덩이가 커지자 순애도 절름거리며 종규 옆으로 다가와 함께 굴리었다. 눈덩이가 무릎쯤 닿을 정도로 커지자 종규는 굴러가지 않게 똑바로 세워놓았다. 이어서 그들은 작은 눈덩이를 한 개 더 만든 뒤 큰 눈덩이 위에 올려놓았다. 순애는 작은 눈덩이에 눈과 코, 입을 그려놓고는 호호거리며 웃었다. 종규도 눈사람을 바라보다가 순애에게 다가가 뒤에서 폭 감싸 안았다. 순애는 종규의 가슴에 안긴 게 언제인지 기억이 가물가물했다. 순애는 참으로 오랜만에 누리는 행복한 순간이었다.

하지만 순애는 이런 행복한 시간이 언제까지 계속될지 불안했다. 건강상태가 나날이 나빠져 먹는 약의 종류와 양이 자꾸 늘어났기 때문이었다. 순애는 고스러지는 자신의 모습이 서글퍼 종규의 가슴에 안겨 한참이나 흐느껴 울었다.

Chapter 26_

나를 용서해줘요

며칠 뒤였다.

순애는 소파에 앉아 한방차를 마시다가 종규에게 뜬금없는 질문을
했다.

"설화는 지금 어디에서 살아요?"

"당신, 그걸 왜 물어?"

"그냥 궁금해서요."

"글쎄, 어디서 사는지 잘 모르겠는데."

"전화도 안 해봤어요?"

"헤어졌는데 쓸데없이 전화는 왜 하나?"

"20년 가까이 함께 살았는데, 당신도 참 무심하네요."

"…."

종규는 순애가 설화의 행방을 묻는 이유가 궁금했다. 지금도 가끔
만나 설화와 성애를 즐기는지, 아니면 영영 헤어졌는지 떠보는 거 같아

기분이 좋지는 않았다.

순애는 한숨을 내쉬고는 옆에 놓인 작은 손가방을 열었다. 핸드폰이며 약봉지를 넣어 두는 가방이었다. 순애는 가방에서 노란색 약봉지를 꺼냈다. 무릎 통증을 완화하기 위해서 먹는 진통제였다.

종규는 얼른 소파에서 일어나 주방으로 갔다. 종규는 컵에 정수기 물을 받아 순애에게 갖다 주었다. 순애는 약을 입안에 털어 넣고는 물을 마시었다. 순애는 괴로운 표정을 지으며 푸념을 하듯 말했다.

"아이구! 지겨워. 약을 안 먹고 살면 얼마나 좋을까?"

"생로병사라고, 태어나서, 나이 먹으면 늙고, 병과 씨름하다가 죽는 건데 왕후장상도 피할 재간이 없지."

"혈압약하고 당뇨약이 며칠 분 안 남아 병원에 갈 때가 되었는데…."

순애는 말끝을 흐리고는 헝클어진 머리칼을 손으로 쓸어 넘기며 괴로워했다.

"모처럼 맛있는 음식도 먹을 겸해서 시내로 나가자고."

종규는 순애의 손을 잡고 말했다. 순애는 시큰둥한 목소리로 대꾸했다.

"당신은 아직도 음식이 맛있나 보네요?"

"당신 얼큰한 복매운탕 좋아하잖아?"

"이 약 저 약 먹으니까 항상 속이 더부룩하고 소화가 안 돼서 먹고 싶은 게 없어요."

"하여튼지 일어나라고."

"샤워도 하고, 머리도 손질하려면 시간이 걸려요."

"세수만 하고 나가자고."

"지저분해서 그냥은 못 나가요."

"여자들은 외출하려면 절차가 왜 그리 복잡한지 몰라."

종규가 투덜대자 순애는 퉁명스럽게 어깃장을 놓았다.

"당신, 나 없었으면 편하고 좋겠지요?"

"갑자기 그게 무슨 말이야?"

종규는 이맛살을 찡그리며 순애를 쏘아보았다. 순애는 고개를 떨어뜨리더니 흐느껴 울었다. 한참 울다가 순애는 절망적인 목소리로 말했다.

"여보! 나 요양병원에 보내줘요."

"아직도 걸을 수 있고, 손수 밥을 먹을 수 있는데, 요양병원에 보내 달라니, 당신 갑자기 왜 그런 말을 하는 거야?"

"앞으로 건강이 나빠지면 나빠졌지, 호전될 가망이 없잖아요? 요새는 치매가 오는지 조금 전에 했던 말도 금세 잊어먹고, 손자 애 이름도 깜박깜박할 때가 많아요."

"그건 치매가 아니고 건망증이야."

"솔직히 말해 당신이나 애들한테 짐이 되기 싫어요."

"부담 가질 거 없어. 결혼한 후 나는 당신한테 빚만 지고 살았으니, 내 건강이 허락하는 한 당신한테 빚을 갚아야 할 거 아냐? 마누라이지만 당신에게는 빚 갚을 기회를 박탈할 권한은 없어."

"당신이 나한테 빚진 거 없어요. 오히려 요즈음은 내가 당신한테 신세를 지며 살잖아요?"

"당신은 조강지처로서 나한테 보호받고 사랑받을 권리가 여전히 남았으니까 눈곱만큼도 부담을 갖지 말라고."

"여보! 고마워요. 하지만 당신도 옛날 같지 않아요. 허리도 굽었고, 말할 때 보면 한 말 또 하고, 더듬거리는 게 나이는 못 속여요."

"그런 소리 하지 마. 나 아직 멀쩡하다고."

"무슨 병이 또 쳐들어올지 몰라 나이 먹는 게 두려워요."

순애는 손등으로 눈가를 훔치고는 절름거리며 욕실로 갔다. 잠시 뒤 얼굴을 씻고는 안방 화장대 앞에 앉았다. 그동안 염색을 하다가 그만 둔 탓으로 하얀 머리칼이 검은 머리칼보다 훨씬 많았다. 순애는 빗질 하다가 짜증이 나는지 빗을 화장대에 홱 내던졌다. 순애는 거울 속 늙은이 얼굴을 물끄러미 들여다보다가 자리에서 일어났다. 그리고는 벽에 걸어놓은 모자 하나를 골랐다. 모자를 푹 눌러 쓰자 하얀 머리칼이 거의 보이지 않았다.

순애는 종규와 함께 승용차를 타고 모처럼 시내로 나왔다. 먼저 주기적으로 진료를 받는 병원에 들렀다. 의사는 혈압을 잰 뒤 혈당 수치를 측정했다. 의사는 고개를 갸웃거리더니 걱정하는 목소리로 순애에게 물었다.

"혈당 수치가 무척 높은데 오늘 아침에 뭘 드셨어요?"

"된장국하고 밥 한 공기밖에 안 먹었는데요?"

"그런데 왜 이리 혈당 수치가 높지요?"

"췌장이 거의 다 망가진 모양이네요."

"췌장 검사를 다시 받아 보시는 게 어때요?"

"검사받아 보나 마나 빤할 텐데 약이나 바꿔주세요."

"더 악화하면 주기적으로 인슐린을 맞아야 할지도 모릅니다."

"의사 선생님, 그 지경이 되면 죽는 게 낫지 않아요?"

순애가 치료를 포기할 뜻을 내비치자 의사는 입을 닫았다. 의사는 순애의 날카로워진 신경을 건드리기 싫은지 조심스럽게 말했다.

"새로 처방한 약을 2주일 동안 복용한 뒤 계속 혈당 수치가 안 내려가면 병원에 다시 오세요."

"그러지요."

종규는 약국에서 약을 탄 뒤 일식집으로 순애를 데리고 갔다. 둘이 시내에 나오면 가끔 식사하러 가는 음식점이었다. 순애는 여자종업원이 물을 갖고 오자 가방에서 당뇨약을 꺼냈다. 순애는 약을 입에 털어넣고는 뜬금없는 얘기를 해 종규를 당혹스럽게 만들었다.

"여보, 우리 아무래도 잘못 생각한 거 같아요."

"뭘 잘못 생각했다는 거야?"

"전원주택에서 사는 거 말에요."

"뭐가 어째서?"

"시내와 멀리 떨어져서 만일 당신이나 나한테 위급한 상황이 발생했을 때 골든 타임을 놓칠까 걱정돼요."

"인명은 재천이라고, 병원에 늦게 도착해서 죽으면 어쩔 수 없는 거 아냐?"

"산골 전원주택에서 사니까 세상과 고립된 거 같고, 말할 친구가 없어서 가슴이 답답할 때가 많아요."

"그래서 시내에서 살고 싶다는 거야 뭐야?"

종규는 짜증 섞인 목소리로 쏘아붙였다. 잊을 만하면 순애가 전원주택에서 사는 걸 타박해 짜증이 났다.

"그러면 전원주택 팔아치우고 아파트 사서 시내에서 살자고."

"아파트는 답답하고 오르내리기 불편해서 싫어요."

"1층에서 살면 될 거 아냐?"

"1층은 햇볕도 안 들어오고, 시끄러워서 짜증이 나요."

"그러면 단독주택에서 살자는 얘기구먼."

"그러면 좋지요."

"서울에서 살던 집 괜히 팔았구먼."

마누라 비위 맞추기 엄청 힘들구먼. 종종 황혼이혼을 결행하고, 졸혼해 부부 각자 사는 이유를 이해하겠구먼.

전원주택에서 살기 시작한 지 6개월도 채 되지 않았는데 그동안 종규와 순애는 가끔 언성을 높이었다. 그들은 20여 년 동안 떨어져 살다가 붙어사는 게 적응이 안 돼 사소한 일을 갖고 충돌하는 일이 자주 발생하였다.

순애는 화장실을 깨끗이 써라. 코를 심하게 곯아 잠이 안 오니까 병원에 가서 치료를 받아라, 제발 술 작작 마셔라, 설거지하려면 건성건성하지 말고 깔끔히 해라, 등등 잔소리를 시작하면 끝이 없었다.

종규 역시 순애에 대해서 불만이 없지 않았다.

식이요법을 해서 살 좀 빼라. 음식이 너무 짜다, 텔레비전을 볼 때 볼륨을 낮추어라. 처제나 애들과의 통화시간이 너무 길다는 둥 잔소리를 늘어놓았다.

어느 날 순애는 서로 얼굴만 쳐다보며 시간 보내기가 따분하니 애완견을 키우자고 제안했다가 종규로부터 무안할 정도로 면박을 당했다.

"자기 몸 하나 제대로 건사하지 못하면서 개새끼까지 키우겠다니, 당신 정신 나간 여자 아냐?"

"아니, 무슨 말을 그렇게 모지락스럽게 해요?"

"어떤 때 당신 하는 짓을 보면 치매에 걸린 여자 같아서 하는 말이야."

"맞아요! 나 치매에 걸렸다고요. 당신하고 한평생 살다 보니 몸뿐 아니라 정신까지 망가질 대로 망가졌고, 뇌세포까지 몽땅 파괴되었다고요."

"그게 왜 나 때문인가?"

"당신 안 만났으면 이 모양 이 꼴이 안 되었어요."

"지난 과거 들먹거린다고 당신 병이 낫나? 아니면 팔자가 확 바뀌나?"

"솔직히 말해서 요새 못 죽어서 살 뿐이에요."

"그래, 나 때문에 불행해졌고, 지금도 나 때문에 사는 게 괴로운 모양인데 내가 빨리 죽어야겠구먼!"

말다툼하기 싫어 종규는 가능하면 입에 자물쇠를 채우고 살았다. 순애 역시 종규를 소가 닭 보듯 하며 무관심하게 대하였다.

식사를 마친 뒤 순애는 일식집에서 나와 절름거리며 큰길로 걸어 나왔다. 순애는 뒤따라오는 종규에게 말했다.

"나, 며칠 동안 동생네 집에서 지내다 집에 갈게요."

"당신 좋은 대로 하라고."

"나 없으면 당신 활개 쫙 펴고 편하게 보내겠구먼."

순애는 빈정거리는 투로 말하고는 종규를 다시 안 만날 것처럼 택시를 잡아타고 바람처럼 사라졌다.

그래, 당신하고 나는 한 지붕에서 살 팔자가 아니야. 떨어져서 사는 게 피차 백 번 편해. 역시 첫 단추를 잘못 끼면 줄줄이 제 구멍을 찾지 못하듯, 인생도 한 번 꼬이면 죽을 때까지 뒤틀리기 마련이야.

순애가 동생네 집에서 이틀을 보낸 뒤 처제가 모는 승용차를 타고 전원주택으로 돌아왔다. 종규는 베란다에서 기타를 치며 무료함을 달래는 중이었다. 종규는 인기척을 듣고는 거실로 나왔다.

"처제, 어서 와요."

"형부는 팔자가 늘어지셨네요. 기타나 치면서 시간 보내고."

언니 순애 때문에 기분이 상했는지 처제는 빈정거리는 투로 말했다. 종규는 처제의 말투에 별다른 반응을 보이지 않았다. 순애에게 잘못한다고 처제한테 닦달을 당한 적이 한두 번이 아니었다. 처제는 오지랖 넓게 설화와 헤어지라고 종규에게 여러 번 압력을 넣기까지 했다.

"형부, 이틀 동안 언니한테 전화 한 번 안 하고, 무심한 건 예나 지금이나 똑같네요."

"처제하고 재미나게 시간 보내는 데 방해될까 봐 전화하지 않았어."

"아파서 약을 입에 달고 사는 사람이 재미나게 지내다니, 형부, 그게 말이나 돼요?"

"나이 들면 밥보다 약을 더 자주 먹는 사람이 많다고 하더구먼."

"형부는 인정머리가 너무 없어요. 언니가 얼마나 아픈지 관심도 없고."

"처제, 그 무슨 섭섭한 얘기를 그리 하나?"

종규와 처제가 옥신각신하자 순애는 거북한지 절름거리며 안방으로 들어갔다. 순애는 겉옷을 벗어놓고는 침대에 누웠다. 거실에서 종규와 여동생의 목소리가 점점 커지자 이불을 머리끝까지 뒤집어썼다. 그래도 두 사람의 목소리가 여전히 귓속을 파고들었다. 신경이 예민해진 탓이었다.

"처제, 내가 크게 잘한 건 없지만, 늦게라도 언니가 소원하는 전원주택에서 살게 만들어 주었잖아?"

"형부, 언니 그동안 고생시킨 거 보상해주려면 전원주택 갖고는 어림도 없어요."

"처제, 내가 직접 목욕도 시켜주고, 밥도 차려주고, 요새는 언니를 위해서 최선을 다하고 있다고."

"그런 게 중요하지 않아요. 언니에게는 진심에서 우러나오는 형부의 사랑이 필요한 거예요."

"처제! 그래서 날 보고 어쩌라는 거야?"

종규는 참다 참다 울화가 치밀어 버럭 소리를 내질렀다.

"형부, 언니가 불쌍하지도 않아요?"

처제는 소파에 주저앉더니 엉엉 소리 내어 울었다. 동생의 울음소리가 들려오자 순애의 눈에서도 뜨거운 눈물이 줄줄 흘러내렸다. 순애는 남편과 자식들 그리고 주위 사람들에게 폐를 끼치는 존재로 추락한 자신이 비참하기 그지없었다.

구차하게 목숨 연명하지 말고 하루라도 빨리 죽는 게 나아. 그게 가족들을 편하게 만드는 길이야.

종규는 처제와 말다툼하기 싫어 마당으로 나왔다. 잔디밭 가에 설치한 벤치에 앉았다. 종규는 담배를 피워 물고는 한숨을 푹 내쉬었다.

내가 왜 처제한테까지 원망을 들어야 하는지 그 이유를 모르겠네. 내가 아내에게 그렇게 잘못한 게 많은가? 마누라와 자식들 먹여 살리려고 몸이 부서지라고 일했는데, 그건 왜 인정해주지 않지? 잘못한 게 있다면 설화와 20년 가까이 내연관계를 유지한 것뿐인데. 나도 남자인 이상 여자와 성생활이 필요했어. 거기다가 여자가 옆에 없으면 불안하고 허전해서 견딜 수 없어서 설화를 내 곁에 잡아둔 거야.

종규는 빈 맥주 캔에 담배꽁초를 버리고는 벤치에서 일어났다. 종규는 집 뒤 공터로 갔다. 종규는 아버지 시비 앞에서 발걸음을 멈추었다. 종규는 아버지에게 하고 싶은 말이 무수히 많았지만 참았다. 조상을 탓할 나이는 벌써 지났기 때문이었다.

종규는 오솔길을 따라 고개 너머에 있는 암자로 발길을 옮겼다. 막 고개를 넘는데 호주머니에서 핸드폰 벨이 울렸다. 종규는 핸드폰을 꺼내 귀에 갖다 댔다. 처제의 다급한 목소리가 귀청을 때렸다.

"형부! 지금 어디 계세요?"

"산 넘어 암자에 가는 중인데…."

"큰일 났어요! 언니가…, 언니가…."

"무슨 일인데 그래?"

"언니가 자살한 거 같아요."

"뭐라고? 자살했다고? 그게 무슨 말이야?"

종규는 119에 전화를 걸고는 전원주택으로 정신없이 뛰어갔다. 안방에 가 보니 방바닥에서 빈 주사기가 나 둥글었다. 순애는 왼팔을 축 늘어뜨린 채 이미 숨이 멈춘 상태였다. 20분쯤 지나자 구급차가 달려왔다. 종규와 처제는 구급차를 타고 병원에 함께 갔다. 병원에 도착하자마자 의사와 간호사가 달려들어 맥박 혈압 등을 측정하였다. 의사는 구급대원이 건네준 주사기를 살펴보고는 의아한 표정을 지었다.

"이 주사약은 수술할 때 쓰는 전신마취제인데 어디서 났지요?"

"아내는 전직 간호사였습니다."

"음, 근무하던 병원에서 약을 몰래 빼낸 뒤 보관했던 거 같습니다."

의사는 고개를 끄덕끄덕하고는 안타까운 목소리로 종규에게 말했다.

"부인은 이미 사망하셨습니다."

처제는 언니 순애의 손을 잡고 대성통곡하였다. 처제는 울다가 종규의 팔을 잡고 흔들면서 절규했다.

"언니, 빨리 살려내요. 언니는 형부 때문에 자살한 거예요. 그러니 언니를 빨리 살려내라고요."

종규는 고개를 숙인 채 어깨를 들먹이다가 아내 순애에게 사죄하였다.

"여보! 미안하오. 나를 용서해줘요!"

Chapter 27_

짙어지는 고독

종규는 아내 장례를 마치고 며칠 지나지 않아 전원주택에서 그전에 살았던 오피스텔로 이사했다. 전원주택에서 머무르니까 살았을 때의 아내 모습이 되살아나고, 잡다한 기억들이 수시로 출몰하여 괴로웠다.

아내에게 좀 더 잘해 줄 걸, 맛있는 걸 많이 사 줄 걸, 화내지 말고 더 많이 웃는 얼굴로 대해줄 걸, 다정한 대화를 자주 나누고, 뜨겁게 더 많이 사랑해 줄 걸, 등 주체하기 힘든 후회가 가슴을 마구 때렸다.

종규는 오피스텔로 이사하자 주설화와 함께 겪었던 과거의 일들이 되살아났다. 그러자 설화가 어디서 무슨 일을 하며 사는지 궁금했다.

종규는 참고 참다가 핸드폰에서 설화의 전화번호를 검색했다. 다행히 주설화 핸드폰 번호가 지워지지 않고 남아 있었다. 종규은 떨리는 손으로 발신 버튼을 눌렀다. 신호가 가자 상냥한 여자의 목소리가 들려왔다. 종규는 주설화 목소리가 아니어서 조심스럽게 물었다.

"주설화 씨 핸드폰이 맞죠?"

"누구세요? 저는 주설화가 아닌데요?"

"주설화 씨 핸드폰 번호가 바뀌었나요?"

"전화 잘못하셨어!"

여자는 신경질적으로 쏘아붙이고는 전화를 끊었다.

종규는 얼굴이 화끈거렸다. 아니, 은근히 화가 치밀었다. 종규는 커피를 벌컥벌컥 마시며 불쾌감을 삭이었다.

전화번호를 바꾼 걸 보니 설화가 나와 헤어지고 나서 신변에 많은 변화가 일어난 모양이구먼. 마음에 드는 남자를 만나 행복한 나날을 보낼지도 모르지.

종규는 설화를 소개해줬던 비홍 카페 여주인 한봉숙에게 전화를 걸었다.

"봉숙 씨, 나 오종규입니다."

"어머! 사장님, 오랜만이네요."

"봉숙 씨, 카페에 가면 얼굴 볼 수 있지요?"

"사장님 오시는 거 대환영이에요."

종규는 차를 몰아 한 시간 만에 비홍 카페에 도착했다. 종규는 한봉숙을 보자마자 설화의 안부를 물었다.

"설화는 지금 어디서 무얼 하면서 살아요?"

"사장님도, 오시자마자 설화만 찾고 섭섭하네요. 하기는 늙어가는 여자한테는 관심이 없겠지요."

한봉숙은 입을 삐죽거리며 타박했다. 종규는 싱긋이 웃으며 한봉숙을 한껏 치켜세웠다.

"여전히 봉숙 씨는 곱고 예쁜데 무슨 말을 하는 거요? 잘 익은 석류처럼 매력이 철철 넘쳐 애인으로 삼고 싶구먼요."

종규는 한봉숙의 손을 잡고 빙긋이 웃으며 능청을 떨었다.

종규는 우울한 목소리로 아내가 죽었다는 사실을 봉숙에게 밝히었다.

"실은 한 달 전에 아내가 죽었어요."

"어머나! 이 일을 어째?"

한봉숙은 소스라치게 놀랐다. 한봉숙은 손으로 눈가를 훔치더니 고개를 숙여 기도를 올렸다. 한봉숙은 기도를 끝내고는 종규에게 말했다.

"사장님, 연락 좀 해주시지 너무 무심하셨네요."

"갑자기 죽는 바람에 경황이 없어서 연락하지 못했어요."

"사모님이 돌아가신 지 얼마 안 돼 많이 힘드시겠어요."

"시간이 지나면 슬픔도 외로움도 잊어지겠지."

종규는 스스로 위안을 하듯 말하고는 급히 찾아온 목적을 솔직하게 밝히었다.

"봉숙 씨, 실은 설화를 다시 찾으려고 온 거요."

"저도 설화와 연락 끝은 지 오래됐어요."

"두 사람은 언니 동생처럼 친한 사이인데 연락 두절이라니, 한 사장! 나를 따돌리려고 거짓말하는 거 아니오?"

종규가 목청을 높이자 한봉숙이 움찔 놀랐다. 봉숙은 설화와 멀어진 이유를 노골적으로 까발렸다.

"사장님하고 헤어진 뒤 설화는 저를 엄청 원망했어요."

"20여 년 동안 살고는 헤어진 뒤에 소개해 준 사람을 원망하다니,

설화 그 여자 못돼 먹었구먼."

"그래서 저하고 이년, 저년, 개년 하며 머리끄덩이 잡고 싸웠어요."

"그 뒤부터 연락을 딱 끊었구먼?"

말을 하다가 봉숙은 생수를 벌컥벌컥 마시었다. 봉숙은 뜻밖의 말을 해 종규의 가슴을 뜨끔하게 만들었다.

"설화와 헤어지기 전에 사장님이 사랑해서 함께 산 게 아니고, 섹스 파트너가 필요해서 동거했는데, 더는 쓸모가 없어서 헤어지는 거라며, 설화의 가슴에 대못을 박았다면서요?"

"내가 비슷한 말을 하긴 했는데, 그 말이 설화의 가슴에 큰 상처를 입혔구먼."

"사장님, 다시는 보지 않을 것처럼 내치고는 설화를 왜 찾으세요?"

"어떻게 사는지 궁금하기도 하고, 얼굴을 보고 싶기도 하고."

"남녀 사이에 속정이 들면 헤어지기가 쉽지 않다는 거 모르셨나요? 신발도 버릴 때는 다시 신을 수 있나 살핀 뒤 버린다잖아요? 하물며 20여 년을 함께 산 여자를 원수 사이처럼 막 대했으니 한이 맺힐 수밖에 없지요."

한봉숙이 뼈 있는 말로 힐난하자 종규는 헤어질 때 당시의 심경을 솔직하게 털어놓았다.

"실은 설화가 안 떠나려고 발버둥 쳐서 마음에 없는 말을 한 거요. 절대 내 본심에 나온 말은 아니었소."

"자존심 강한 설화에게 그 말은 날카로운 비수나 다름없었어요."

"이런 말을 하면 비웃음을 살지 모르겠지만, 진정으로 내 외로움을 덜어줄 여자는 설화밖에 없어서 다시 찾아 나선 거야."

"사장님은 여전히 설화를 가슴속에서 지우지 못하셨군요."

"그뿐만 아니라 내가 끝까지 설화를 지켜주고 싶은 마음이 여전히 간절해요."

"사장님 진심을 알았으니 제가 백방으로 수소문해서 설화를 찾아볼 게요."

종규는 지갑에서 30만 원을 꺼내 한봉숙의 손에 쥐여주었다. 한봉숙은 돈을 받지 않고 망설이었다.

"사장님, 이 돈 왜 주시는 거예요?"

"설화를 찾으려면 아는 사람에게 아쉬운 소리도 하고, 시간을 빼앗기는데 맨입으로 부탁하면 안 되지요."

"대전에서 장사할 때 술 억수로 팔아주셨는데, 이까짓 일로 돈 받으면 안 되지요."

"요새 장사가 시원찮을 텐데 받아둬요."

종규는 잘 부탁한다는 말을 남기고는 카페에서 나왔다. 종규는 길가에 세워놓은 차에 올랐다. 종규는 운전석에 앉아 설화를 다시 찾아달라고 한봉숙에게 부탁한 걸 금세 후회했다.

'한번 헤어졌으면 그만이지, 다시 찾아달라고 부탁할 건 뭐야. 사내자식이 배알도 없냐? 설화가 이제는 당신 같은 늙다리의 도움 없이도 살아가는 데 전혀 지장이 없다고 거절하면 어쩔래? 더 나아가 설화가 다른 남자와 동거라고 하면 닭 쫓던 개 지붕만 올려다보는 꼴이 되잖아?'

일주일 뒤 비홍 카페 주인 한봉숙에게서 전화가 걸려왔다. 한봉숙은 설화가 일하는 커피숍의 전화번호를 알려주었다. 종규는 한봉숙이 알려 준 커피숍으로 전화를 걸었다.

"오종규라고 하는데 주설화 씨 좀 바꿔주세요."

"친구가 죽어 천안에 갔어요."

"언제 돌아오나요?"

"조의금만 전해주고 곧장 온다고 했어요."

"잘 알았습니다."

종규는 다음날 설화를 만나러 차를 몰아 대천 해수욕장으로 달려갔다. 종규가 커피숍에 들어서자 설화가 놀란 눈으로 종규를 쏘아보았다.

"사장님이 어쩐 일로 여길 오셨어요?"

"설화가 어떻게 지내는지 궁금해서 왔어."

"사모님 건강은 어떠세요?"

설화는 종규의 옷차림이며 얼굴을 유심히 살펴보며 물었다. 종규는 시무룩한 목소리로 아내가 죽은 사실을 설화에게 밝히었다.

"한 달 전에 아내가 자살했어."

"사모님이 왜 그런 끔찍한 짓을 저지르셨지요?"

"병세가 점점 나빠지고 나을 희망이 안 보이니까 죽음을 선택한 거 같아."

"그건 말도 안 돼요. 요새는 약도 좋고 의료기술이 엄청 발달해 웬만한 병을 다 고치는데 치료를 포기하고 자살하다니 정말 믿어지지 않네요."

"그뿐만 아니고 나하고 함께 사는 게 지겹고 시간이 지날수록 괴로웠던 모양이야."

종규는 아내의 죽음을 자신의 탓으로 돌렸다.

설화 또한 내연녀로서 순애한테 마음의 빚이 없지 않았다. 20년 가까이 종규와 한집에서 살면서 본부인에게 베풀어야 할 사랑과 관심을 자신에게 돌리게 만든 게 결코 잘한 일은 아니기 때문이었다.

"사모님에게 용서받지 못할 죄를 지은 거 같아 제 마음도 무겁네요."

"설화가 잘못한 건 없지. 내가 설화를 사랑해서 맺어진 인연이었으니까."

"솔직히 고백하면 탈북녀로서 낯설고 항상 위험이 도사린 남한 땅에서 살아남으려고 사장님에게 몸과 마음을 의탁했던 건 사실이에요."

설화의 실토에 종규는 착잡했다. 종규는 나이 차이가 많은 젊은 설화를 내연녀로 삼으려고 처음부터 마음먹었던 건 아니었다. 설화는 먹고 살기 위해 종규의 경제적인 도움이 필요했다. 물론 종규는 첫사랑의 아픈 기억을 지우고, 외로움과 성적 욕구를 해소할 여자를 원했다. 종규와 설화는 서로 필요하였기 때문에 오랫동안 내연관계가 지속 가능했다.

설화는 주위가 어둑어둑해지자 종규에게 술을 마시러 가자고 먼저 제안했다. 종규는 내키지 않아 망설이었다.

"설화, 술 마시고 싶지 않은데."

"사장님께 양해를 구할 일이 생겼는데 맨정신으로는 도저히 입을 떼기가 어려워 술기운을 빌리려는 거예요."

"도대체 무슨 내용인지 모르겠지만 긴장되는구먼."

"저도 온몸이 부들부들 떨리고 가슴이 쿵쾅거리네요."

설화는 엄살을 떨며 먼저 자리에서 일어났다. 설화는 계산대로 가더니 종업원에게 귓속말한 뒤 커피숍에서 나왔다.

설화는 근처에 있는 카페로 종규를 데리고 갔다. 설화는 코냑과 과일 안주를 주문했다. 종규는 놀란 눈을 하고 설화에게 물었다.

"설화, 비싼 코냑을 왜 주문하는 거야?"

"오늘은 사장님께 비싼 술을 사드리고 싶네요."

"설화와 처음 만났을 때 코냑을 마셨던 거 같군."

"마셔보면 비싼 술이 향기도 좋고 뒤끝이 깨끗해요."

설화는 종규의 컵에 코냑을 부으며 은근히 돈을 잘 번다고 뻐기었다. 설화는 단숨에 코냑을 입안에 털어 넣더니 농담처럼 종규의 속마음을 떠보았다.

"사장님, 저 다른 남자와 결혼해도 섭섭하게 생각 안 하실 거지요?"

"갑자기 결혼 얘기를 왜 꺼내는 거야? 좋은 남자라도 생겼나?"

설화는 고개를 숙인 채 컵을 만지작거리다가 북한에서 사귀었던 남자 얘기를 들려주었다.

"북한에서 대학교 다닐 때 결혼까지 약속했던 남자가 탈북해서 절 찾아왔더군요."

"음, 그 남자와 결혼하고 싶다는 얘기구먼?"

"사장님, 염치가 없는 년이라고 욕하실까 겁나네요."

"중국에서 애를 낳은 거며, 나와 20년 가까이 동거한 사실을 알면 그 남자 마음이 달라질지도 모르는데."

종규가 우려를 표하자 설화는 걱정하지 말라는 투로 반박했다.

"그 남자는 제가 과거에 무슨 일을 했든 상관하지 않겠다고 약속했어요. 그 남자나 저나 생사기로에 몰린 적이 한두 번이 아니었고, 목숨을 부지하기 위해서 어쩔 수 없이 겪은 일인데 과거를 문제 삼아서는 안 되지요."

"그 남자 돈을 잘 버나?"

"먹고 사는 일은 걱정하지 말라며 큰소리를 땅땅 치더라고요."

"대한민국이라는 곳은 탈북자들이 돈 벌기가 쉬운 곳은 아닌데 다행이구먼."

"남한에서 삶의 터전을 잡으려고 닥치는 대로 일하면서 돈을 모으는 중인가 봐요."

"생활력이 강하고 사고방식이 건실한 남자이구먼."

설화는 남자 자랑을 늘어놓은 뒤 고향 남자와 결혼하려는 이유를 종규의 감성에 호소하였다.

"사장님도 첫사랑 여자를 못 잊듯이 나이가 들면 젊은 날의 사랑은 애틋하고 항상 아름답게 느껴지잖아요?"

"아직도 그런 순수한 감정이 남아 있다니, 설화가 부럽구먼."

종규는 술을 한 모금 마시고는 불시에 만나러 온 목적을 설화에게 솔직히 밝히었다.

"아내가 죽고 나니까 진한 외로움이 파도처럼 밀려들더군. 그뿐만 아니라 설화가 어떻게 사는지 궁금해서 여기저기 수소문한 뒤 찾아왔어."

"사모님이 돌아가신 지 얼마 안 되었는데, 다른 남자와 결혼하겠다고 밝히는 게 사장님 아픈 상처에 소금을 뿌리는 짓 같아 마음이 편치 않네요."

"아니야, 나는 설화가 항상 행복해지기를 바라니까 걱정하지 마."

"사장님, 항상 아량을 베풀어주시고 제가 잘되기를 빌어주셔서 감사합니다."

설화는 진지한 목소리로 종규에게 고마움을 표하였다. 종규는 설화에게 결혼식을 올릴 때 청첩장을 꼭 보내달라는 말을 남기고는 카페에서 나왔다.

종규는 허탈한 감정을 달래려고 혼자 바닷가로 나와 걸었다. 바람이 불지 않아 바다는 잔잔했다. 저녁노을이 수평선을 붉게 물들여 놓았다. 수평선에 걸친 해를 바라보자 종규의 눈가에 이슬이 맺혔다. 황혼에 접어든 자신과 해가 비슷했기 때문이었다.

종규는 설화가 다른 남자와 결혼하겠다고 선언한 순간 가슴이 철렁했다. 아니, 너는 다른 남자와 절대 결혼해서는 안 된다고 생떼를 쓰고 싶은 마음이 굴뚝 같았다. 하지만 잃었던 행복을 찾으려고 첫사랑 남자와 결혼하겠다는 설화에게 축하는 못 할망정 훼방을 놓아서는 안 된다고 자신에게 타일렀다. 종규는 설화가 첫사랑 남자와 결혼해서 행복하게 살기를 진심으로 빌었다.

출렁거리는 파도를 바라보며 종규는 기구하게 태어나서 우여곡절을 겪으며 지금까지 살아온 과거를 돌이켜보았다. 즐겁고 행복할 때보다는, 고달프고 괴로울 때가 더 많았던 삶, 무엇이 그리 급했는지 죽음을 훔치듯이 젊은 나이로 세상을 떠난 사람도 숱하게 보았다. 그들의 원통하고 가슴 아픈 사연을 들을 때마다 분노하고 슬퍼한 적도 많았다.
이제는 부조리한 세상을 원망하지 않고, 남을 증오하지 않고, 소유에 대한 집착을 버리고, 가능하면 베풀면서 몸과 마음이 편안한 하루하루를 이어가기로 마음먹었다.

Chapter 28

아르메니아 꽃향기

두 달이 지나도 결혼 청첩장이 오지 않아 종규는 설화에게 전화를 걸었다. 몇 번이나 신호를 보내도 전원이 꺼졌다는 여자 목소리만 계속 들려왔다.

종규는 불길한 예감이 들어 비홍 카페 주인 한봉숙에게 전화를 걸었다.

"봉숙 씨, 나 오종규입니다."

"사장님 잘 지내시지요?"

"다름이 아니고, 두 달 전에 만났을 때 설화가 결혼한다고 자랑단지를 늘어놓더니 감감무소식이네요."

"사장님, 모르셨어요?"

"뭘요?"

"한 달 전에 설화와 결혼할 남자가 죽었어요."

"왜요?"

"구체적인 건 모르겠고, 설화가 그 남자한테 사기를 당해 돈까지 몽땅 날렸대요."

"바보같이 왜 사기까지 당했지?"

"설화가 충격을 받아 병원에 입원했다는데 퇴원했는지 모르겠네요."

"어느 병원에 입원했나요?"

"저는 잘 모르겠고, 설화가 장사했던 커피숍에 전화해 보세요."

종규는 한봉숙과 통화를 마치자마자 설화가 장사하던 커피숍으로 차를 몰아 달려갔다. 종규가 설화의 행방을 묻자 종업원은 술집을 알려주었다.

"설화 언니, 해수욕장 입구 해변 카페에서 술 퍼마실 거예요."

"친절하게 알려주셔서 고맙습니다."

종규는 부리나케 해변 카페로 달려갔다. 설화는 안주도 없이 흥얼거리며 혼자 소주를 마시는 중이었다.

"설화, 대낮부터 술 마시고 도대체 뭐하는 거야?"

종규가 맞은편에 앉으며 꾸짖었다. 설화는 빙긋이 웃으며 빈 잔을 종규에게 내밀며 혀 꼬부라진 소리로 말했다.

"사장님, 저 술 따라주세요."

"설화, 술 그만 마시고 어떻게 하다 사기당했는지 그 이야기부터 들려다오."

"북한 고향 친구의 감언이설에 홀딱 넘어간 내가 바보였지요."

설화는 입가에 씁쓸한 웃음을 물고는 사기당한 자초지종을 종규에게 들려주었다.

설화가 탈북한 고향 친구 문복남과 동거한 지 두 달쯤 지난 뒤였다.

문복남은 500만 원을 투자하면 한 달 뒤에 200만 원은 너끈히 버는 사업을 하는 중이니 돈을 빌려달라고 설화에게 부탁하였다. 설화는 솔 깃해 은행에서 500만 원을 문복남 통장으로 이체해 주었다. 문복남은 서울로 출장을 갔다가 열흘 만에 돌아와 700만 원을 현찰로 직접 주었다.

설화는 기분이 좋아 바닷가 식당에서 술과 함께 배가 터지도록 회를 먹었다. 오랜만에 문복남과 온몸이 부서질 정도로 열정적인 섹스파티도 벌였다.

이틀 동안 쉬다가 문복남은 주위 사람 중에서 투자할 사람을 소개하라고 설화를 꼬드겼다. 투자자를 모집하면 수고비로 투자 금액의 10%를 주겠다고 약속했다. 설화는 커피숍에 근무하는 탈북녀들로부터 투자받은 1,000만 원과 자신의 돈 2,000만 원을 문복남 계좌에 입금해 주었다.

문복남은 열을 후에 돌아오기로 약속하고 또 돈 벌러 간다며 집에서 나갔다. 설화는 3일 뒤에 문복남이 어떻게 지내는지 궁금해 핸드폰으로 전화를 걸어보았다. 문복남 핸드폰이 꺼진 채 통화가 되지 않았다.

설화는 저녁에 장사를 마치고 다시 문복남과 통화를 시도했다. 여전히 통화가 안 되었다. 매일 아침저녁으로 통화를 시도했지만, 핸드폰은 계속 먹통 상태였다. 설화는 그제야 문복남한테 사기를 당한 걸 알아차리고는 여기저기에 수소문했지만, 끝내 문복남의 소재를 파악하지 못했다.

"염병할 인간! 사기를 치려면, 돈 주체못하는 놈들을 상대하지, 우리 같이 춥고 배고픈 탈북녀를 상대로 사기를 치냐? 차라리 문둥이 콧

구멍에서 마늘을 빼 처먹지, 우리같이 불쌍한 인간들 돈을 날름 떼먹냐?"

문복남이 잠적한 뒤 보름쯤 지난 뒤였다.

설화가 일하는 커피숍에 형사가 들이닥쳤다. 형사는 설화를 앞에 앉혀 놓고 문복남에 대해서 꼬치꼬치 캐물었다.

"주설화 씨, 문복남하고는 어떤 관계입니까?"

"북한에서 어렸을 때 같은 마을에서 살았습니다."

"주설화 씨는 언제 탈북했습니까?"

"탈북한 지 25년쯤 됐습니다."

형사는 커피 한 모금을 마시고는 질문을 계속했다.

"문복남 은행 계좌를 조사했더니 설화 씨가 두 번에 걸쳐서 입금했던데, 그게 무슨 돈입니까?"

"돈을 빌려주면 한 달에 20% 이상의 이자를 주겠다고 큰소리를 쳐서 제 돈하고 커피숍 종업원 돈을 준 겁니다."

형사는 어이가 없는지 설화의 얼굴을 빤히 쳐다보다가 면박을 주었다.

"주설화 씨, 한 달에 20% 이자로 준다는 말을 믿다니, 바보 아닙니까?"

"사춘기 때부터 좋아했던 남자라서 무조건 믿었지요. 더구나 돈을 벌면 결혼식을 올리기로 철석같이 약속까지 했습니다."

"설화 씨, 사기꾼들의 전형적인 수법에 몸도 마음도, 거기다 돈까지 빼앗겼군요."

"그 사람한테 사기당한 게 틀림없습니까?"

"그 자식 중국에서 함께 온 여자와 동거했어요."

"문복남 씨는 지금 어디 있습니까?"

"그 자식, 마약 판매책으로 활동하다가 경찰에 쫓기던 중 차에 깔려 죽었습니다."

"문복남이 죽었다고요?"

설화는 믿어지지 않아 반신반의했다. 설화의 얼굴이 하얗게 변했다. 형사는 냉혹한 목소리로 설화를 다그쳤다.

"주설화 씨, 문복남이 마약 판매책이라는 사실 알았습니까? 몰랐습니까?"

"저는 전혀 몰랐습니다."

"사실이지요?"

"그 자식이 마약에 돈을 대고, 불쌍한 사람들 등이나 처먹는 줄 알았으면 피 같은 돈을 빌려줄 리가 없지요."

"다시 묻는데 결혼하자는 꼬임에 넘어가 돈을 준 게 확실하지요?"

"다시 말씀드리지만 제 꿈은 눈꽃처럼 고운 웨딩드레스를 입고 결혼식을 올린 뒤 남편과 함께 오순도순 사는 게 평생의 소원이었습니다."

"무슨 말인지 알았습니다. 앞으로 살날이 창창하니까 좋은 남자 만나 꿈을 이루시오."

형사는 거꾸로 설화에게 위로의 말을 해주었다. 설화는 물에 빠진 사람이 지푸라기라도 잡는 심정으로 형사에게 도움을 요청하였다.

"형사님, 빌려준 돈 회수할 방법 없습니까? 사기당한 돈이 제 전 재산인데 도와주세요."

"그 사람 통장에는 땡전 한 푼 없어요."

"아이구! 내 피 같은 돈을 어디 가서 찾지?"

설화는 손으로 가슴을 치며 절망적인 목소리로 말했다. 형사는 안 됐다고 혀를 차고는 커피숍에서 나갔다.

설화는 문복남한테 사기당한 사실을 종규에게 털어놓고는 소주를 병 째로 나발 불었다. 종규는 술병을 빼앗은 뒤 설화의 손목을 잡고 일으켰다.

"설화, 너 이렇게 술 마시다 간 썩어 죽는다."

"저 같은 년은 죽는 게 백번 나아요."

"거꾸로 매달아도 이 세상이 좋다고, 숨만 쉴 정도여도 보약이며 좋은 음식 악착같이 챙겨 먹는 사람들 못 봤냐?"

"제 마지막 남은 꿈은 배꽃같이 고운 드레스 입고, 늠름한 신랑과 결혼식을 올리는 거였는데, 일장춘몽(一場春夢)이 되고 말았네요."

"하긴 나도 아내와 결혼식 올리지 못했다."

"그러면 사장님과 저하고 결혼식 올릴래요?"

설화는 혀를 쏙 내밀고는 장난기 섞인 말투로 물었다.

"그거 좋은 생각이다! 설화는 웨딩드레스를 입으면 눈꽃처럼 예쁠 거야."

종규의 칭찬에 설화는 보조개를 만들고 생긋 웃었다.

"사장님, 지금도 저를 가슴속에 간직하고 계세요?"

"언젠가 말했잖아? 나는 너를 평생 가슴에 담고 살겠다고."

종규는 설화가 술을 더 마시려고 하자 손목을 잡고 일으키며 재촉했다.

"설화, 집에 가자. 내가 데려다줄게."

"저 잘 곳도 없어요. 월세를 못 내 셋집에서 쫓거나 커피숍 뒷방에서 동생들하고 자요.”

“그러면 당장 내가 사는 오피스텔로 가든지.”

“전 사장님한테 다시 돌아가면 안 돼요. 사장님 앞에서 다른 남자와 결혼하겠다고 뻔뻔하게 자랑했는데 다시 돌아가다니, 제 양심이 절대 허락하지 않아요.”

“이 세상에는 밥 먹듯이 거짓말하고, 법을 농락하고, 온갖 범죄를 저지르고도 위풍당당하게 살아가는 철면피 인간들이 수두룩하다. 그따위 인간들과 비교하면 설화 넌 여전히 순결한 천사나 다름없어.”

“사장님 정말로 제가 천사 같아요?”

“그렇다니까!”

설화는 술잔을 놓고는 울먹이며 종규에게 사정했다.

“사장님, 다 그만두고 밥이나 사 주세요. 아침밥은 굶고, 점심은 건너뛰었더니 배고파 죽을 지경이에요. 비싼 거 말고 얼큰한 생선 매운탕 한 그릇만 사 주세요.”

“아이구 딱한 것! 어서 식당으로 가자.”

종규는 설화의 손을 잡고 바다가 보이는 식당을 찾아갔다. 종규는 우럭 매운탕을 주문한 뒤 식당 옆에 있는 약국에서 간장약과 술 깨는 약을 사 왔다. 종규는 설화 옆자리에 앉아 술 깨는 약을 먹인 뒤 헝클어진 머리칼을 매만졌다. 종규는 힘내라고 설화 등을 가볍게 토닥이고는 맞은편 자리로 돌아왔다.

매운탕이 나오자 설화는 마파람에 게 눈 감추듯이 국물과 함께 밥한 그릇을 뚝딱 먹어 치웠다. 설화의 까칠한 얼굴에 핏기가 돌았다. 잠시 뒤 이마에 땀방울이 송골송골 맺혔다.

식사를 마치고 종규가 식당을 나와 모래사장으로 내려가려고 하자 설화는 계단에 털썩 주저앉더니 힘겹게 숨을 내쉬며 말했다.

"사장님, 요새 불면증에 시달려 깊은 잠을 못 잤더니 눈꺼풀이 저절로 내려앉네요."

"왜? 불면증에 걸렸나?"

"앞으로 살아갈 길이 너무 막막해 잠이 오지 않더라고요."

"철석같이 믿었던 놈한테 당한 배신감에 치가 떨리고, 빌린 돈을 갚을 생각을 하자 눈앞이 캄캄했겠지."

"제 처지를 정확히 파악하고 계시네요."

"설화야, 하늘이 무너져도 솟아날 구멍이 있다고 미리 절망할 필요는 없다."

"내 소박한 꿈마저 이룰 수 없는 세상이 너무나 원망스러워요. 오직 죽고 싶을 뿐이에요."

"잠을 푹 자고 나면 정신이 맑아지고 안정을 되찾게 될 테니 모텔에 가자."

종규는 바다가 잘 보이는 모텔로 설화를 데리고 갔다. 5층에 있는 방이어서 베란다 창문을 열자 바다가 한눈에 보였다. 수평선 아래로 해가 막 넘어가는 중이었다. 바다와 하늘이 온통 붉은 빛으로 물들어 황홀했다.

설화는 침대에 쓰러지듯이 눕더니 종규와 건성으로 몇 마디 말을 나누다가 스르르 잠들었다.

몸과 마음이 지칠 대로 지쳤구먼! 쯧쯧, 안 됐다. 하얀 눈처럼 순박한 설화가 어쩌다 이런 지경까지 이르렀을까? 아마 설화를 추락시킨 사람 중에서 내 책임이 가장 큰지도 몰라. 곤궁에 처한 설화에게 돈을 미끼로 그녀의 생애 중 푸르른 20년을 빼앗은 놈은 나였으니까. 나는 한마디로 나쁜 놈이야.

종규는 설화의 가슴까지 이불을 끌어 올려 준 뒤 모텔 방에서 나왔다. 종규는 마음이 천근만근 무거웠다. 종규는 바닷가를 걸으며 우울한 마음을 달랜 뒤 근처 호프집에 들어갔다. 종규는 착잡한 감정을 달래려고 혼자 맥주를 마신 뒤 밤 10시경에 모텔로 돌아왔다. 종규는 혼자 자려고 주인보고 방 하나를 더 달라고 했다. 종규는 잠을 잘 자는지 확인하려고 설화가 자는 방문을 열어보았다. 엉뚱하게도 설화는 소파에 앉아서 텔레비전을 보고 중이었다. 종규는 방으로 들어가면서 설화에게 물었다.

"설화, 왜 벌써 일어났나?"

"이상한 꿈을 꾸는 통에 잠이 깼어요."

"이상한 꿈이라니, 무슨 꿈인데?"

"끝내 탈북하지 못하고 북한에서 병사한 어머니를 꿈속에서 만났어요."

"설화가 길을 잃고 헤매니까 어머니가 도와주려고 현몽한 모양이구면."

설화는 리모컨으로 텔레비전 전원을 끄더니 소파에서 일어났다.

"사장님, 가슴이 답답해 시원한 바닷바람을 쐬고 싶네요."

설화는 베란다로 먼저 나와 의자에 앉았다. 탁자 위에 아르메니아 꽃이 활짝 핀 화분이 놓여 있었다.

종규는 바닷바람이 들어오라고 베란다 창문을 반쯤 열어놓았다. 설화는 후하고 깊은숨을 내쉬더니 바다 위에 떠 있는 둥근 달을 한참 바라보다가 입을 열었다.

"어머니는 절 보고 사장님을 남편처럼 여기고 다시 돌아가라고 울며 불면서 통사정하시더라고요."

"저승에 계신 어머니께서 설화가 행복하기를 간절히 바라시는구면."

"사장님이 허락하신다면 옛날로 다시 돌아가고 싶어요."

"설화, 정말 잘한 결정이다!"

"사장님, 저, 으스러지게 안아주세요."

설화는 눈물을 글썽거리며 두 팔을 벌렸다. 종규는 설화를 가슴에 안고는 약속했다.

"나도 주설화와 다시는 헤어지지 않을 것을 약속하마."

"저도 저세상에 갈 때까지 오종규 씨를 오래오래 사랑할 거예요."

파도가 춤을 추며 다시 이어진 두 사람의 사랑에 축하의 박수를 보냈다. 멀리서 달려온 바닷바람이 아르메니아 꽃향기를 흩뿌리며 오종규와 주설화의 해후를 기뻐했다.

펴 낸 날   2021년 09월 15일

지 은 이   송재용
펴 낸 이   이기성
편집팀장   이윤숙
기획편집   서해주, 윤가영, 이지희
표지디자인   서해주
책임마케팅   강보현, 김성욱
펴 낸 곳   도서출판 생각나눔
출판등록   제 2018-000288호
주   소   서울 잔다리로7안길 22, 태성빌딩 3층
전   화   02-325-5100
팩   스   02-325-5101
홈페이지   www.생각나눔.kr
이 메 일   bookmain@think-book.com

• 책값은 표지 뒷면에 표기되어 있습니다.
  ISBN 979-11-7048-287-1 (03810)